徳間文庫

めぐり会い

岸田るり子

徳間書店

目次

めぐり会い

第一章　桜の乱

紅しだれの鮮やかなピンク色を見れば少しは気分が紛《まぎ》れるだろうと思った。

華美《はなみ》の家からだと、一時間ほど原谷《はらだに》の方角へ山を登っていった所にある。

原谷苑《えん》は京都で最も桜がみごとだと言われている。もともと個人の私有地で、桜の時季だけ一般公開しているというのも魅力の一つだ。

四月に入ってからスケッチブックを持ってここへ訪れるのは三回目だった。開花の時期によって入苑の値段が千円から千五百円に変動する。

今日、入り口で払ったのは最高額の千五百円だった。

入って傾斜を登っていくと、様々な種類の桜とその色が織りなすピンクの鮮やかなグラデーションにめぐり会う。

百数十本の紅しだれの枝が糸のように何条にも垂れ下がっていて、そのボリュームと繊細さは圧倒的な美しさだ。

ここ二週間ほど、スケッチブックをもって家から約二キロのここまで歩いて来るのは、咲き乱れる巨大なピンクを描いていれば、そこに意識が飲み込まれて、現実から逃避できるからだ。

池田華美は木製の長椅子《ながいす》に座るとリュックから絵の道具を出して準備をした。ここは華美の定位置で、開苑時間の午前九時ちょうどに来れば空《あ》いている。

絵は七割方描き上がっていた。アクリル絵の具を軽く水で溶いて画用紙の上に落としていく。水の量を極力少なくして、なるべく濃い色を出すようにした。

前回来た時と比べて、更に開花している桜がふえ、来るたびに迫力が増している感じだ。恐らく、今日あたりがピークだろう。

支払った入場料を思い出し、開花の度合いがお金に換算されているのに、そんなことを違和感なく受け入れてしまっている自分がおかしかった。

愛はお金、そういえばそんな歌詞があった。

華美は、スケッチの上にポタリと落ちた透明の液体を見て、それがピンク色でないことに気づいてはっとなった。

さきほどから、絵を描くことにどんなに夢中になろうとしても、母の言葉が華美の心に飛び込んできて邪魔をした。皮肉なものである。普段は、絵の構図が頭に飛び込んできて、人の話を聞く邪魔をするのに、今日はそのまったく逆だ。

――別れるって、いったいどういうこと。そりゃあ、年は離れているけれど、申し分のない人じゃないの。あなたみたいな世間知らずにはああいう大人の男性がちょうどいいのよ。

――年齢の問題じゃないの。

――だったらいったいなんなの？　急に別れたいだなんて、よくわからない子ね。女の幸せは、なんだかんだ言ったって結婚して子供を産むことなのよ。小代子《さよこ》を見てみなさい。仕事、仕事で、ばりばりやって、あれで幸せに見える？　あの子は一生独身を通す気らしい。そんなの味気ない人生よ。

口ぶりは穏やかだが、強引な響きが底にある。そうやって何を言っても自分はいつも母に丸め込まれて、言うとおりにしてきた。

しかし、今回ばかりは、黙ってうなずいていることはできなかった。

――あの人には好きな人がいるのよ。お見合いする十年も前からつき合っている人がいて、いまだにその人とつづいているの。私、全《まった》く愛されていないの。

――好きな人ってどういうこと？

母の声が険しくなった。いくらなんでも、こんなひどい話をきかされれば、母も理解してくれるだろう。

華美は堰《せき》がきれたみたいに告白しはじめた。夫との結婚の裏にあった、華美が知らされていなかったストーリーを。

夫には、好きな人がいた。が、その人との結婚は夫の両親、特に姑《しゅうとめ》にゆるしてもらえなかった。だから、華美と結婚するまで、ずっと独身を通していたのだ。

夫、昭義《あきよし》は日本でも有数の腕をもつ心臓外科医だった。恋に落ちた相手の女は、ある会社の事務員で、しかも、母子家庭だった。

母子家庭で育った娘など、愛情不足のせいでなんらかのトラウマを背負っているに違いないという剝き出しの差別と偏見で、姑の頭は凝《こ》り固まっていた。

生まれた子供は即受験戦争の渦の中に入るのだから、その競争を勝ち抜き高級官僚、大企業の役員、弁護士など特権的な尊敬される立場になるのが当然だ。実際、自分の家系もみんなそうだった。姑は、息子の受験で自分は楽をしたという。なぜなら、一人っ子の昭義はできたからだ。勉強しろとがみがみ言わなくても、ただ、普通にやっていれば、塾で一番だった。それは、自分の家系が、日本一偏差値の高い学校の出身者が多く、夫もそうだからだ。姑にとって、受験に勝てる脳をもつことは大切で、社会で勝ち組になるには、そのことにつきると考えていた。だから、昭義が愛に溺《おぼ》れて、そんな平凡な女と結婚しても、生まれてきた子供が受験戦争に勝てるわけがない。子孫の社会的地位が下がるのは目に見えている。いったんレベルが落ちれば、次の世代で上げるのは至難の業だ。

姑はそう言い放ったという。

猛反対されて、結局、夫の昭義はその女との結婚はあきらめた。

ところが、夫は、その女といっこうに別れようとせず、結婚そのものに興味を示さなくなってしまった。三十五歳になっても独身でいる息子を見て姑はあわてた。

とにかく家柄がよくて頭のいい人であれば誰《だれ》でもいいから結婚してくれ、でないとあなたの今後のキャリアに響くと泣きついた。

いくら仕事の能力があっても、所帯持ちでないと医局のような保守的な社会では信用されない。昭義はそんなふうに姑に説得された。独身を通して、出世に影響するのは、野心家の夫もいやだったのだろう。

――じゃあお母さんが決めてくれ。お母さんさえ気に入ってくれれば、僕は誰とでもいいよ。

夫の昭義はそう冷たく言い放ったという。

そこで姑は知人友人のツテを頼って、先祖代々弁護士一家の娘がいることを知った。小学校から大学まで一貫教育のN女子大を卒業したばかりで、父親の事務所を手伝っている筋金入りの箱入り娘。

容姿は普通。だが、何よりも、娘の父、兄、姉が弁護士だということが気に入った。これだけの血統が揃《そろ》えば、頭は悪くないはずだ。それでいて、本人は弁護士になりたいというほどの野心はない。小学校から一貫教育のお嬢さん大学出身だ。姑はその条件がこの外気に入った。

夫の昭義は、京都のR医大の外科医で、心臓血管外科手術では日本でトップクラスの腕だった。

教授が定年間近なので、あと五年で教授のポストが約束されている。独身であることがネックになっていたが、この結婚でそれをクリアできるのだからそのポストは間違いなく昭義のものだ。

昭義は仕事ではワンマンで政治的にもかなりやり手だ。だから、職業婦人として生き甲《が》斐《い》をもった女より、おとなしく家にいて、子育てに専念し、一歩も二歩も下がっている女がいい。

昭義より一回り年下の世間知らずで従順な娘。それが姑の目に映った華美だった。

これは直《じか》に華美が姑から聞いた話ではない。しかし、姑は、いかにもそういうことを考えそうな人だったので、十分信じられた。

華美自身、姑が描いているイメージと自分はさほど遠くないだろうと思った。

そんなわけで、華美は、写真と経歴だけで、池田家にぴったりの嫁だとひどく気に入られたのだった。

母は母で、末娘である華美のことを気にかけていた。兄と姉は大学を卒業してすぐに弁護士になったが、華美は、小さい頃からぼーっとしていて、あまり勉強に関心がなかった。幼児の頃、言葉や字を覚えるのが早かったので、最初は、弁護士にさせようと躍起になって塾に通わせたが、学校でノートをとっていても、知らないうちに窓の外から見える木の枝を描くのに夢中になり、気がつけば授業は終わっている。こんなありさまの華美を見ていて、兄や姉のような道を歩ませるのは無理だと、さすがの母もさじをなげた。

実際、華美は、自然を見て、絵さえ描いていれば時間が過ぎた。だが、絵で生計をたてられるほど世の中が甘くないことも承知していた。

だから、本格的に絵の道に進む、そんな気持ちは毛頭なかった。

いったい自分がなにをして生きていけばいいのか悩んではいたが、具体的に行動に移す実行力もなかった。

華美は自分でも自覚しているが、なにごとにつけても中途半端なのだ。

このまま父の事務所を手伝い、一生絵を描いているのも悪くないな、漠然とそんなふうに思っていた。

母は、華美に勉強させるのをあきらめてから、しきりに言うようになった。愛されるようになりなさい、と。

——愛されて、いい人と結婚して大切にしてもらうの。女にとって、それが一番幸せなことよ。

母は、華美に条件のいい相手がみつかったら、早々に結婚させようと考えた。

一人くらい、華美みたいな子が手元にいて、孫の顔を見せにちょくちょく帰って来てくれるのも悪くない。華美が大学に入学した頃から、母はそんなことをもらすようになった。弁護士になってしまった姉の小代子は、年下の男と同棲《どうせい》してしまい、仕事はがんばるが、結婚する気はまったくない。

兄は兄で、結婚してから、嫁のいいなりで、ちっともこっちの家に帰ってこなくなった。孫の顔も殆《ほとん》ど見せにこない。

——男の子なんて、せっかく立派に育てても、嫁にとられてしまったらおしまいね。あなた、早く結婚して孫の顔を見せに帰って来てちょうだい。

母はせっつくように華美にそう言うようになった。

華美が結婚すれば、逆に婿を取ってこられる、そう思ったのかもしれない。

お見合い話が来た時、相手が、R医大卒で、しかも名の知れた心臓外科医ときいて、母は神野《かんの》家にとって申し分のない婿だと思った。

双方の価値観が一致し、母と姑は意気投合した。

華美は、二人の熱意に負けてしぶしぶお見合いを承諾した。

逢《あ》ってみると、夫の昭義は学生時代にラグビーをしていて体格がよく、しかも話し方が世慣れていて、とても紳士的だった。

小学校から大学までずっと女子ばかりの中にいた華美は、異性といったら、父と兄くらいしか知らない。男性とちゃんと口をきいたことが殆どなかった。

華美は、快活に話す目の前のスポーツマンにぽーっとなってしまった。

まさか、その時、姑が決めた相手だったら、「誰とでもいい」と昭義が心の底で投げやりに考えていたとは夢にも思っていなかった。

見合い写真にしても、姑が渡すと、「じゃあ、これでいいよ」と夫は言って、写真を見もしないで、ぱたりと閉じて姑に突き返したらしいのだ。

誰とでもいい、じゃあ、これでいい、夫にとって華美はそんな女でしかなかったのだ。

その時の夫の写真を突き返す手つき、面倒くさそうな表情まで事細やかに再現して、華美は母に打ち明けた。

——どうして、そんなことまであなたが知っているのよ。まるで見てきたようないい方じゃないの。またいつもの妄想ね。そんなの考えすぎよ。

——ちがうわ。聞いたの。ちゃんとこの耳で。

——誰があなたにそんなこと言ったのよ。

——その昭義さんの……。

恋人、と言おうとして言葉を飲み込んだ。

——あなた、その女に会ったの⁉

母の顔色が変わった。

——ええ、会ったわ。すごく魅力的な人だった。沢田友梨《ゆうり》っていう人。

——魅力的ですって？　そんなことを言う女、魅力的でもなんでもないわ。浅はかな女よ。

そう、浅はかな女。華美は黙ってうなずいた。

もしそんなことを言う女だったら……。だが、その言葉をその女から聞いたというのは嘘《うそ》だった。そのことを華美に暴露したのは、その女の母親だった。

ある午後、家に電話がかかってきた。

相手は、沢田です、と名乗った。知らない中年の女の声だったので、何かの勧誘だろうと思い電話を切った。

するとまた、電話がかかってきた。用件をきくと、あなたの夫、昭義さんと娘のことでどうしても話したいことがあるから、逢って欲しいと言われた。

少なくとも相手は、夫の名前を知っていたのですぐに電話を切るのをためらった。あなたの夫はとてもひどい人で娘があんまりかわいそうだから思い切って電話をした、と女は言った。

華美は、今はやりの詐欺のたぐいではないかと警戒しながら女の話をきいた。女の娘の友梨は、夫の昭義と十年も交際しているのだと言った。

華美は、女が勤めている北山のブティックに行って、夫と、その女の娘、友梨の関係について長々と聞かされた。細部の詳しさから、その女が嘘をついているのではないことを知った。女は、どうか娘に逢って話して欲しいと華美に懇願した。

話していったい何になるのだ。もしそれが事実だとしたら、娘のために、華美に夫と別れて欲しいといいたいのだろうか。女の真意はいったいどこにあるのだ。

しかし、真実というのは、いいにつけ悪いにつけ、不思議な吸引力がある。いったん知らされてしまったら、とことん追求したい衝動にかられてしまうものだ。

迷った末、華美は友梨という女と逢う決心をした。

実際、逢って女と向き合ってみると、何を話していいのか分からなかった。

結局、ほんの数分言葉を交わしただけだった。いや、交わしたとはいえない。華美の方は一言も返すことができなかったのだ。ただ、一方的に言われただけだった。

思い出すのはあまりにも辛《つら》い。せめて、彼女が、こちらに対抗意識を燃やして、自分を罵倒《ばとう》するような「浅はかな女」だったら、まだ気が楽だったろう。

彼女の言葉は、その表面的な穏やかさとは相反して、呼吸を止めそうなほど華美を苦しめることになった。

——あなたは私のもっていない条件を全部満たしている人なのよ。家系、若さ。だから、かわいい子供をたくさん産んで昭義さんを幸せにしてあげてね。私たち、もう何度も別れようとしたの。こんな中途半端な関係、生殺しみたいで辛かった。やっと、彼と別れられる、そう思うと、肩の荷が下りたわ。

友梨は、白地にピンクと黄色の水玉もようの裾《すそ》のすぼまったワンピースを着ていた。黒いリボンベルトがウエストの細さを強調している。細くて綺麗《きれい》なくびれた足首に赤いハイヒールがよく似合っていた。

こんなふうに体の線のくっきりでるワンピースを華美は着たことがなかったから、視線のやり場に困ってうつむいた。

——本当よ、私、ほっとしているの。

上目遣いにちらりと女の顔を見る。言葉とは裏腹に、女の目は一歩たりとも、譲っていなかった。むしろ、こちらを見た瞬間、ふっと安心したようにゆるんだ表情を華美は見逃さなかった。

さえない女。

女はそう思ったに違いない。女が自分を見てほっとしたのはそのせいだ。あなたにあの人は取れない。女の目はそう言っていたし、実際、華美は、なんともいえない自信に満ちあふれた女の雰囲気に気圧《けお》されて、自分がひどくつまらない女に思えた。

女は夫と同じ年だから、すでに三十六歳だった。

若いだけで優位だとタカをくくっていた。

だから、女の母親に一部始終きかされた時、迷ったが、結局、逢う決心をした。

今思えば、それが罠《わな》だったのだ。相手は、華美を値踏みしたくてしかたがなかった。だから、母親をうまく利用して、自分に逢おうとしたのだ。

結婚してからの夫の行動を振り返ってみた。週に二回は宿直の日があり帰ってこないし、帰ってきても十二時を回っていたので、家では寝るだけだった。激務だからという言葉を華美はずっと鵜呑《うの》みにしてきた。

思い切って、夫が宿直の日に病院に電話してみた。すると、事務局からその日は当番ではないという返答が返ってきた。

結婚してからも、夫と女の関係は続いているのだ。

――だから、離婚したいの。分かるでしょう、お母さん。私愛されていないのよ。

しばらく、母は眉間《みけん》にしわをよせて考え込んでいた。一も二もなく離婚を承知してくれると思った。だが、母の返事は、予想外のものだった。

――そんなことぐらいどうってことないわ。

唖然《あぜん》とした。聞き間違いだろうかと思った。

母は、女の幸せは愛されること。

自分が愛するより愛されて、結婚するのが幸せになること。だから愛される女になりなさいと呪文《じゅもん》のように自分にすり込んでいたのだ。

――どうってことないって……それどういう意味？　愛のない結婚なのよ。私、愛されない女なのよ。

華美は「愛されない」を強調した。実際、結婚に愛がないなんて、これほど不幸なことがあるだろうか。

しかも、華美にとって、夫は初めての男なのだ。生まれて初めて愛した男なのに、むこうは全然自分に興味がない。好きでもない女と結婚させられて、こちらを疎《うと》んじているのだ。惨めだった。

――何、甘いこと言ってるの。愛のない結婚をしてる人なんて、ごまんといるわ。それよりも、昭義さんの築きあげた社会的地位を考えてご覧なさい。あなたが、自分で努力して手に入れられるものじゃないの。その妻なんだから、当然、あなたも同じ地位なのよ。そんな女とはわけが違うの。

――地位なんて、私どうでもいい。そんなことより、愛のある明るい家庭が欲しい。

――愛なんてものは所詮《しょせん》幻想よ。現実には勝てないの。ね、あなた、愛なんていらないの。それでご飯が食べられるわけじゃないんだから。

華美はあまりのショックに言葉も出なかった。母はいままで自分の言っていたことを覚えてすらいないようだった。あれは本心ではなかったのだ。華美を早く結婚させたいがために使っていた言葉だったのだ。

しかも、愛なんていらないの、と断言した時の声の調子が弾んでいてまるで嬉《うれ》しそうだった。いきなり足をすくわれて、真っ逆さまに落とされたみたいだ。

母は、華美がその女から夫を取り戻すほどの魅力がないと最初から決めつけているし、そんなことは望んでもいないようだった。

社会的に立場のある婿のいる娘とその孫。その二つさえそろえば満足なのだ。

自分はいったいなんなのだ。社会に出て一円も稼ぐことができない。それを補うために愛される女になれと言われてきたというのに、結局、それもかなわなかった。自分に残っているのは、絵がちょっとうまいことだけだ。このくらい絵の描ける人間だったらごまんといるだろう。きっと、愛のない結婚をしている人と同じ数だけ……。いや、もっと多いかもしれない。

そんなことをあれこれ考えていると、スケッチの上にぽたぽたと涙が落ちてきた。

――早く子供を作りなさい。

母は華美の傷口に塩をすり込むように言った。愛されていないのにどうやって子供を作るのだ。

結婚して半年ほど、義務のようなセックスがあった。

華美には初体験だったが、それでも、愛撫《あいぶ》もキスも何もない、ただ挿入して射精するだけのセックスというのは気持ちの盛り上がりがいっさいなく、痛いだけだった。

夫の態度が氷のように冷たいことで、精神的な苦痛まで伴った。鋼鉄でできたサイボーグとセックスしているような感覚だ。

華美が体を硬直させていると、挿入しにくいことに夫は苛立《いらだ》ちを露《あら》わにした。

華美はネットの通販で、潤いジェルというのを密《ひそ》かに購入した。夫が寝室に侵入してくるたびに、あわてて、ジェルを陰部に塗るようにした。スムーズに事は運ぶようになったものの、それでも、セックスするたびに愛されていないことに、心の痛みが増していった。

妊娠しているかどうかがすぐにわかる試薬があるから、と夫にメーカーの名前を教えてもらい、買ってくるように勧められた。

言われたとおり、薬局に試薬を買いに行って何度か確認したが、すべて陰性だった。

華美が妊娠していないことを報告すると、夫はあからさまにがっかりした顔をした。

妊娠しなければ、姑を喜ばすことができない。それに、華美が妊娠するまで、したくないセックスをしなくてはならないからだ。

試薬で陽性とさえ出れば、同時に二つのことが解決するのだ。

夫の落胆する顔を何度かみているうちに、華美はそういう行為そのものが恐怖になった。

愛されたいと願っているのに、夫の機械的な動きにじっと身をまかせていると、どうしてもリラックスできない。そんな華美の気持ちをむこうも察したのか、二か月ほど前から、夜の生活はぴたりとなくなった。

——愛されてないのにどうやって子供を作るの？

——そんなことくらい自分で工夫するのよ。あなた、もう二十四歳でしょう。れっきとした大人よ。二十四歳なんて。

絡まった蜘蛛《くも》の糸でも払いのけるように母は言った。今まで何もかも母のいいなりに強いられて、寄りかかって歩いてきたのに、最後に「自分で歩きなさい」といきなり歩行器具を外されて、背中をどんと押されたみたいな、そんな心境だった。

再び、涙がぽたぽたとスケッチの上に落ちてきた。

――泣いていないで、こちらにいらっしゃい。

耳元でささやき声が聞こえてきた。

桜の妖精《ようせい》……。

華美は突然体が軽くなるのを感じた。自分の魂は桜の妖精の誘いに応じて舞いあがろうとしている。こんなふうに自然を描いていると、対象からの強い誘いを受け、魂が離脱し、肉体だけが筆を持ったまま残されてしまうことがある。自分の魂が小さな粒子となり、あるものは無数の花びらと同化し、あるものは花冠から内部にどんどん入り込んでいく。そうやって見たものを、ベンチに座っているもう一人の自分が冷静に描き出してくれるのだ。

華美はしばらく絵に没頭していたが、ふと人の視線を感じてそちらを見た。老夫婦が怪《け》訝《げん》な顔でこちらを凝視している。

見事な桜の前で、スケッチしながら泣いている女。華美は自分の描いている画用紙に視線を戻した。つかのま、桜の妖精と戯《たわむ》れている間に、絵はほぼ完成していた。

鮮やかなピンク色を使った桜の群は目にも刺激的だ。泣きながらこんな色を使っている自分は、さぞかし、老夫婦の目に奇異に映っただろう。

華美はあわてて立ち上がると、まだ乾いていないスケッチブックを閉じて、逃げるように、原谷苑をでてタクシーに乗り込んだ。

それからあっと気づいた。

デジカメだ。念のためにリュックの中を探してみたが、やはりない。うかつにも苑の中にデジカメを忘れてしまったのだ。買ったばかりの新品なのに。

タクシーにUターンしてもらうよう頼み、再び、車から降りて、苑に戻った。大勢の人が並んでいて、入り口には関所ができていた。料金をもう一度払うと、中に入り、さっき自分が座っていた場所に戻った。ベンチには年配の女が三人座っていた。

そのまわりをふらふらと探して回ったが、デジカメはどこにも見あたらない。

ベンチからそう遠くはないはずだ。華美はしばらくあたりをぐるぐると歩いてまわり、それから、ベンチの後ろ側に回って、その下をそっとのぞき込んだ。

――あった！

出たばかりの手のひらサイズの最新型、今一番売れている手ぶれ防止型のデジカメだ。

「すみません、あの、この下にデジカメを落としたので取らせて頂いてもいいですか？」

座っている女性たちに頼むと、二人が立ち上がった。華美は、かがんでさっとデジカメを拾った。間違いない、華美のデジカメだ。

女性たちに礼を言って、再び出口まで降りていった。入り口で並んでいる人たちはさきほどの何倍にも増えていた。再び止まっているタクシーに乗り込んだ。

スケッチは、絵の具がかわいていないのに閉じたせいで、次のページにべたりとくっついてしまった。せっかく、三回もスケッチに来たのに、すべてが台無しだ。

気分がまぎれるどころか、ますます落ち込んだ。

タクシーのドアにもたれかかって、外の景色をみているうちに、派手に咲き乱れるしだれ桜が脳裏に蘇《よみがえ》ってきた。桜の花粉が艶《あで》やかな女の結晶となって華美の体にまとわりついてくる妄想に戦慄《せんりつ》した。

あの沢田友梨みたいに、女を十分に開花させ満たされた大人の女の結晶。

帰宅すると、華美は自分の描いたスケッチをびりびりにやぶってゴミ箱に捨てた。それから着ていた服をすべて脱ぎ捨てて洗濯機に入れた。

トレーナーとジャージをまとって、ベッドにうつぶせになり、枕《まくら》に顔をうずめてしばらくじっとしていた。結婚したときから夫とは別々の部屋だった。

――仕事が遅いし、君を起こしたら悪いから。

別室の理由について、夫はそんなふうに言っていた。それが優しさからだと思いこんでいた新婚当初の自分はなんとおめでたい人間だったのだろう。

ここ二か月ほど、夜中に帰ってくる夫は、この部屋に来ることはない。もちろん、自分から夫の部屋に行くこともない。どうせ望まれていないのだ。そんなことをあらためて確認してもよけい傷つくだけだ。

――バカな私。

バカな自分にぴったりの愚かな境遇だ。再び涙が出てきた。涙もこうやって枕にしみこませていれば誰にも見られない。

絵さえ描いていたら気分がまぎれたのに、その手段すら今日は有効ではなかった。それほど、自分は、夫の女の存在に打ちのめされ、母の言葉に絶望しているのだ。

このまま寝てしまいたいと思った。だが、睡魔はいっこうに襲ってこない。

そうだ。あのデジカメに写った桜の花を全部削除してしまおう。あんなもの、残しておくのもいやだ。

そう思い、ベッドの脇《わき》に置いたリュックを手に取ると、中をさぐって底からデジカメを取り出した。

手に取った瞬間、ちょっとした違和感があった。買ったばかりのはずなのに、新品の感触が薄れていた。ひっくり返してよく見てみる。これは確かに自分のデジカメだ。地面に落ちて、埃《ほこり》まみれになったから違って感じるのだ。

再生ボタンを押して画像を確認した。

——えっ？　これはいったい……。

華美は眉《まゆ》をひそめた。

そこには見たこともない少年の顔が写っていた。次の画面も同じ少年だった。カメラに向かってポーズをとっている少年は、おどろくほど表情豊かだ。

開いた両手を胸元にもっていき、長い首をぐっと伸ばして目を大きく見開いている。僕のこと？　と問うているようだ。こんな奇抜な表情をする少年をいままで見たことがない。

再生ボタンをオフにして、あらためてデジカメを見てみる。まったく同じ機種だが、これは、自分のデジカメではない。

いったい誰のものなのだろう。写っているのは、十四、五歳の少年。この年齢の少年が持つにしては高価なカメラだ。

とすると、恐らく、これを撮影したのは、少年の母親。さきほどベンチに腰掛けていた三人の中年の女の内の一人の持ち物なのではないだろうか。

華美がベンチの下からこれを拾ってもっていっても何も言わなかったのはなぜだろう？　向こうは向こうで華美のデジカメを間違えてもっているからかもしれない。きっとそうに違いない。

あのデジカメの中にはいったい何が写っていたのか。華美はそれを思い出そうとしてみた。簡単なことだ。あれは一か月前に買ったばかりなのだから。

ここ一か月の間にスケッチに行った場所、つまり春の京都の自然の風景ばかりがカメラの中にはおさまっている。

あの画像から自分を捜し当てることはできないだろう。

それに、同じ機種のデジカメで、しかも華美のものの方が綺麗だから、もっている人はこちらを取り戻す気などないのではないか。

だがもし、ここに写っている画像に執着があれば別だ。案外カメラより写した画像の方に未練があることもある。だとすると、持ち主はこのカメラを取り戻したがっているかもしれない。

さきほどの少年の顔がふと頭に浮かんだ。しなやかな首とこちらに何かを語りかけてきそうな力のある目。なのにひどく繊細で壊れそうな印象を併せ持っている。

とてもいい表情をした少年だ。

あの顔を描いてみたい。

不思議な感情だった。華美はいままで人間をスケッチの題材にしたことは一度もなかった。なのに、ほんの一瞬しか見ていないあの顔を無性に描いてみたいという思いに駆られた。

あんなに好きだった、いや、今でも愛されたいと渇望している夫の顔ですら描いてみたいと考えたことはない。

いったい、あの顔のどこに自分は惹《ひ》かれたのだろうか。

もう一度、しっかりと少年の顔を見たくなった。華美は寝室を出て、パソコンの前に座った。

デジカメの中のカードを取り出す。このカードはこのメーカーの最新のものだ。

これにあわせて買った新しいカードリーダーにカードを挿入し、画像をパソコンの中に取り込んだ。画像は全部で十八枚あった。

最初の一枚は少年がポーズをした顔。画像の日付は、２００７年４月15日、となっている。それから、子猫をだっこしている写真、それになにやらノートをこちらにかざしている写真があった。ノートの中には少年が書いたらしい文字があった。

どれもあまり鮮明な画像とは言えない。このデジカメはぶれないという宣伝文句の割にコンパクト過ぎるせいか思っていたほど撮りやすくない。持ち主は、まだ新しいカメラなので撮り慣れていないのかもしれない。

それでも、少年は十分美しかった。実物はどんなに魅力的だろう。

少年の持っているノートを拡大してみる。「十年の時をへだてて」、と大きく書かれた題名は読めたが、文は単語の一部がなんとか読みとれるほどのものだった。

これはどうやら少年が書いた詩のようだ。華美はなんとか判読できる単語を拾い読みしてみた。

「十年の時をへだてて」

いつか僕は……歓声を……囀……。

……彼女と、僕……十年の時代差……

星が……銀色の糸によって、……

……………………………………年の壁を破って……

彼女と……会うことを。

……………骨は踏まれて……………………目覚めるだろう。

僕の体は砂になり、………………誰……手の……すくわれ……。

…………僕の魂は……蘇って、………歌うだろう。

目に飛び込んでくる単語が華美の中でどんどん映像化されていく。星が作り出す銀色の糸のおかげでつながっている恋人たち。踏まれて目覚める骨、手のひらにすくわれる砂。そして蘇る魂。

頭の中で描いたものは、なんとも不思議な絵になった。この言葉の選び方……。これは普通の感性の持ち主ではない。

この少年は、とても、特殊だ。

華美は、デジカメを握りしめた。この特殊性が、今、自分だけのものになったような気がした。

華美は自分がなぜこの少年の顔に惹かれたか、その理由をこの詩の断片によってつきとめたような気がした。

再び、少年の顔を見る。襟の部分が大きくえぐれた煉瓦《れんが》色のTシャツを着ていて、まだ子供みたいな表情なのに、不思議な色っぽさがあった。

こんなふうに首の下の骨を露出したシャツは、男の子が着るものにしてはめずらしい。胸は子供らしく薄くて華奢《きゃしゃ》だ。身長がどれくらいなのかわからないが、小柄な印象だ。髪は今風にランダムに毛先を立ち上げている。これはハードムースを使っているのか、それとも自然なのか。耳の前に髪をたらしているのがなんともあどけない。

バックには不思議な絵が描かれていた。しかし、これは額縁に入った絵ではない。窓ガラスだ。ガラスに絵つけがほどこされているのだ。

ステンドグラス？　それにしては暗い。画像そのものが鮮明でないせいもあるが、このガラスの向こうに、間隔の狭い格子らしきものの影がぼんやりと写っている。外の光が格子のせいで少ししかはいってこず、せっかくステンドグラスをはめ込んでも、十分効果を得られないのだ。

なぜ、こんな不似合いな場所にステンドグラスがはめ込まれているのだろう。

画面一杯に少年の顔を拡大して、目を見つめた。

華美はおや？　と思った。

よく見ると、目の色が左右で違っているのだ。右目は赤みがかった茶色。左目はそれよりかなり濃い色をしていて、真ん中の黒目の瞳孔《どうこう》が開いていて大きい。

華美は次の画像を見た。少年は黒い子猫を両手にかかえている。握り拳くらいの小さな顔、まん丸い目、少年の頬《ほお》にあてられたその顔は、きょとんとこちらを見ていた。少年は目を細めて笑っている。瞳《ひとみ》がはっきりと見えない。

子猫は全身真っ黒なのに、片耳だけ白い、かわったガラをしている。少年は目、猫は耳の色が左右で違っている。それが、なんとなく、映像的にしっくりきた。

次の画像に移った。首を右にまげて、左目でこちらを見ている。その目はどこか焦点が合っていないように見えた。目がピンぼけているというより、こちらを見ているのに、ちゃんと見えていないみたいな表情だ。詩の書かれたノートをもっている。「僕の失われた破片」という題名の詩だった。これも断片的に単語だけが読みとれた。

華美はそれを飛ばして、また次の画面に行った。

少年は、右目に黒い眼帯をしていた。まるで海賊みたいだ。

そして、右手の親指を立てて、人差し指をこちらに向けて、鉄砲をつきつけるポーズをしている。

ドキューン、と発した瞬間撮影されたみたいだ。

変装して、ふざけているのだ。遊び心のある子。

次の画像に移った。そこは今までよりもずっと明るい場所のようだった。水色がかった透明のガラスが写っていた。

不思議なことに、そのガラスの上に赤い字で詩がかかれていた。これはガラスに絵付けを施す専用の絵の具か何かで書かれたもののようだ。

「炎に魅《み》せられし者」という題名の詩だ。ノートのものと筆跡が同じだが、これは字が大きいのではっきりと読めた。かなり縦長で大きなガラスに書いたらしく、三つに分割して写してある。

しばらくガラスの上の赤い文字に見入っていたが、へんに心に突き刺さる詩だった。

さきほどの写真に戻ってもう一度、両目を比較してみた。やはり目の色は違う。そして、左目の中の黒目が真ん中より微妙にずれていて焦点があっていない。

なるほど、そうなのか。謎《なぞ》が解けた。

おそらくこの少年は左右の視力に差があるのだ。

多分、右目に比べて左目の視力が悪いのだろう。黒目がずれるというのは見えていないからだ。もしかしたら、弱視に近いのかもしれない。

黒い眼帯は、海賊ごっこでやっているのではなく、視力を回復させるための矯正《きょうせい》なのだ。

小学校の時、眼帯をつけている同級生がいた。けがをしたのかと思ったが、そうではなく、両目の視力に差があり、そのままにしておくと、悪い方の目が今以上に悪くなるから見える方を遮断する必要があるのだ。

そんなふうなことを級友の家に遊びに行った時、そこの母親が言っていた。目も筋肉と一緒で使わなければ、視力がどんどん落ちていくのだと。

眼帯は、よい方の目を遮って、悪い方の目を使う訓練のためのアイパッチだ。

この少年もそうなのだろう。

どこの誰ともわからない男の子の秘密を知ったからといって、いったいなんだというのだ。なのに、自分は、少年のこんなささいな秘密を見抜いただけで、気分が高揚した。

それから再び猫を抱いている写真だった。

次の画像へ移る。どこかの町屋の正面のようだ。黒っぽい木の格子から指を出している。よく見ると、格子の向こうに少年がいてこちらを見ている。窓を開けて、格子からこちらを覗《のぞ》いているのだ。多分、今までの写真は、家の中のこの窓の向こうから取った写真だったのだ。とすると、ステンドグラスは、この格子によって、光が半分遮られていることになる。町屋の格子とステンドグラス、おかしな組み合わせだ。

少年の写真は合計で八枚あった。

詩は合計で、四編。ノートの上に三編、ガラスの上の詩は三つに分けて撮影しているものらしかったから、どうやら一つの詩だ。

「十年の時をへだてて」「僕の失われた破片」「さびしがりやのアルファベット」「炎に魅せられし者」

日付はどれも2007年4月15日となっている。二日前のことだ。

次の画面には古い京都の建物らしきものが写っていた。日付はその翌日の4月16日だ。

ガラス張りの店の中にいくつもの透明の壺《つぼ》が並べてある。その建物の看板がアップの画像も写っている。

横文字だ。

「dorato」

その横には、建物の中に並んでいるフラスコみたいな透明の壺がいくつも収まっている。

「ドラート」

華美は声に出してみた。どこかで聞いたことのある名前だった。

ドラート。友だちが話題にしていたような気がする。
蜂蜜屋《はちみつや》。そうだ、西陣にそんな蜂蜜屋が最近できたと聞いたことがある。あれは大学時代の友だちだ。京都では町屋の再生に力を入れていて、三年前に西陣の長屋を改築してできた店なのだという。

京都特有の薄暗い家の中にさまざまな種類の蜂蜜の入ったビンは、まるでアンティークのランプみたいに煌々《こうこう》と光っていて、不思議な雰囲気を作り出している。

今度一緒に行ってみよう、とその友人に誘われていた。華美はとくに甘いものが好きなわけではないので、蜂蜜ときいて、気の進まないまま曖昧《あいまい》に頷《うなず》いただけだった。

また別の家の正面の写真があった。よくみると「ブルトン」という看板が戸の横に立ててあり、クレープとカフェの店と書いてあった。これも町屋を改装した店のようだ。格子の戸が開放されていて、石畳の細い庭が奥までつづいている。突き当たりにガラス戸があり、その中が店になっているのだ。この名前は聞いたことがなかった。それにしても、町屋でクレープというのは不思議な趣を感じさせる。

この店は、外観だけ三枚も撮影してあるが、それほど特殊な店構えには見えない。

そして、最後に、原谷苑の桜の写真があった。

それは今日の日付、つまり4月17日だった。

ああ、やはり、このデジカメはあの苑に花見に来ていた人のものなのだ。これが自分の手元にあることの謎が解けて、すっきりした。

原谷苑の写真をクリックして拡大してみた。それを見て、華美は飛び上がりそうに驚いた。

写真の下の方に自分の横顔が写っているのだ。

どうして自分の顔がこんなところに写っているのだ?

カメラの持ち主が自分を撮影しているなんて、そんなバカなことが……くらりと目眩《めまい》がした。

しばらく呆然《ぼうぜん》としていたが、なんのことはない、それが実に単純な理由であることに気づいた。

よく考えてみれば、このカメラの持ち主は、華美を撮影しようとしたのではない。桜の花を撮影していて、うっかり華美の横顔が下の方に入ってしまったのだ。

自然を撮影していて、そんな経験をすることは自分にもよくあった。画像を拡大してみると、実にさまざまな人物が写っている。パソコンに保存する時、カットできるようであれば、トリミング処理をすることにしている。

華美は画像に写っているうつむきかげんの自分の横顔を見て、恥ずかしくなった。涙でぐしゃぐしゃの顔をしているのだ。きっと、撮影した人物は自分の存在など気がつかなかったのだろう。持ち主がこのデジカメを持っていかなくてよかったと思った。

なんといっても、こんな魅力的な少年の母親なのだ。自分の息子が自慢で、創作した詩まで撮影している。そんな人に自分のこんな泣き顔を見られるのはなんとも恥ずかしい。泣いている理由が情けないだけによけいだ。

息子に惚《ほ》れ込んでいる母親。

惚れ込んでいる、という表現にわれながら苦笑した。

母親なのだから、息子が好きなのは当たり前だ。だが、惚れ込む、という言葉はちょっと違うような気がした。

いずれにしても、こんなステキな息子のいる母親が羨《うらや》ましかった。なんといっても親子だったら相思相愛だ。

血の繋《つな》がった子供なら、いくら愛しても、不足ということはないはずだ。それに、母親なのだから望まなくても少年の方も母親を愛しているに決まっている。

夫に無視されつづけているせいなのだろうか。お互いが思い合えるそんな関係が今の華美には羨ましくて仕方なかった。

それにしても、この少年と自分はなんともいえない不思議な縁でつながっている。

同じデジカメの中には、華美と少年だけがいる。あとは、生き物といえば、片耳だけ白い黒猫が一匹。撮影者である母親の姿はこの中に存在しない。

華美は、自分と少年がたった二人っきりでデジカメの中にとじ込められているような気がした。快活で表情豊かな少年に比べて、自分はただ惨めに泣いているだけの情けない顔をしている。でも、この中だけでも、この子と二人っきりの自分がちょっと嬉しかった。

華美は、少年の詩を読めるところだけ書き写した。そして、カードをデジカメに戻して、それを自分の部屋にもっていった。

ベッドに寝ころんだ。

――こんな子供に惹かれるなんて、よっぽど男が恋しいのね。

せめてこの少年があと十歳年上だったら。そんなことを想像してみた。

そう十年後のこの少年はいったいどんな大人になっているのだろうか。華美は書き写したノートを見ながら、詩の最初の詩句を読んだ。

「十年の時をへだてて」

いつか僕は……歓声を……囀……。

これはもしかしたら「いつか、僕は人々の歓声を浴びて囀《さえず》っている」という意味かもしれない。

十年先の少年は、華美と同い年くらいのはず。多分、二十四、五歳だ。囀《さえず》っている、とはどういう意味だろう。もしかしたら、この詩に曲をつけて歌っているのかもしれない。

二つ目の詩の題名はこうだった。

「僕の失われた破片」

僕の失われた破片

僕の……破…………

……星…………輝いている…………

僕の失われた破片

……海の底で、笑…………。

僕の失われた破片

……僕のもとにもどって……………。

……………僕の破片を……………現れた。

その人は…………拳を差し出した

そっとひらいた……手の中をのぞいてみる

僕の破片が輝き、笑……………いた

僕の失われた破片

……その人が僕の破片………………になっていた。

この少年は、こんなふうに失われた自分自身を探しているのだろうか。

瞼《まぶた》を閉じると、少年の破片が、愛する女性の手の中で、輝き、笑っている光景が目に浮かんできた。

華美は二十四歳の大人の男の姿を想像してみた。今よりもう少し筋肉をつけているが、豊かで繊細な表情は今とかわらない。華奢で美しい大人の男。

その夜、寝ていると誰かが華美の上に覆い被《かぶ》さってきた。

それは若い男だった。

華美は男の顔を見て、それが十年後のあの少年であることを確信した。

「星の放つ糸が時間を飛び越えて、十年の壁を破って、あなたをここへ連れてきたの？」

華美がそう聞くと、男は黙ってうなずいた。

男の唇が華美の唇に合わさった。柔らかくてしなやかな舌。弾力があって若々しい胸。自分の中に入ってくる男を、十分に潤った華美の体は受け入れた。自分の体が溶けて、男の体も溶けて、まるで二色の絵の具みたいにぐにゃりと二人は混ざり合った。

華美は、その時、自分の肉体から魂が離れていくのを感じた。そして、もう一つの魂と合体して、二人の絡み合う肉体の上をふわふわと舞っていた。

翌朝、目を覚ました。男はいなかった。すべては夢だったのだ。なのに、体が熱く火照《ほて》っていた。自分の体から発する生々しい空気が部屋中に漂っていた。

こんなことは、生まれて初めてのことだった。

第二章　バタフライ・エフェクト

　僕はベッドに仰向《あおむ》けに寝転がったまま、額に入った自分の写真を右手でかざしてじっくりと見た。

　この写真は、今からちょうど十年前、僕がまだ十四歳だった頃、トモねえが撮ってくれたものだ。

　何枚か撮ってもらった内、上京する時に選んでもってきたのは四枚。その中から更にこの一枚を選んで額に入れて、本棚に飾っている。

　選別された秘蔵の一枚。しかし、なぜこれが一番気に入ったのか、はっきりとは覚えていない。

　多分、他の写真は表情に若気のてらいがあり、われながら恥ずかしかったからだろう。

　まだ子猫だったシロミミをかかえて、伏し目がちにかすかに笑っているこの僕の表情にはさほど不自然な感じがない。

今の僕と違って透明感のある生き生きとした表情をしている。

それもそのはずだ。この頃の僕の日常は詩であふれていた。滝のように言葉が浮かんだし、曲がどんどん脳の回路に流れ込んできた。見るもの聞くものなんでも吸収した。人生にたいする希望もあった。

今の僕の脳からは何かが生まれることはなくなった。

いわば、外からの水路がたたれてしまい、新しい水がちっとも入ってこないような状態だ。

汚れた水で洗濯するみたいに、同じ言葉がぐるぐる頭の中を駆けめぐっていた。

加えて酒浸りの日々。

詩の燃えかすが頭蓋骨《ずがいこつ》につまっていて、それを日がな一日アルコールで浸して紛《まぎ》らしているのだ。

昼間はこうやって二日酔いの体をベッドの上に横たえ、夜になったら酒場を渡り歩き、最後の店が閉まるまで飲み倒す。帰ってきてからベッドにはいるまでに、また何杯か飲む。

ここ一年ほど、そんな自堕落《じだらく》で無益な生活をしていた。

この写真の頃に戻って、もう一度人生をやりなおしてみたらどうだろう。ふと、そんなことを考えることがある。

この頃の僕の家庭環境はひどいものだった。だから、あの家族ともう一度生活することなどもちろん望んでいない。だが、一つだけ変えたい歴史があった。

「バタフライ・エフェクト」という映画のことをよく考える。

バタフライ効果とは、「北京で蝶《ちょう》が羽ばたくと、ニューヨークで嵐《あらし》が起こる」とか「アマゾンを舞う一匹の蝶の羽ばたきが、遠く離れたシカゴに大雨を降らせる」など詩的に表現されることがある。

つまり「初期条件のわずかな差が時間とともに拡大して、結果に大きな違いをもたらす」という理論で、「バタフライ・エフェクト」はこれを題材にした映画だ。

主人公は、過去の事故が原因で自分や誰かが不幸になるたびに、その頃に戻って事故が起こらないように阻止する。そうやってやり直してみると、また別の誰かが不幸になる。何度やり直しても、結局、誰かに災いがくることになるという話だった。最後に主人公は、無難な道を選ぶことに成功するが、それなりに悲しさをともなう結末だった。

今、僕がやり直すとしたら、十年前にタイムスリップして、この写真の頃に戻り、自分の書いた詩をもう一度復活させることだ。父に燃やされてしまった詩をすべて手に入れてここへ戻ってきて、また曲を作りたい。それができれば、新しい水路の開発になるだろう。

そう、あの詩のノートさえ燃やされないように父を阻止することができたら――僕は二日酔いの体をこんなところで無駄に横たえてはいないはずだ。

だが、もしかしたら、あの映画のようにまた全然別種の予想もつかない不幸に見舞われるのかもしれない。

それでも、あの詩さえ手元にあれば……。

写真を見ながら、そんなことをぼんやり考えていると、玄関のチャイムが鳴った。

腕時計を見る。午後五時過ぎだった。そろそろ起きて、でかけようと思っていたところだ。

こんな時間に僕のところに訪れるのは、宅配便か、宗教の勧誘、訪問販売くらいのものだ。たった一人だけ、こんな僕に会いたいと思ってやってくるめずらしい人物がいるけれど。

僕はベッドから起きあがって、玄関に向かった。

チェーンを外して、扉を開ける。

手提げ袋を両手に持ったアカネがドアの向こうに立っていた。

色あせたジーパンに茶色の革ジャン姿だ。来訪者は、最後に想定した人物、つまり僕に会いたいと思ってやってくる奇特な人間だった。

「ヒゲぐらい剃《そ》ったら?」

僕はあわてて自分の顎《あご》に手をやった。そういえば、ここ三日ほど、ヒゲも剃っていなかった。

細い両腕に提げた紙袋はやけに重そうだ。

「どうしたんだ?」

「やっぱり、忘れてるんだ。自分の誕生日を」

アカネは、そういうと、スニーカーを脱いでずかずかと家に入ってきた。

彼女はリビングのテーブルの上に、スパークリングワイン一本、白ワイン二本、それに赤ワイン二本の計五本のボトルをずらっと並べた。

「シルバーブリュット、シャルドネ、シャブリ、ピノ・ノワール、それにカベルネ・ソーヴィニヨン」

僕は卓上カレンダーに目をやり、今日の日付を確認する。一月十七日。そういえば、今日は僕の誕生日だ。

ここ一年、殆《ほとん》どなにもしないまま、僕はついに二十四歳になってしまった。

「よく覚えていてくれたな。自分では、完全に忘れていたよ」

「多分、一人でカビの生えた布団の中にいると思った」

「当たってる。けど、ちゃんと干してるからカビは生えてない」

「それから、ほら、フォアグラの缶詰とチーズ、オイルサーディンも持ってきたのよ」

「やけに奮発してくれるな」

「全部、バーゲンよ。ワインの半分は安物」

アカネはちょっと照れくさそうに言った。大晦日《おおみそか》の晩も彼女はこんなふうに僕を訪ねて来た。あの時は、市販のおせち料理を持参してくれていたので、元日の朝まで飲んで「あけましておめでとう」と二人で乾杯しあった。

僕は、グラス二つとワインオープナーを戸棚から取りだした。

「まずは、スパークリングワインからあけてよ。冷えてるから」

僕は、スパークリングの栓《せん》をおさえている針金をぐるぐると回してほどいた。

アカネはフォアグラの缶詰をあけて、プリンみたいにぱかりと皿にのせて、それをナイフで、五ミリ幅くらいに切りはじめた。それが終わると、もう一つの皿に、カマンベールチーズとブリーチーズをのせて、それも一口サイズにナイフを入れた。

その間、僕はワインの栓をおさえている針金を全部外し、中指と人差し指の間にコルクをはさんで注意深く抜きはじめた。

「野菜がない。サラダでも買ってきたらよかったかな」

「ワインがあるからいいさ」

「そうね。原料はブドウだしね」

結局のところ、食べ物などどうでもよかった。アルコールさえあれば、僕らは楽しくすごせるのだ。

スパークリングワインの栓をゆっくりと上にひっぱっていくと、プシュッという音をたてて自然に抜けた。クリスタルのグラスにそれを注ぐ。白い泡がグラスの上方に勢いよく上っていき、あふれた。

「あらら、あんまり冷えていないのかな」

「まあ、いいさ。乾杯しよう」

とりあえず、僕らは腰掛け、グラスをカチリとぶつけて乾杯した。

シロミミが僕の膝《ひざ》に飛び乗ってきて、うずくまるとじっとうごかなくなった。

冬場はもっぱらコタツの中ばかりにいるので、こんなふうに膝に乗ってくることなどない。なのに、アカネが来るといつもこうだった。

「嫉妬《しっと》深いな」

アカネはちょっと顔をしかめて見せた。だが、彼女は、猫が嫌いではない。この程度だったら許容範囲なのだろう。

「自分が先住民だと思ってるからね」

「先住民? 本妻だと思ってるんじゃないの」

「こいつ、オスだよ」

「じゃあ、私と同じだ」

アカネは冗談ぽくそう言って笑った。彼女はれっきとした女性だ。肉体だけは。が、同性愛者なので女しか愛せない女だった。

僕らはホテルのバーで飲んでいて知り合った。アカネと一緒にいた女、藤谷洋子《ふじたにようこ》が僕にサインを求めてきたのがきっかけだ。

その時、僕はアカネの存在に殆ど気づかなかったし、彼女の方でも僕に興味はなかったという。一緒にいた洋子という女は、気のきつい感じの美人だったが、その女も特別僕の好みではなかった。ただ、洋子は僕のファンで追っかけたことがあるから正体を知っているといった。

僕は四年前に大ヒットを飛ばした「ECTR」というバンドのボーカルだった。素顔を見て正体を知っていると言われるほどメジャーではなかった。

その時、僕は、洋子にサインをして少し話をした。

それから、アカネと親密になるまでには、いろいろないきさつがあった。

とりあえず、アカネは、女にしか興味のない女だから、僕らは友情というシンプルな関係――もしくは恋愛より複雑といえる絆《きずな》――で結ばれている。

僕は、チーズを食べて、炭酸ガスのきいたワインを口に含んだ。

アカネはオイルサーディンの缶詰を開けた。シロミミが机の上に飛び乗りしっぽを直角に立てると、サーディンのにおいをくんくん嗅《か》いだ。

「まったく、しつけの悪い猫ね」

アカネは指でサーディンをつまんで、シロミミにやった。

「この猫、何歳？」

「十歳と五か月。子猫の時から一緒だ」

「じゃあ、もう十年以上のつきあいってことね」

「まあね」

「お母さんが拾ってきたの？」

「いや」

僕は即座に否定した。

あれは中学生の頃だった。鴨川《かもがわ》のほとりでシロミミを拾ってきたのは僕だった。全身が真っ黒なのに、ミミだけが白いのが気に入って、シロミミと名付けたのも僕だ。

「ねえ、祐《ゆう》、あなた家族の話をすると、とたんにイヤな顔をするのね」

僕は返事をしなかった。

「ほら、また～、イヤな顔した。ご両親のこととか、兄弟のこととか……。マスコミに秘密なのはわかるけど、私にだけは話してくれてもいいじゃない？」

僕は「私にだけは」という特権的な言葉があまり好きではなかったので、返事をせずに黙ってワインを飲み干した。そして再びグラスに注いだ。

「沖縄出身だなんて嘘《うそ》でしょう。あなた京都人だよね」

僕はぎくりとした。

「やっぱりそうなんだー。図星！」

どうして、ばれたのだろう。僕の目がそう問うていることも、アカネにはお見通しのようだ。

「寝言で京都弁、話してた」

「嘘つけ」

「しょっちゅうここに泊まってるから知ってるの」

アカネは、僕と出会った時に一緒だった洋子にふられた。その後、一人でホテルのバーに来た彼女と再会した。

その時、僕は、ある事件に巻き込まれて、自殺未遂を図って運び込まれた病院から退院したばかりだった。アカネは新聞や週刊誌のたぐいをいっさい読まないので、僕の事件を全く知らないようすだった。

だが、お互い、人生に絶望しているという点で、似たような波長を放っていたことだけは確かだ。僕のグループ名すらも知らない彼女といるのが気楽だったことも助けて、僕らは、ずっと飲み続けた。

二人でバーの閉店まで飲んだ。それから僕は彼女を自分の家に誘った。

家のリビングで二人は再び焼酎《しょうちゅう》を飲み直した。

彼女はソファにもたれてすっかりリラックスしているようすだったが、僕が彼女の隣に座ると、唐突に言った。

——残念。実は、私、男に興味ないの。

彼女はそれだけ言うと、僕の反応も見ないでグラスの焼酎を飲み干した。その時、僕は自分はこの女と寝たくて家に誘ったのだろうか。と自問したが、結局、そんなことはどちらでもよいことに気づいた。

——僕も女に興味ないよ。

別に負け惜しみでもなんでもなく、僕はそう言った。するとアカネは安心したのか、急に明るい顔をした。

——ゲイなの？　見えないなー。

——いや、そうじゃなくって、女はやめたんだ。

——私も当分、女はやめー。

意味は微妙に違っていたが僕らはそう言い合って、あいての事情も訊《き》かないまま、意気投合した。

それから、ちょくちょくアカネは酔いつぶれて僕の家に泊まりに来るようになった。親しくなっても、相変わらず、僕は僕の事情を説明しなかったが、彼女の失恋したいきさつは、こと細かく聞かされることになった。

確かに、彼女は何度もこの家に泊まりに来ている。

「寝言なんか言わないよ」

「言ってたの。京都弁で」

「京都弁ってわかるのか？」

「彼女が京都人だったの」

アカネをふったあの女は京都人だったのか。そういえば、関西なまりがあったことを今思い出した。僕はアカネがべろべろに酔いつぶれてここへ来て、失恋話を長々と告白した時のことを思い出した。

正直、僕は彼女の気持ちが分からなかった。

「あなた失恋したことないの？」

「ないね」

「じゃあ、どうして、人生に絶望しているの？　そっちの事情は何一つきいていないわよ」

「失恋以外でだって、人生に絶望すること、あるさ」

「失恋以上に苦しいことって、あるのかしら」

ある。僕は心の中でそうつぶやいた。結局、男は社会的な生き物なのだ。そして、僕にとって、詩が自分と社会とをつなぐ唯一の手段だったのだ。

「略奪同棲《どうせい》失敗」

アカネは冗談っぽくそんなふうに言った。

「ひどいな」

洋子には夫と子供がいた。つまりアカネは人妻と恋愛関係になったのだ。

二人は半年くらい同棲していたが、子供がかわいいからという理由で女は夫のところへ戻ってしまった。

「ひどいというのは、私のしたことを言ってるの？　子供から母親をうばったこの私がひどいの?」

「いいや。失恋して絶望したおまえのくずれ方がひどかった」

失恋とはこんなに痛いものなのか、と僕はあきれた。

「散々だった。でも、息子がかわいいのよね、やっぱり。子供にとっては母親が戻ってきてよかったんだって思うように努力してる」

そういいながら、アカネはいかにもその努力が苦しそうに顔をしかめた。

僕は自分の母親の顔をぼんやりと思い出した。父に怯《おび》えてびくびくしていた母は、僕の心の中では希薄な印象しかない。いったい何を考え、何をしたかったのか、僕や妹を愛してくれていたのか、いまだに分からない。

「どんな子供なのかしら」

「さあね。親子の愛情だって信用できないよ」

「親子か……そういえば、あなた、シロミミと私しか誕生日を祝ってあげる人がいないんだ。お気の毒!」

アカネはカマンベールチーズをぱくりと口に放り込んで、もう一本、ピノ・ノワールのボトルを開け始めた。コルクがかたくてなかなか開かないので、ボトルを僕に差し出した。

「君は祝ってもらえるのか?」

そうたずねた僕は、彼女の誕生日がいつなのかも知らなかった。

「私には家族がいるの。恋人はいないけど。って、もう恋愛は本当にこりごりだけど」

ここで僕らの意見は一致した。お互い、違う理由からだが、恋愛はもうこりごりだった。

正確には、彼女は恋愛に懲《こ》りた。僕は、女に懲りたのだ。

だが、そういいながらも、アカネは心のすみっこで出会いを渇望しているし、僕もそうだった。

仮にどちらかに理想の出会いがあったとしても、僕らの友情が壊れることはないだろう。まず、好きな女の好みが違う。それに、二人とも相手を縛りたいという欲求がない。少なくとも彼女は僕に対しては自由を尊重してくれている。だからなのか、僕は彼女と一緒にいるのが気楽だった。

アカネがどんな家庭で育ったのか知らないが、僕は、自分の両親を見ていて、所有欲というものが怖かった。身近な人間の自由をもぎ取ってしまう以外にいったいなんの取り柄があるというのだ。所有欲というものに。

家族の場合、それが愛情という仮面をかぶっているから、ますますもってたちが悪い。

特に僕の家族は病《や》んでいた。父も母も、僕たちが自由でのびのびすることなど許さない。僕たちのことを更に狭い籠《かご》にとじ込めておかなくては気がすまなかったのだ。何かをしようとすると、禁止文句ばかり飛んできた。

「ねえ、あなたが京都人だってこと、バンドのメンバーで知っている人いるの？」

僕はそれには返事せずに、オイルサーディンを口に入れてワインを飲んだ。口の中に生臭《なまぐさ》いにおいがひろがった。

「サーディンとワインは合わないな」

「これ、シロミミのために買ってきたんだ」

「なんだ、ライバルに気をつかってるんだな」

「先住民は大切にしないといけないでしょう。だいたい、猫をライバルにするほど、落ちちゃいないわよ」

当のシロミミは、もう僕たちにはすっかり飽きてしまったらしく、隣の和室のコタツの中に姿を消していた。

「それより、あなた京都出身だってこと……」

僕は目を細めて、アカネの顔をにらんだ。

「怖い顔。わかりました。訊くのやめる。でも、そういうあなたの秘密主義、嫌いじゃない。むしろ好きよ。私にないものだから」

アカネは、自分のことをさんざん告白しまくって、それで発散できるのだから結構だと思った。

「君は、毒吐きだからね」

「あなたには、歌があるじゃない。だから、毒を吐かなくたっていいのよ、きっと」

「歌？ そんなもの今の僕にはないに等しい」

「もう歌わないの？」

アカネはちょっと淋《さび》しそうに言った。ファンでもないくせに、僕は心の中でそうつぶやいた。

作詞作曲は小学校の頃からやっていた。家のいやな出来事を忘れるために詩で心を埋めていたのだ。詩が浮かぶと、自然に曲が頭の中に流れてきた。

しかし、当時、僕の家にあるのは、鍵盤《けんばん》の二本足りないピアノだけだった。それは、母が唯一嫁入り道具として持ってきたものだった。母の家系は音楽一家らしく、曾祖父がそこそこ有名なチェリストだったときいたことがあるが、パートに明け暮れ、家では父にびくついている母を見ていて、当時の僕には、音楽のかけらも感じとれなかった。

僕は楽譜を学校から借りてきて、父と母の目を盗んで、我流でこっそりピアノの勉強をした。

十八歳の時、一人で東京へ出た。飲食店でバイトしながらためたお金で中古のピアノを買い、作った曲を夜、家で一人で弾《ひ》くのが楽しみだった。

自分をどうやってレコード会社に売り込んだらいいのか分からなかったので、一年くらいそうやって自分の曲にいろいろなアレンジをくわえて過ごした。

転々とバイト先をかわっているうちに、ある中華料理店で、バンドをやっているという武《たけし》さんという男と知り合った。それが僕にとって、運命の出会いだった。

やけにギターのことに詳しかったから、僕は実は曲を作っているのだと打ち明けた。すると、武さんは、自分はしばらく、ロンドンでバンドを組んでいたことがあると言った。四十近くにもなって、薄汚い厨房《ちゅうぼう》で皿洗いをしている男とロンドンではあまりにもギャップがあるので、ホラもいいところだろうと、適当に相づちを打って聞き流した。

それにしても、彼はギターの話になると生き生きと目を輝かせた。武さんは、ある日本人の天才ギタリストが開発した一番最初のグレコのギターを持っていると自慢した。日本人は外国人と比較して手のサイズが小さいため、ナローネック、スリムネック、ミディアムスケールを採用すべきであるという考えに基づき、ネックを削って薄くし、フェンダー社ストラトキャスターに似せて塗装を施したものだという。

彼はその天才ギタリストのことを神様みたいに尊敬していた。

そのギターで、自分はコンクールで優勝したこともあるのだと言った。

半信半疑だったが、ある夜、僕は、彼がクラブで演奏しているのを見に行った。そこで彼のギターの音を聞いて仰天した。

ロンドンで、彼が組んでいたバンドのメンバーの中にはロイヤル・アカデミー・オブ・ミュージック（王立音楽院）を卒業してオーケストラでチェロを弾いた経験のある者がいたらしい。その話は全部本当だったのだ。

武さんのギターのテクニックは超一流で、曲のアレンジでは僕みたいな素人《しろうと》の知識などとうてい及ばない「和声」「対位法」等の理論にも詳しかった。こんなすごい人間が、中華料理店の皿洗いをやっていることに、僕はショックをうけた。

結局、武さんは、イギリスに観光ビザで二年間違法で滞在して、日本に追い返されたのだという。

彼の演奏をきいてから、僕は一緒に皿洗いをしている武さんのことを尊敬のまなざしで見るようになった。信頼というのは、どんなに説得力のある言葉を駆使しても得られない。特に、僕らのように、身分の保障のない仕事をしているものはなおさらだ。

武さんの小難しいギター理論をいくらきかされても、僕は半信半疑だった。なのに、彼の演奏は僕の心を一瞬で説得してしまった。音楽というのはすごいものだなとあらためて思った。

ある日、彼を自宅に招いて、僕の詩と曲を披露してみた。彼は黙って聞いていた。終わってからも、しばらく何も言わなかった。

「ピアノ、下手《へた》でしょう。うちには鍵盤が二つ取れたピアノしかなかったんだ」

彼の無言が耐えられなくなって、僕は言い訳がましく言った。

「ああ、下手くそだ。まるで素人の演奏だな」

顔から火を噴きそうになった。あんなすごいギターを演奏する彼をこんな所に呼んで、自分の下手なピアノなど弾いて聞かせたことを後悔した。

「だけど……」

そう言うと、再び武さんは黙り込んだ。しばらく苦虫をかみつぶしたみたいな顔をしていた。

「だけど?」

僕は恐る恐るたずねた。

「君にはなにかとてつもなくすごいものがある。これは、音を究める以前の問題だ。いままでに知っている、音にこだわりをもつ連中たちに比べたら、月とすっぽん、ど素人だ。でも、何かこう、よく分からないけれど特殊な感性がある。そんな気がする」

今度は僕の方が返事に困って黙り込んだ。

それから数日後、彼は言い出した。

「君の曲をCDにして、レコード会社に売り込んでみようよ」

それから、彼の友人のスタジオで、一枚のCDを作った。ギターとドラムを彼がかけもち、僕はキーボードとボーカルを担当した。

それらを合成してコンピューターで作った曲は、自分できいてもほれぼれするほどのできだった。

こうしてできた曲をレコード会社に何度か送った。しかし、なんの返事もなかった。

一度くらいであきらめるな、と武さんに活を入れられ、一年間に五曲送り続けたが、完全に無視された。結局、僕のキーボードの腕に限界がある。お世辞にもうまいとは言えない、武さんが言っていたとおりだ。

半ばあきらめたある日、武さんは提案した。

「おまえが歌っているDVDを編集して一緒に送ってみたらどうだ？　下手くそなキーボードの腕を、ビジュアルで補える」

「いやだよ、大衆の目に自分の顔をさらすのなんか。だいたい、補えるって、それ、どういう意味だよ。褒められているのか、けなされているのか」

「背に腹はかえられないだろう。売れる物はなんでも売るしかない。大衆の目にさらされるのがいやでどうしてミュージシャン目指してる？　自己顕示欲の強い人間がなるんだよ。ミュージシャンなんて。おまえだってそうさ」

僕は、世間に自分の顔が知れるのがいやだったので、髪を赤く染め、メークをした。目の特徴を隠すためコンタクトレンズもいれた。

いわゆる70年代のグラムロック風スタイルに、自分なりのファッションを取り入れてみた。ファッションといってもお金がなかったので、ヤフーのオークションで、いろんな種類のボタンやベスト、着物の生地、ズボンを買って、それらを切ったり縫ったりして、市販ではみかけない一風変わった服をまとった。

そして、スタジオを借りてＤＶＤを編集した。

それを曲と一緒に送ったら、僕のファッションと振り付けがよっぽど奇抜だったからなのか、一発で採用された。それから、更に三人、メンバーが加わり、僕らのバンドは結成された。年に二作ほどそこそこのヒット曲を出し続けた。

僕は他のメンバーとレコーディングやコンサートの時以外はつき合わないことに決めていた。沖縄出身と偽っていたので、自分の出生や私生活についてぼろが出ることを恐れたからだ。僕は、マスコミにそのことをすっぱ抜かれるのではないかと、常にびくびくしていた。

なぜそんな嘘をついたのか。多分、自分の過去にどす黒いイメージしかわかなかったからだろう。

僕の子供時代の家庭環境はお世辞にもいいとはいえなかった。

父は、仕事に失敗し、アルコールに溺《おぼ》れ、僕らはいつも暴力をふるわれていた。とくに母の被害はひどかった。髪の毛をつかんで引きずり回されたり、骨折するほど殴られたりした。

父が僕らに吐く言葉は、短絡的で知性のかけらもない乱暴なものだった。

父は母のことを「くされ」、僕のことを「くされのガキ」、妹のことを、不細工な淫売《いんばい》という意味を込めて、「タコバイ」と呼んでいた。

未だにその言葉が夢に出てきて、必死で耳を覆って、目を覚ますことがある。

家庭というのは一種無法地帯だ。そこでは、どんな理不尽なこともまかり通る。強い者が弱い者をいじめても許される世界だ。その中で僕は虫けらみたいに惨めだった。

僕は、父が日常的に発する無神経な言葉を憎み、それに精一杯抵抗しようと試みた。

抵抗するといっても腕力ではもちろんかなわない。だから、非暴力的な手段として、詩の中で使う言葉に執着した。言葉は繊細で注意深くなくてはいけない。

僕は、人を傷つけるのではなく、人を魅了する言葉の美しさを発見することに没頭した。

そうしていないと、両親の言葉の暴力から自分を守れない、小学生の時、すでにそんな強迫観念にとらわれていた。

東京へ出る決心をした時、同時に、僕は、自分の記憶から家族を葬り去ることにした。「タコバイ」と汚されていた妹とは、父の暴言に甘んじていた同胞だ。しかし、むしろ、そのことを思い出すのがいやで距離を取っていた。お互いに引っ越しの連絡のはがきをかわすだけの関係だった。

バンドを結成してすぐに、ライブでコアなファンがついて、僕たちのバンドの人気はうなぎ上りになった。

CMにも使用されたし、ある視聴率の高いドラマの主題歌にもなったから、曲だけなら誰でも一度はきいたことがある。それくらいの知名度はあった。

しかし、テレビのミュージック番組の出演の依頼がきた時はさすがに断った。

電車に乗っていても、素顔の僕の正体に誰も気づかないから、それが気楽だった。テレビに一度でも出演すれば、たとえ素顔でも気づく人間がでてくるだろう。道を歩いていて「ECTRの祐さん！」と声をかけられるのは怖かった。

それに、もう一つテレビに出演するには、気がかりなことがあった。

京都にいる頃、友人など殆どいなかったし、親戚《しんせき》との交渉もなかったので、今のままなら、昔の僕と今の僕を結びつけてさわぐ人間など現れないだろう。

だからといって、ビジュアル面で手を抜いていたわけではない。むしろ、僕は自分の見せ方について研究に研究を重ねていた。武さん曰《いわ》く、ライブで下手なキーボードを補うためには、そっちに力を入れるしかなかったのだ。

マイクの持ち方、手の動き、笑うタイミング、声にひずみを入れたり、安定させたり、何もかも計算した。もちろんその程度のことは、どんなミュージシャンでも工夫していることだ。

だが、僕のライブでは、なぜか女の子がおしっこをもらしたり、バタバタと失神したりした。

そんなに僕のパフォーマンスがいいのかと、自分のセンスにむしろこちらが気づかされたくらいだった。だが、同時になんだか世の中ちょろいもんだ、といささか拍子抜けしたのも事実だった。

数え切れないほどの女と交際した。バイトを転々としていた頃の僕になど目もくれなかった美しい女たちが簡単につき合ってくれるのだから、人生が楽しくてしかたなかった。たった二十歳で、金も名声も女も手に入れてしまったから、まるで自分が神様になったみたいな気分だった。

唯一ものたりないことがあるとしたら、女の方から押し寄せてくるから、自分から好きになる暇がなかったことくらいだろう。

どんな女と寝たのか、顔すら覚えていないことがあった。それが空《むな》しいことであると気づきもしなかった。

一年前までは、すべてが順調だった。

一年前のある日、いつものようにホテルのバーで酒を飲んでいて、女と知り合った。

皮肉なことに女の名前も顔すらも覚えていない。

どういう経緯で女と寝ることになったのかも思い出さない。ただ、女は僕が誰なのか知らないようなそぶりを見せた。僕の正体を知りながら、そんなふうにとぼけて僕に近づいてくるファンもいるので、それが手口だったかもしれないが。いずれにしても、それくらいしか記憶に残っていないのだから、すべてが惰性、女と寝て、夜中に目覚めるまではなにもかもがルーチンワークだった。

目を覚ました僕は、隣に寝ていた裸の女と視線があった。そういえば昨日この女とバーで話したな、そんなおぼろげな記憶しかなかったが、それもいつものことだった。

だが、その女はいつもの女と違っていた。

女の発した言葉、行動が、いつもの僕の知っている多くの女と違っていたのだ。

第三章　恍惚《こうこつ》

　ここ数日、華美《はなみ》は家に籠《こ》もって少年の絵ばかり描いていた。

　よく見てみると、少年の後ろのステンドグラスには不思議な絵が描かれている。町屋の格子にステンドグラスをはめ込む趣向はよく理解できない。格子のせいで暗くてはっきりと見えないが、それは、ある手が箱を開けている絵だった。ガラスの上に絵付けがほどこされているので、細かい線がきれいに描かれている。

　箱の中には女の顔が入っている。その手の持ち主の前に少年がいるので、誰がフタをあけているのか分からない。だが、華美にはなんとなく想像できた。

　手の持ち主は、箱の中の女の顔と同じ顔をした女。きっと、自分の顔を箱の中から発見して、驚愕《きょうがく》の悲鳴をあげてのけぞっているのではないだろうか。そこまで、想像して、怖いと思った。もしかしたら、これは想像ではなく、以前にどこかで見たことのあるそこそこ名の知れた画家の絵なのではないか。

どちらにしても、もしそうだとしたら、この絵は人間の業《ごう》を残酷にえぐり出している。人間の真相をこんなふうに暴いたステンドグラスがはめ込まれた家で育った少年の家族はいったいどんな人たちなのだろう。恐らく、芸術一家だ。だから、あんな不思議な詩が生まれるのだ。

華美は、自分と少年との間に共通点らしきものを見つけたような気がした。

ぼんやりバックの絵をながめていると、電話のベルがなったので、パソコンの時間を見た。午後四時過ぎだ。

夫がでかけてから、ずっとパソコンの前に座って絵を描いていたのだ。これはよくあることだが、まるで時計の針が一瞬で十時間くらい飛んだみたいだ。

我に返ると、集中していた時間の疲れがどっと肩にのしかかってきた。立ち上がりざまに目眩《めまい》がして、あわてて椅子《いす》の肘《ひじ》に右手をついた。

足の裏が地べたから数センチ浮いているようなふらふらした感覚のままリビングへ向かう。

受話器を取ると、めずらしく姉の小代子《さよこ》からだった。

第一声が「元気?」だった。きっと、夫とうまくいっていないことを、母からきいたのだろう。

「ええ、まあ……」

華美は曖昧《あいまい》に答えた。こんなふうに返事するのは、いつも元気のない時だし、姉は華美がそう答えることを予測している。

「なんか、美味《おい》しいもんでも食べに行こうか?」

華美が悩んでいると、姉はいつもこんなふうに妹を励ますためにどこかへ誘ってくれるのだ。

結婚してからはぱたりと連絡がなくなった。やれやれやっと幸せになってくれて肩の荷が下りた、きっとそんなふうに思っていたのだろう。

心配ばかりかけるお荷物な妹であることは自覚していた。しかし、五歳年上の姉は、華美が唯一頼りにしている身内だ。

華美を、某国立大学の法学部に入れて、弁護士にしようと躍起になっている母親をやめるように説得してくれたのも姉だった。

——月並みな言い方かもしれないけど、学歴がすべてじゃない。華美には華美の人生があるの。こんなに絵がうまいじゃないの。この子の才能をつぶす気、お母さん?

姉は絵を鑑賞するのが趣味で、海外へ行っては、美術館めぐりをしていた。そして、華美の絵の才能を認めてくれていた。

あなたはきっと絵で大成するわよ。姉の口癖だった。華美は自分が絵で成功するイメージは持っていなかったが、お世辞でもそんなふうに励ましてもらえることが嬉《うれ》しかった。

「西陣に町屋を改装した、ステキな懐石料理屋ができたの。行ってみない？」

西陣。偶然だが、先日、原谷苑で拾ったデジカメにも西陣の蜂蜜屋《はちみつや》が写っていた。きっと、あの少年の母親が行った店だ。

そう思うと、姉と食事に行ったついでにあの蜂蜜屋——確か「ドラート」という名前だった——へ寄ってみようという気になった。

行ってどうなるというのだ。自分はどうかしている。逢《あ》ったこともない少年に魅《み》せられて、その母親の足跡を追いかけようなんて狂気の沙汰《さた》だ。

そんなことは分かっているが、ほんの少しでもあの画像の少年に近づきたい、そんな切ない気持ちがおさえられなかった。

「姉さん、忙しいんでしょう？」

「かかえていた大きな事件が一段落ついたから、週末だったらいいわよ」

「そう、私は何も予定がないから、いつでもいいけど……」

「じゃあ、今度の土曜日ね」

そう言うと電話は切れた。いつも即決、即断、姉は、いわゆる竹を割ったような性格だった。どうして、そんなふうにものごとがさっさと決められるのか不思議でならない。姉といると、自分と歩く速度が全然違う人という感じがした。

土曜日、姉が愛車のフィアットで家まで迎えに来てくれた。

姉は華美に目的の場所の地図を渡すと、エンジンをかけた。華美は助手席で地図を確認しながらナビゲートした。

きぬかけの道から金閣寺方面へ行き西大路通《にしおおじどおり》を南下する。今出川通《いまでがわどおり》に出ると東へ向かって走っていった。

「たまには友だちと出かけるの？」

ハンドルを切りながら姉がたずねた。

華美は首を横に振った。そういえば、最近、家に籠もりがちだった。以前だったら、一人で自然を求めて、いろいろな場所へ行ったが、ここのところ気持ちがちっとも外に向かない。

「家に籠もってばかりいたら体に悪いわよ。人とコミュニケーションを取らないと精神的にもよくないわ」

華美の場合、むしろコミュニケーションを取った方が精神的にしんどくなるのだ。社交的な姉にはどうしてもそのことを理解してもらえなかった。

千本通《せんぼんどおり》を過ぎて二つ目の角を南に数十メートル行ったところに百円パーキングがあった。

「ここだったら、歩いて近いわ」

華美は再び地図に目を落として言った。姉はそこのちょうど真ん中あたりの空いた場所に車を入れた。

日差がそこそこ強い日だった。姉とこうして肩を並べてあるくのも久しぶりだ。華美より華奢《きゃしゃ》で小柄なのに、陸上の選手だった姉は、歩くのが速くて、ついていくのが大変だ。

店は興徳寺《こうとくじ》の近所だった。表は窓も戸もエンジがかった茶色の格子で統一されていて、典型的な京都の町屋だ。

戸を開けて、薄暗い玄関に入り、黒光りした床に足を踏み入れるとひんやりとした空気がつま先から登ってきた。

姉につづいて、奥に向かって歩いていくと、パティオ風の中庭があり、そこを通り過ぎたところに四人がけのテーブル席が四つあった。こぢんまりとしているが落ち着く空間だ。

着物を来た店員がお茶を盆に載せて現れた。昼の懐石コースを姉が注文した。

「思ったより元気そうじゃないの。結婚生活でもめてるってきいたもんだから」

「もめてるわけじゃないのよ」

もめているのだったらまだましだ。もめるほどの仲ですらないのだからわれながら情けない。

「そう。でも、お母さんから聞いたわよ。いろいろと。だから落ち込んでるかなとおもったんだけど。仲直りしたの？」

「仲直りも何も、最初から仲なんかよくなかったの」

「でも、すごく幸せそうだったじゃないの」

姉は結婚した当初のことを言っているのだ。確かに、新婚当初は幸せだった。自分は、王子様に出会ったシンデレラみたいな幸福感に浸っていた。

「こっちが勝手にそう思いこんでいただけ。彼、私のことなんか全然好きじゃなかったの。いい年してシンデレラコンプレックスだったのよ。私ってバカみたい」

華美はつとめて冗談っぽく言ったが、自分があまりにも愚かに思えて、本心から笑えなかった。

先付にうどと蟹《かに》の木の芽添えがでてきたので、それを箸《はし》でつつく。

「好きな人がいたんですって？　昭義さん」

華美は黙ってうなずいた。

「じゃあ、どうしてその人と結婚しなかったの、彼」

「お義母《かあ》さんが反対したから結婚できなかったの」

「母親に反対されたら結婚しないの。情けないヤツ」

「お義母さんには絶対に逆らえないの。あの人」

「マザコンなんだ」

姉はあきれたように言った。

母親に逆らえないのは、華美も同じだった。母に勧められたから結婚したのだし、反対されたから、離婚できないのだ。

「離婚した方がいいわよ。そんな相手とは」

「でも、お母さんが……」

「あなたはお母さんの所有物じゃないのよ」

「でも、ダメだって言われたらやっぱり……」

「じゃあ、相手の人に離婚してもらうように頼んでみたら?」

「お義母さんが反対するから、昭義さんもできないと思うわ」

「じれったいわねー、まったく。どうして、みんなそうやって親に逆らえないわけ。学歴の高いヤツに限ってそうね。まるで親の操り人形じゃないの」

返す言葉もなかった。どうして、と聞かれても、理由などみつからない。親子というのは、理屈抜きのもっと深い部分で繋《つな》がっている。だから、どうにもならないのだ。華美は、そのどうにもならないことを言葉で表現できないもどかしさを感じた。

「そうじゃなきゃ、子供に高い学歴をもたせられないのかしらね」

「きっと、親の言うことをよくきく子じゃないと勉強させられないのよ。私みたいに親のいいなりでも、できない子はいるけれど……」

「だったら、私、自分の子供の学歴なんか絶対いらないわ。それで個人の意思がつぶされるのだったら、なんのための人生か分からないもの」

華美はふっと笑いそうになった。そう言っている姉も、母に逆らえず、必死で勉強していたではないか。

「別に私は学歴が高いわけじゃない」

「でも、お金はかかってるじゃないの。親の投資額に見合うことをしろってすり込まれて育っているのよ。ねえ、家を出て自立してしまえば？」

「私、離婚しても自分で生きていけないの。お金を稼げないから。ちゃんと職業を持ってる、姉さんとは違うのよ」

姉は岩倉に自分の家を買って、世間体もはばからず年下の男と同棲《どうせい》している。

姉のようにのびのび生きられたらどんなにいいだろう。母に抵抗しながら、自分で自由を勝ち取ろうと努力する姉には、子供の頃からずっと憧《あこが》れていた。

でも、自分は姉とは違う。同じことはできないのだ。

「何か仕事を見つけて……」

姉はそこまでいってから、気まずそうに口をつぐんだ。

華美はスーパーのレジ打ちなど、単純な仕事も満足にできない。そのことを一番よく知っているのは姉だ。何をやっても失敗する。空想が頭の中に突然入り込んできて、作業している手がとまってしまうのだ。

だから、父の弁護士事務所の掃除と接客、事務作業をするくらいしかなかったのだ。離婚に母が反対である以上、父の事務所に戻ることもできない。

「うちの事務所で働く?」

「いいわよ。そんなことしたら、姉さんに迷惑がかかるから。私、今のままでいいと思えるようになったの」

「でも、だんな、その女と切れてないんでしょう?」

夫にその女のことを話したことはない。だが、多分、宿直と偽ってその女の家に時々泊まっているのだろう。問いただす勇気が湧《わ》かないままになっていた。

あの女は、華美に言ったこととは裏腹に、夫と別れる気など毛頭ない。言葉の端々に執念のようなものを感じさせたし、簡単に別れないぞ、としっかりこちらを見据える目は語っていた。

「ええ、多分。でも、そんなことも、吹っ切れそう。このまま結婚生活を続けていれば、なんとか生きていけるのだから、それでいいの」

「どうして？　妊娠でもしたの？」

華美はかぶりを振った。夫とは二か月以上、夜の関係はなかった。

「このまま子供ができなかったら、そのうち、お義母さんにもんく言われるかもしれないけど……」

「どうして、あんたが、もんく言われなきゃいけないの」

「だって、私、それで選ばれたんですもの。兄姉がみんな弁護士になってるし……」

「今時、弁護士、医者なんていい職業じゃないわよ。みんなひーひー言って仕事しているんだから。もう、弁護士だから医者だからって安泰の時代とちがうの。今の世の中は大企業中心に歯車が回っているの。その巨大歯車に我々だって、つぶされかけてるのよ」

「とりあえず、高い学歴の子孫が欲しいのよ。うちの家系は偏差値の高い大学出身者が多いからって……」

「何、それ。まるで、種馬みたいじゃないの。バカにしてるわ！」

姉は憤慨した。声が大きいので、華美は思わず、まわりの客の視線を気にした。

種馬とは、あまりにもぴったりの言葉だ。そうか、自分は女だから、繁殖馬なのか。もしかしたら、母にとっては、夫の昭義も種馬なのかもしれない。

掛け合わすのにちょうどいい血統同士ということなのだ。母と姑《しゅうとめ》は、レースで一等賞を取るサラブレッドを待ち望んでいるのだ。

だが、二人の間にできた子が、学校の勉強が不得手な子だったらどうするのだろう。そういう突然変異だってあるはずだ。現に華美がそうだ。

夫の家には周到にばれないようにしているが、父方の祖父の姉は、ある日突然家族をすてて蒸発してしまっている。

もし素質などというものが本当に受け継がれるとしたら、華美の家は、決してエリートの家系とはいえない。

「でも、多分、子供はできないと思う。というか、その可能性はゼロよ」

「夜の生活、うまくいっていないの？」

「ダメ」

「そりゃそうよね。相手に好きな人がいるんだもの。まあ、妻と愛人の関係をうまく両立させる男ってのもいるけど……でも、ダメか。種馬同士だなんて思ったら、興ざめしちゃうもんね」

夫が、初夜から、華美に優しくできなかったのは、興ざめしていたからなのかと思うと悲しくなった。

「でも、お母さんが子供を作れって」

「よく言うわね。援助交際のことさんざん非難して、私たちに『愛のないセックスをするな』なーんて言ってたくせに」

そういえば、昔、母がそんなことを言っていたのを思い出した。

よく考えてみれば、華美と夫は利害で繋がっているだけだ。それでセックスしろというのだったら、援助交際とかわらないではないか。

快楽のためではなく、子作りのためだったら、愛のないセックスもゆるされるというのか。

「あんたも、好きな人みつけたら？　そうなったら、どんな顔するかしら」

姉は、いたずらっ子みたいな顔をした。もし、今、華美がそんなことをしたら、とふと想像してみた。きっと、昭義はそしらぬ顔を決めるだろう。絶対に騒がない。妻が浮気したことに腹を立てるより、そのことを姑に知られることの方を恐れるタイプなのだ。

なにしろ夫は、親が来ている時だけ、平気で仲良し夫婦みたいに華美に優しく話しかけることができる人間なのだ。

双方の両親を招いた時など、

――華美は料理が上手だから鼻が高いですよ、僕は。

――でも、ぼーっとしていて、ぬけたとこがありますでしょう?

まんざらでもない顔で母が問うと、

――いやあ、そういうところが彼女のかわいいところです。おまけに絵の天才だ。

などと、照れくさそうに母に笑いながら言うのだ。夫は華美の絵など見たことがないはずだ。なのに華美は芸術家だと言い、その才能をしらじらしくも絶賛したりした。

こんなふうに夫が褒めるので、父も母も帰り際にはすっかり機嫌がよくなり、「優しいいい人じゃないの」と華美の耳元で言うのだった。

二人だけになると、ぷつりと口をきかなくなる。

さっきのあの如才のない笑顔はいったいなんだったのだ、と華美は空恐ろしくなるのだ。

夫にはそういう強靭《きょうじん》な冷たさがあった。その冷たさが華美の心をいっそう凍えさせた。

しかも、その冷たさを後ろで支えているのは、あの友梨という女なのだ。

いま振り返ってみても、新婚生活から二人の関係を氷のように冷たいものにしてきたのは、あの女の存在だ。華美の知らないところで、夫婦の間に割って入ってくる影のようなものを華美はなんとなく感じていた。

女と夫がいかに深い愛情で繋がっているか、それは夫が華美との関《かか》わりを極力避けていることをみれば、想像できることだ。

見えないところで、あの女は姑以上の勢力を夫の内面に振るっているのだ。

ああ、夫のことなど、一秒たりとも考えたくない。

「姉さん、実は、私、恋してるの」

華美は思い切って言った。言葉にすれば、それが現実のことになる。そんな淡い希望からだった。

姉は一瞬、不思議なものを観察するみたいな顔をした。自分に好きな人がいたらそんなに不思議なのだろうか。

それから姉はふっと緊張が解けたみたいな嬉しい顔をした。

「まあ、そうなの。道理でねー」

「道理でって？」

「あなた、最近、綺麗《きれい》になったわよ。結婚生活がうまくいっていないなんて思えないほど、艶《つや》のあるいい女になった。そうか、好きな人ができたんだ。やるじゃないの！　で、どんな人？」

姉は華美が自由に生きることを切に願ってくれている。なんでも、母のいいなりで、小さな自分の殻に閉じこもっている妹がじれったくて仕方がないのだ。

甘鯛《あまだい》の塩焼きとナスとお麩《ふ》の煮物がでてきた。お麩を口に放り込むと姉はせっかちに訊いた。

「どんな人よ？」

「姉さんが考えているような、そんなロマンスじゃないの。片思いだし」

「なんだ、片思いかあ」

姉はちょっとがっかりした顔をした。

「そう。向こうは私のことなんとも思っていないの」

「それでも好きな人がいるっていうのはいいことだわ。励みになるから。どこで、知り合ったのよ？」

「知り合ったわけじゃないの」

「じゃあ、どこかで見かけたの？」

「どこっていうか……画像の中の人なの」

食べる手を止めて、姉はまじまじと華美の顔を見た。

「どういうこと？　実在の人間じゃないってこと？」

「実在していることは確かだけど……」

そう言うと、華美は、デジカメをカバンから出して、少年の画像を姉に見せた。

姉はしばらくぽかんと口を開けたまま画像を見ていた。言葉がみつからないらしい。

「どう。ステキな少年でしょう？」

姉は顔を曇らせた。

「少年って、小さくてよく見えないわね。でも、これまだ子供じゃないの。こんな子供に恋してるの？」

「ううん。違うの。十年後のこの少年に恋してるの」

「また、妄想か……」

姉は華美の妄想癖に慣れているから、こんな話をきいても驚かない。それでも、失望の色はかくせないようだった。

「夢に出てくるの。この人が大人になって」

「で、その大人になった男に恋してるってことなの？」

「私たち、本当に愛し合ったの」

「夢の中で？」

「そうよ。でも、十年後、私たち出会えるような気がする」

「十年後ねえ。この子、今、せいぜい十四、五歳くらいでしょう。十年後といえば二十四、五歳くらいか」

「私と同い年くらいになったとき、私たちきっと出会うのよ。みて、これ、この少年が書いた詩なの。すごい才能だと思うわ。この詩になにか符合を感じるの」

　華美は自分が書き写した詩を姉に見せた。


「十年の時をへだてて」

いつか僕は……歓声を……囀……。

……彼女と、僕……十年の時代差……

星が……銀色の糸によって、……

……。……年の壁を破って……

彼女と……会うことを。

……骨は踏まれて……目覚めるだろう。

僕の体は砂になり、……誰……手の……すくわれ……。

……僕の魂は……蘇《よみがえ》って、……歌うだろう。


「この点々の部分はなに？」

読み終わると姉はため息混じりに言った。

「画像がよく見えなかったの。でも、面白い発想をする少年でしょう？」

「うーん、これだけじゃ分からないわね。なんか、かわってる」

「かわってる？　天才的でしょう？　私たち、十年の時をへだててつながっているの。もし、十年後に彼が歌を歌っていたら、出会えるかもしれない。その時、彼は、私と同い年になっているんですもの」

姉の顔がさっと青ざめた。自分はなにかとんでもないことを言ったのだろうか。それとも、いつもの妄想に辟易《へきえき》しているだけなのだろうか。

「十年後のあなたは三十四歳よ。自分が年取るってこと、考えてる？」

華美は呆然《ぼうぜん》とした。そうだ。この少年が自分と同い年になる頃、自分はさらに十年老《ふ》けているのだ。小学校の算数より明白なことだ。そんな単純な計算もできない自分はなんてバカなのだろう。

夢の中の自分たちは、同い年だった。二人が抱き合った時、華美は今のこの肉体そのまま、まったく老けていなかった。だが、それは決してかなわない夢なのだ。

「別に女が十歳年上だってかまわないわよ。現に私の今の同居人は六歳年下なんだから。でもね、そんな妄想の中に生きるのやめなさい。現実がステキじゃなきゃ人生面白くないでしょ？」

「現実がステキだったことなんていままで一度もなかった。現にいまの私の現実を見てよ、姉さん。愛されてもいないのに結婚して、離婚もできない。ひどい現実だわ。きっと、これからだってステキな現実なんてこの私には巡ってこないのよ。だから、せめて夢の中で生きていたいの」

話しているうちに、目頭が熱くなってきた。

「私がステキな彼氏、紹介してあげるから。ゴールデンウィークに、飲みに行きましょうよ」

華美は曖昧に返事をした。姉は、華美をこうやっていつもどこかへ連れだそうとする。

学生時代、姉にある男性を紹介されたことがあった。

姉は決して美人ではないが、丸顔で親しみやすい顔立ちだし、とても快活で社交的な人だ。その妹だから当然似ていると期待されたのだろう。華美は姉とは違い、初対面の人に気の利いたことなど何も言えない。慣れない場所にいると落ち着かなくて寡黙《かもく》になってしまうのだ。

無口で暗い雰囲気の華美と話しているうちに、その男性はあからさまに退屈そうな顔をした。自分のために無駄な時間を過ごしていると思われたに違いない。その場にいることそのものが辛くなり逃げ出したくなった。もう、あんな思いは二度としたくない。

華美は姉みたいにのびのびと自由に人と会話できない。日々生きているのが精一杯なのだ。初対面の人に逢うと、緊張して疲れる。だから、これ以上人間関係を広げるのは許容範囲を超えていた。

椎茸《しいたけ》のみそ焼きと春ますがでてきた。食べながら、姉は、ゴールデンウィークに友人たちとどこかへ行こうとしつこく提案した。

華美は気の進まないまま曖昧にうなずいた。姉は華美の気持ちに気づいてため息をついた。

「困ったわね。そんなカメラの中の子供の虜《とりこ》になっているなんて。あなた気は確か？　現実逃避もいいところだわ。せめて、結婚して幸せになってくれればよかったのに……。ひどい人だわ、昭義さんって。許せない」

夫に女がいた。だから、華美がこの画像の少年に夢中になっていると姉は思っているのだ。

夫との関係が冷たいものでなければ、自分はこの少年にここまで惹《ひ》かれていなかったのだろうか。

その答えは分からないが、あの時、泣いて原谷苑をいったん飛び出したから、デジカメが入れ替わってしまったのだ。でなければ、自分は少年の画像を手に入れてはいない。幸せな結婚生活を送っている華美だったら、このデジカメと縁がなかったことになる。

こういう、ちょっとした感情の振り子が人生を大きく左右することがある。

姉は悔しそうに唇を嚙《か》んだ。

試験中に絵を描いて零点をとってきた時も、父の仕事を手伝って失敗ばかりしていた時も、いつも華美の味方だった姉が、今度ばかりは、華美の逃避妄想を嘆いている。

どうせ、自分は、姉とは違うのだ。

誰からも一生愛されることのないさえない女なのだ。

「ねえ、知らない人に逢うのがいやだったら、うちで一度ピザ・パーティーでもしない？

沢子《さわこ》と敏夫《としお》と美鶴《みつる》を呼んで」

　その三人のことだったら知っている。姉の学生時代の友人だ。

「懐かしい名前ね」

「でしょう。沢子と敏夫、結婚したのよ」

「そうなの。意外だわ。あの二人、恋人って感じしなかったけどな」

沢子さんと敏夫さんは、なんでも話す気の合う友だちという感じだった。大学までずっと女子ばかりの中にいた華美は、異性と心許せる友人関係になれる機会などなかったから、沢子さんが羨《うらや》ましかった。

「時間はかかったけど、結ばれるべくして結ばれた、そんな感じね、あの二人は」

結ばれるべくして結ばれる。うっとりするような、いい言葉の響きだ。

「お互い、実は好きだったの？」

「敏夫の方はずっと好きだったんだって。沢子には他に好きな人がいたの。でも、彼女の気持ちがいつか自分の方に向くのを忍耐強く待っていたらしいの」

「思いがかなってよかったわね」

そんなふうに思いを寄せても、かなわないことも世の中にはたくさんあるだろう。華美は自分と少年のことに置き換えて、そんなことを思った。

「思いがかなうっていっても、現実に存在する人間同士よ。夢の中の人じゃないのよ」

姉は釘《くぎ》を刺すように言った。ちょっと抵抗を感じたが、反論の言葉が見つからないので華美は黙ってうなずいた。

最後にショウガご飯、大葉のシャーベットが出てきた。

食べ終わると、あまり話がもりあがることなく店を出た。

華美は、どうしてもあの「ドラート」という蜂蜜屋に行きたくなり、家まで車で送るという姉の提案を断って、そこで別れた。

今出川通を渡り、智恵光院通《ちえこういんどおり》をさらに北上すると小さな路地があった。そこを右にまがると、ずらっと、町屋が両脇にならんでいる。

こういう路地がすっきり見えるのは、軒先が通りと平行に連続することによる統一感なのだろう。京町屋の格子は、職業によって異なる形をしているといわれているが、軒下に突き出た格子のなんともいえない木の色合いが古い地域特有の風情を醸し出している。

しばらく行くと、左手に更に小さな路地の入り口があった。ここは紋屋町《もんやちょう》という西陣織職人が昔住んでいた古い長屋で、三上家門内の長屋のことをいうらしい。三上家とは、室町時代からの織物職人の家系のことらしかった。

華美はここらへんのことを京都本であらかじめ調べておいたのでなんとなく身近に感じられた。紋屋町という名前の由来は、西陣織の生命線である紋織の技法を発明した織屋から名付けられた。

路地が細いため、向かい合っている正面玄関の間隔が狭くて、まるで時代劇のセットみたいだ。

どこの家もシーンと静まりかえっていて、人が住んでいる気配がちっともしないのに、表札がかかっていた。今、ここに織物師は住んでいないという。

だが、ここの雰囲気に魅せられた芸術家たちが新たに住み始め、近頃、観光スポットになりつつあるらしい。突き当たりが大家さんの三上家だ。

写真にあった店はすぐに見つかった。ガラス越しにさまざまな色をした蜂蜜がならんでいる。

店に入ると、店員の女性が親切に応対してくれた。

並んだ透明の容器からはなんとなく実験室を思わせる。蜂蜜にもこんなに種類があるのかと、びっくりしながら、フラスコみたいな容器の中の琥珀《こはく》色の液体をながめた。

「ここ、最近できた店ですか？」

「三年前からです。もともと折りたたみ自転車屋さんだったんです」

「どんな人が来るんですか？」

「土日なんかは観光客がたくさんみえますね。いろいろな雑誌で取り上げてもらいましたから」

なるほど、だったら、このカメラでここを撮影した人のことをこの女主人は覚えていないだろう。

華美は並べてある蜂蜜を再びながめた。

それぞれ微妙に色が違っていた。黒っぽい色のものがあった。黒砂糖みたいだと思ったら、コーヒーと書いてあった。

「これはコーヒーの蜂蜜なのですか？」

「ええ、コーヒーの花からとれた蜜です」

ああ、そういう意味なのか。クローバー、ローズマリー、桜、さまざまな植物の花の蜜があった。花をつける植物であれば、なんでも蜜は取れるわけだ。そんなあたりまえの発見ですら、ここはあのデジカメの中にあった店だと思うと、無邪気に楽しめた。

ここでは、蜂蜜を全部試食できるのだという。

華美は、桜とクローバーとローズマリーの蜜を試食した。

桜の香りが口にふぁっとひろがったので、その味が気に入り、桜の蜜を買った。

画像の日付からすると、四月十六日に、つまり息子を撮影した翌日に、少年の母親はここへ来たのだ。この翌日に原谷苑へ花見に行っている。もしかしたらここで桜の蜜を買って帰ったかもしれない。

同じ日付に「ブルトン」というカフェにも行っている。この近所なのだろうか。

「あのー、つかぬことをおうかがいしますが……」

「はい？」

「ここらへんに『ブルトン』というカフェとクレープのお店がありますか？」

華美は店主に「ブルトン」の画像を見せた。

「聞いたことありますね。つい最近にできた店ですよ、きっと。たしか、ここを取り上げてもらったのと同じ雑誌に出てましたよ」

女主人は、京都を紹介した本の町屋特集というページを開いて見せて、「ほら、やっぱり、ありました」と右下を指し示した。

「ブルトン」の紹介がページの四分の一くらいしめていた。クレープの写真が載っていて、二〇〇七年、三月オープンとなっている。

ということはデジカメで店の写真を撮影した時はまだできて間もなかったことになる。

「このへんですか？」

「ここからもうちょっと北の方に行った、大国町《おおくにちょう》の方になります。えーと……」

華美は雑誌の中の地図で場所を確認した。ここから二百メートルほど北へ行ったところだ。

店を出ると、地図のとおりに北へ向かって歩いていった。住宅街ということもあるが、平日なので、路地に人は殆《ほとん》どいない。

こんなふうに適当に歩いても京都の町は碁盤の目になっているから、決して迷うことがない。

少年の母親はどの道を歩いたのだろう。そんなことを考えながら歩いていくと、目的のカフェ「ブルトン」らしき町屋がすぐそこに見えた。

正面に行く。やはりそうだ。写真のとおりだ。

華美は石畳の小さな路地を入っていって、突き当たりの戸にたどり着くとそこをあけて中に入るとひんやりとした空気が漂っていた。カウンター六席と四人がけのテーブルが一つだけの小さな店だ。

入り口の棚の上には、小さなバカラのグラスが並べてあり、それ以外にも店内のいたるところの棚に透明の置物や雑貨が配置されている。

入り口と反対側に、景石《けいせき》と樹木、砂利と苔《こけ》を組み合わせただけのあっさりとした畳半畳くらいの三角形の庭があり、狭い空間をうまく利用している。

「いらっしゃい」

三十歳くらいの美しい女性がカウンターの向こうに立っていた。メニューと水を渡された。

「ここ、ステキな店ですね」

「何かを見てこられたのですか?」

「雑誌に載っていました。京都の町屋を紹介した本です」

「そうですか。ありがとうございます」

「まだ新しいお店ですね」

「ええ、オープンしてようやく一か月くらいになります。私、ここらあたりに店を出すのが夢だったんです」

「クレープってめずらしいですね」

「学生時代にフランスのブルターニュ地方へ行ったんです。そこで食べたクレープの味が忘れられなかったものですから。京都らしくないんですけど、あえてそういう店をやってみたらどうかなって思ったんです。これって冒険なんですけれど」

「でも、町屋でフレンチとかイタリアンが流行《はや》っているわけですから、クレープの店だって面白いと思います」

華美はアイスティーと砂糖をまぶしただけの一番あっさりしたクレープを頼んだ。

女は厨房《ちゅうぼう》に立って用意をしながら話しかけてきた。

「地元の方なんですか？」

「分かります？」

「ええ、なんとなく」

「あなたは？」

「私も地元です。しばらく東京に住んでいたことあるんですけど、ああいう大都会は肌に合わなくて」

「そうですか。東京は修学旅行で一度行ったきりなんです」

店の扉が開いた。ランドセルを背負った男の子が店に入ってきた。

「お帰りなさい！」

女主人は優しい笑顔で男の子を迎えた。しばらく子供は母親を見つめていたが、華美と視線が合うと逃げるように奥へ入っていった。ここはどうやら自宅兼店になっているらしい。

あの子供はまるで恋しているみたいな目つきで母親を見つめていた。自分は母親になったことはないが、我が子にあんなふうに見つめられたら、いったいどんな気持ちになるのだろう。
あの画像の少年もカメラをかまえる母親をこんなふうに見つめていたのだろうか。ふと少年がガラスに書いた詩が頭に浮かんだ。
何度も読んでいたわけではないが、この詩は、赤い絵の具でガラスの上に書かれていたのが印象的だったため、まるで図柄を記憶するみたいに言葉が全部頭の中に入ってしまったのだ。

「炎に魅《み》せられし者」

炎の美しさに魅せられし者
その誘惑に人はあらがえない
それは荒々しく、僕は無力となる
炎の美しさに魅せられし者
その美しさに人はあらがえない

それは雨を恐れず、勢いをます

炎の美しさに魅せられし者
香《かぐわ》しい匂《にお》いに人はあらがえない
それは雲を突きやぶって、天に昇っていく

僕たちは、炎に魅せられし者
二人の魅せられし魂は燃え尽きた
そして、僕たちは区別がつかなくなる
それは灰となり、果てしない宇宙に拡散する

炎に魅せられし宇宙の創世者
舞い上がってくる言葉の粒子
羅列する魂の叫び
それは星となり、煌々《こうこう》ときらめく

炎……。少年は炎に魅せられているのだ。

華美も子供の頃、マッチをすって火をつけることに熱中したことがあった。今は、炎にこれといった興味はないし、それに刺激されることもない。

自然の緑に癒《いや》される分、それを破壊する炎を見ていると、むしろ落ち着かなくなる。

だが、火に興味を持つのは、この年代の男の子だったら、それほどめずらしいことではない。

単純に火に興味を持つ男の子というのではない。この詩の内容はそれよりかなりませているように思えた。炎を恋愛感情にたとえているのだ。愛し合う者が情熱の炎で燃え上がり、互いに区別がつかなくなるほどの一体感を味わい、昇天する。

少年は、誰かとそんなふうな感覚を共有したい、その渇望を心の奥に秘めている。燃えて灰になってもいいから一体感を誰かと持ちたいと。

そんな、切ない気持ちをこの詩で表しているのだ。

それとも……もしかしたら、読み手の側の華美が、この詩に自分の気持ちを投影しているだけなのかもしれない。区別がつかないほどの一体感を誰かと持ちたいと思っているのは、この自分なのだ。

ふと我に返ると、華美の沈黙が場の空気を圧迫したのか、店の主人は、黙って洗い物をしていた。

華美はクレープを食べ終わると、「ブルトン」を出た。

今出川通に出るつもりで南の方向に歩いていったが、細い路地を見つけて好奇心に駆られて入っていった。

なんとなく少年の詩が頭からはなれなくなり、何度も繰り返していた。

どれくらい歩いただろうか。気がつくと、同じ場所をぐるぐる回っていたらしい。さきほどの蜂蜜屋に通じる路地の入り口にたどり着いたから驚いた。他のことを考えながら歩いていると、まるで瞬間移動したみたいな感覚に陥ることがある。

華美は、ふたたび次の道を北に歩いていき、左に曲がって西に向かって二、三歩行ったところで、立ち止まった。

へんな声が聞こえたような気がしたからだ。怒鳴り声のようだった。こんな静かな場所にまるで溶け込んでいない、突飛な声だったので振り返った。

華美の右ななめ後ろくらいだ。

まるで磁石みたいに、華美はその家に吸い寄せられていった。

それはごく普通の京都の町屋だ。柱などの色あせ具合からみてかなり古い家だということはわかった。

この出格子、どこにでもある町屋の格子なのに、どこかで見たことがあるような気がした。

格子に近づいてガラスを覗いてみた。ガラスは鉛のような金属でいくつにも区切られていて、その中に色ガラスがはめ込まれていた。

普通の窓ではない。ステンドグラスだ。ここは、あの少年が格子から指を出していた家に似ているのではないか。

格子の隙間《すきま》から、どんな柄なのか観察した。暗くてよく分からないが、右下にあるのは、箱から顔を覗かせている絵柄のような気がした。

自分はもしかしたら、あの少年の家の前に立っているのだろうか。

奇跡的な偶然。しかし、それほど驚かなかった。子供の頃から華美には、こういう体験がよくあった。

誰かのことを考えているとその人から電話がかかってきたり、また、ある人物に関係のあるものを手に入れると、その人物が身近な存在になったりという経験を数多くしてきた。

一番、顕著なのは、中学生の時、級友に勧められてあるアイドルスターのＣＤを借りてきた。華美も気に入り、それを毎日きいていたことがある。

そんな折り、両親と嵐山《あらしやま》の渡月橋《とげつきょう》に行くことがあり、そのアイドルスターのＣＭ撮影現場に出くわしたのだ。

その時、華美は、友人に返すために、そのＣＤを偶然カバンの中に入れていた。撮影の合間、そのスターがスタッフにかこまれて川縁《かわべり》の椅子《いす》に座っているのを見て、華美はそれがまるで自分の使命であるかのように臆《おく》することなく人混《ひとご》みをかき分け、彼に近づいていった。華美を仰ぎ見る彼にジャケットを差し出し、サインして欲しいと頼んだ。

彼はいやな顔一つせずに、サインしてくれた。

その日の夕方、サイン入りのＣＤを友人に返して、びっくりされたことがある。

少年の詩を口ずさんでいたから、自分はここへ、彼の家へ引き寄せられたのだ。

結ばれるべくして結ばれる。さきほど姉が言った言葉を思い出した。

夢の領土が少しずつくずれていき、現実に塗り替えられていく。

華美は、恍惚となった。

第四章　はらわたに棲《す》む悪霊《あくりょう》

　そう、一年前にホテルで寝たその女が僕に投げつけた言葉をきっかけに、僕は、成功の代償として目を背けていたものに真正面から立ち向かわなくてはならなくなった。

　女は裸のまま、右肘をたてて、手のひらで頭をささえると、ものすごい集中力で僕を睨《にら》みつけていた。まるで僕を敵と見なし、逃すまいとしているみたいだった。

「やっぱり思ったとおり」

「何が？」

「あなた、軽いわ」

「何が？　体重がか？」

　僕はめんどくさそうに答えた。一七五センチ、五二キロ。確かに僕はスレンダーだ。別にダイエットしているわけではない。いくら食べても太らない体質なのだ。その方が、全身にぴたりとくっつく衣装が合うから、都合の悪いことは何一つない。

「異様だわ。軽すぎる。あいつのしわざよ。ついに突き止めたわ」

僕は眉《まゆ》をひそめた。言っている意味がわからなかった。僕が女を軽く扱ったことをせめているのだろうかと思った。しかし、あいつのしわざとはどういう意味だ。それを大切に扱えというのか。合意の上で、ホテルの一室についてきた女じゃないか。そんな恨みをいまさらぶつけられても、鼻じろむだけだ。

「ショットバーで逢《あ》った時、見てすぐに気づいた。だから、あなたに声をかけたのよ。分かる? 私は見破った。今を逃したらもうダメ。あなたに取り憑《つ》いているものを除去しない限り手遅れになる。ああ、間に合ってよかった」

「いったいなんの話だ? よく分からない」

よく見ると女の目は異様な光り方をしているし、歪《ゆが》んだ唇が小刻みに震えていた。

こちらは、なんとなく気味が悪くなってきたのだが、女は焦ったような口調で続けた。

「ねえ、自分に何が起きているか分かっている? 私は救世主なのよ。あなたは、すごく危険なものに取り憑かれてる。それをかぎつけたから助けてあげようと思ったの。だから、私は救世主」

女は相変わらずのど元から絞り出すようなへんな声だったが、僕は思わず聞き返してしまった。

「危険なもの？　なんだよそれ？」

「とても恐ろしいものよ。甘く見てはいけない。あなた、へたすると内臓を食いちぎられてしまう」

女の体はへんな具合に震えはじめた。一瞬、こういう奇をてらったものの言い方で、こちらの関心を引きたいのかと思ったが、それとも違っていた。これは、まともに言葉を返してはいけない相手だ。僕は咄嗟《とっさ》にそう思った。

「あなた、まるで無重力状態の中にいるみたいに軽い。それはね、怪物が、あなたの内部を食い荒らしはじめているからよ。そいつに内臓を食われて、内面を失い抜け殻になりかけている、今のあなたは」

僕は思わず自分の腹の上に手を当てた。内臓を食われる、抜け殻？　まるでホラーだ。

僕は昨日の酒が急にのど元に戻ってきそうな吐き気を催し、布団から這《は》い出た。すると、女は僕の背中に再び言葉を浴びせた。

「最近のあなたの歌詞、つまらない。その理由をついにつきとめたわ」

「僕のことを知っているのか？」

「ええ。『ＥＣＴＲ』のボーカリストでしょう。私、他の誰よりもあなたのことをよく知っている。この世界の誰よりもね。だから教えてあげるわ。あなたは蝕《むしば》まれているの、悪霊に」

怪物の次は悪霊か。僕は、シャワーを浴びようと風呂場《ふろば》へ向かった。なぜだか足下がおぼつかなくてふらふらした。

浴室に入る前に、ふと、洗面所にある鏡を見た。

僕は、子供の頃、左目の視力を失いかけたことがある。

オヤジが母親めがけて投げつけた花瓶が窓ガラスに当たって、破片が飛び散った。不運にも破片の一つが僕の左目に突き刺さったのだ。

失明は免れたものの、右目より視力が弱く、そのため、疲れると左の黒目が端に寄ってしまう。だから、鏡でそのことを頻繁に確認する癖があった。鏡を見るのはその頃から習慣になり、まるで呼吸するみたいに僕の中で日常化していた。

これが人を惹《ひ》きつける表情を作る訓練になったのかもしれない。見た目を売りにしなければ、今の僕の成功はなかったのだから、過去の小さな不幸がその後の人生にチャンスをもたらすことだってあるのだ。

とにかく、こんな左目になっていなかったら僕は、今の百分の一も鏡を見ていないだろう。

その女の言葉に不快感を抱きながら、いつもの癖で浴室の洗面所で僕は自分の顔を確認した。そして、思わず鏡から目を背けた。その顔は今までみたこともないほど醜かったからだ。

ひどく勝ち誇っていて傲慢《ごうまん》で、なんともいえないいやな顔をしていた。

僕はいったいいつからこんな顔になってしまったのだ。つい昨日だって、鏡を何度も確認している。だが、自分はこんな顔はしていなかった。

もう一度鏡を見た。

僕はその時、突然、自分が昨日確認した時と全く違う顔になっていることに気づいて、愕然《がくぜん》とした。そこにあるのは、昔、僕がもっとも嫌っていた大人の顔だった。人を軽々しく扱う人間。自分以外はとるに足らないヤツ、そんなふうにうそぶきながら、自分の小ささを見ないようにする大人の顔だった。

現にその時、ベッドにいる女を僕はどんなに蔑《さげす》んでいたことだろう。ただ性欲を満たすだけのものとして扱っていた。しかも、相手はこちらと寝たくて仕方のない女だ。女を抱きながらそんな侮辱的な気持ちで僕の心は充《み》ち満ちていた。

バカにしている相手とただたんに性欲を満たすためにセックスをする。そして、誇らしげに自分を鼓舞する男。鏡の向こうの僕はそんな顔をしていた。

——最近のあなたの歌詞、つまらない。その理由をついにつきとめたわ。

先ほどの言葉が耳に飛び込んできた。今度は思いきり殴られたような衝撃だった。再びじっくり鏡の中の自分を見る。

まてよ。これは、どこかで見たことのある顔だ。僕のよく知っている顔。自分の表情はオヤジにそっくりだ。そのことに気づいて、僕はますますショックを受けた。

僕のオヤジはそんな恥ずかしい人間だった。僕や妹を「くされのガキ、タコバイ」と始終罵《ののし》り、何か理由を見つけては殴った。その都度、僕らは吹っ飛んだ。

そして、僕や妹が見ている前で、所かまわず、母にも暴言を吐き、殴った。

その時、僕はオヤジを通してリアルな人間を見ていた。オヤジという人間が、そんなふうに母や僕らを扱わなければ、自分が生きている証《あかし》すら見いだせないちっぽけなヤツだということをしっかりと見ていた。

オヤジは、経営していた工務店が倒産してから、一円の収入もなく、ただ、のんだくれてばかりいた。そんな男が、自分にどんな価値を見いだすことができたというのだ。母の泣き声と僕らの怯《おび》えた顔以外に、なにが生きる証だったというのだ。

オヤジは、マイナスでもいいから、何らかの反応が欲しくて、僕たちを苦しめていた。

だが、そんなオヤジと別れようとしない母のこともオヤジほどではないが、僕は軽蔑《けいべつ》していた。

ある日、オヤジに母親が罵られ、殴られているのを見て、妹が邪悪な目で僕を見つめながら言った。

――なあ、なんで、お母さんお父さんと別れへんのやと思う?

――さあ、どうしてやろう? こんなやつと一緒にいる方がかっこわるいやんか。

――世間体やって? 世間体かな。

――ほんなら、愛情かな。

――尊敬できひん男に女は愛情なんかもたへん。そんなことも知らんのか兄ちゃん。

――そうなんか。それやったらなんやろう。

母はオヤジの何に執着していたのだろうか。経済的にも精神的にも頼れない男のいったい何に惹かれていたのか? 僕は不思議に思って妹の顔をまじまじと見た。

――明白やんかあ。お金は稼がへん、精神的に苦痛は与えられる。その二つに期待できひんかったら残るのは一つだけや、そうやろう、兄ちゃん。

――つまり……。

――そのつまりや。

妹は意地悪く笑った。僕はその「つまり」の意味を漠然と理解して嫌悪感がこみ上げてきた。

妹は、僕より三歳下だが、妙にすれていて、世間のことを物知り顔でいうところがあった。小学校の高学年くらいから友だちの影響で、僕など知らないような男女のことにやたらと詳しかった。妹の部屋から、小学生の読み物とは思えない官能マンガが出てきて、女の子のませぶりに度肝を抜かれたことがある。

あんなにオヤジに侮辱されても、離れられない母を僕は女として尊敬できなかった。一番いやな人間と自分の顔が鏡の中で重なった瞬間、僕は、京都のあの家にはめ込まれていたステンドグラスの絵柄を思い浮かべた。

オヤジが花瓶を投げつけて割った窓ガラスに、ある日、姉のトモねえが自分の制作したステンドグラスをはめ込んでくれたのだ。

それは、レメディオス・バロの「遭遇」という題名の絵で、箱を開けて自分自身に遭遇してしまう女が描かれていた。姉が、あんな絵柄をあそこにはめ込んだのは、父に対する皮肉の念を込めてだったのかもしれない。

そのことに父は気づくことなく、すでにこの世を去ってしまったが、あの絵は、あの時すでに、僕に何かを暗示していた。

ベッドに戻ると、女はすでに服を着ていた。ワンピースのファスナーをもどかしい手つきで上げると、赤い革製のハンドバッグに手をつっこんでしきりになにかを探しはじめた。

僕は自分の顔が醜くかわっていたことにショックを受けて脱力状態だったので、女の動作をただぼんやりみていた。

探し物を見つけると同時に、女は僕の方に振り返った。僕の目の前には、きらりと光る尖《とが》ったものが突きつけられていた。それを握っているのはもちろんその女の手だ。

つまり僕はジャックナイフを女に突きつけられている状態だった。

さきほどの女の言葉に比べて、それは僕にとってなんのリアリティーもなかった。

「何のつもりだ？」

そういいながらも実感は湧《わ》かない。我ながら、自分の声にはなんの緊迫感もなかった。

僕は突きつけられたナイフの先端を見ながら、まるで自分が夢の中にいるような気分だった。

「こういうつもりよ！」

女は低い声でそういうと、間髪入れずに僕のお腹に突進してきた。そのあまりの素早い動きに僕は、身動き一つできなかった。なんともあっけなく、下腹部にズブリとナイフが突き刺さった。

痛みより驚きで、僕は、ナイフの埋まった自分の腹部を見つめていた。

「あなたのお腹にひそんでいるそいつは射止めたよ！　これであなたは救われた。瀕死《ひんし》の状態のそいつに言っておくんだね。私を軽く扱って追い払おうったってそうはいかないって！」

あばずれみたいに女はそうわめくと、ゆっくりとした足取りで部屋のドアまで行って、もう一度振り返って僕の方を見た。僕がくずおれるのを確認すると、勝ち誇ったように瞳《ひとみ》を輝かせて、ドアを開けてでていった。

僕はしばらく四つんばいになり呼吸をととのえると、ベッド脇《わき》の電話まで這っていき、一一九番を押した。

ごろんと仰向けになると、痛みがじわじわと押し寄せてきた。しまいにはらわたが火で炙《あぶ》られるみたいな激痛に襲われ、全身から冷や汗をたらたらとかきながら意識を失った。

次に目が覚めたのは病院のベッドだった。

看護師が僕の血圧を測っていた。

幸い急所からはずれていたため、手術をしてなんとか一命をとりとめたらしい。

僕が刺されたことは、テレビのニュースになり、マスコミをにぎわせていた。僕はマネージャーを介して、報道陣のいっさいの取材を断った。

一か月後、僕は退院した。腹部の痛みは完全にとれていなかったが、医師は、自信満々で、手術は成功したし、若いし丈夫だからすぐに回復する、と太鼓判を捺《お》してくれた。

退院して、僕は、再び、自分の顔をじっくり確認した。あのホテルで見たときそのままの醜い顔だった。その姿にＢＧＭでもつけているみたいに、腹部の痛みがズキンズキンと音をたてて僕の鼓膜を刺激した。

何もかも忘れたくて、僕は酒に溺《おぼ》れた。

生きることそのものが恐ろしくなった。

それから、三か月ほど、酒に集中した。だが、なにをやっていても、女の言葉は僕の耳に容赦なく飛び込んできた。不養生しているせいか、痛みがちっとも治まらなかった。

女が僕をけらけらと笑う幻覚と、ナイフが自分のはらわたをえぐり出す妄想に昼も夜も苦しめられるようになった。

顔はますます醜くなっていった。もう人前になど決して出られない。僕は幻覚と幻聴に苦しめられながら、家に籠《こ》もりきりになった。

ある夜、何もかもがいやになり、とりあえず、女の言葉と幻覚を消すために、自分の意識をこの世から葬り去ることにした。

もう自分は今日限り目覚める必要はない、そう誓いながらバーボンをラッパのみした。

そして、睡眠薬を一瓶飲んだ。

意識を失いながら、もう女が僕の前にでてこないことに、安堵《あんど》した。

ああ、これでおしまいだ。なにもかも終わった。二度と目覚めるものか！　そう心の中で何度も繰り返した。

だが、僕は目覚めた。再び、病院のベッドの上で。

しょうこりもなく生にへばりついている自分が情けなかった。病室の天井のシミを見つめながら、あのシミと自分といったいどちらに存在価値があるのだろうか、などと愚にもつかないことを考え、しまいには、そんなことを考えることにすら気力を失い、ぼんやりとベッドの中で過ごした。

二か月ほど入院して、またもや体だけは回復した。しかし、以前みたいに声は出なかった。

もう二度と歌えない、とさわいで、マネージャーやバンドのメンバー連中を困らせた。完全に声が出なくなったわけではない。声はかろうじて出るが、ライブで歌えるほどには出なくなった。それ以降、詩も浮かばなくなった。突然、そんな事態になっても、予定は何年先までもつまっていた。

結局、ライブは、僕の声がもどるまで中止になった。

「痴情のもつれか？　女に刺され、あげくの果て自殺未遂。『ＥＣＴＲ』解散？　その真相に迫る」

　と大きな見出しで週刊誌に書き立てられた。

　僕を刺した女は、結局、つかまらなかった。

　僕はそのことで何度も警察に事情聴取を受けた。モンタージュ写真と似顔絵も作ってもらった。しかし、どこをどういうふうに描いてもらっても、当人とはまるで違う顔になった。イメージしようと集中すると、僕の中で女の顔は霧のように拡散していった。

　幸い、それ以降、その女の幻覚や幻聴は現れなくなった。

　しかし、僕は、女をぱたりとやめた。

　ナイフで刺されたことのショックから立ち直れない上に、女を抱くと、母を侮辱する父と自分が重なるようになったので、すっかり怖じ気《おけ》づいてしまったのだ。

　残ったのは、アカネというたまたま女の肉体を持った友人だけだった。彼女といると対等感があり気楽なのは、彼女が標準的な女と違うからなのかもしれない。

　そうしてみると、僕はこの二十四年間、愛されたことは星の数ほどあったのに、自分が人を愛したことはただの一度もなかった。そのこと自体もだが、そんなことにすら気づきもしなかった自分の人生がひどく味気ないものに感じられた。

　十年前の僕は才能に満ちあふれていた。たった十四歳なのに、詩が次から次へと浮かんだ。まだ子供なのに、愛する人にめぐり会えることに希望も持っていた。

一年前までの僕はミリオン・セラーのスターだった。

今の僕は、一行の詩も浮かばない、飲んだくれの落ちぶれミュージシャンだ。

唯一の救いは、落ちぶれた代償に、僕がオヤジみたいに誰かを踏みにじることをしなくなったことだろう。それでも、生きていける。それだけでも、オヤジより一歩進化した自分に誇りを感じるしかなかった。

そして、もっとも重要なことは、僕の中で、誰かを愛したい、大切にしたいという強烈な願望が生まれたことだった。

その人はきっと現れる。そう確信すると、僕の中から生きることへのエネルギーがみなぎってくるのだ。

第五章　炎に魅《み》せられし者

今年の夏は例年以上の猛暑だ。なんとも、過ごしにくい季節になったものだと、蒸し器の火を止めると額の汗を拭《ぬぐ》いながら華美は思った。

今日、夫はめずらしく昼間から家にいた。姑《しゅうとめ》から来訪を告げる電話があったからだ。普段だったら、職場で書く論文を自分の書斎でやっている。

どういう用件で姑が来るのか予測がついた。それでも、華美《はなみ》があまり負担に感じないのは、少年の家を発見したからだ。まさか、見つけられるとは思っていなかった。

あの家の前に立てただけでも、銀色の糸が二人を結びつけてくれる、そんな現実に一歩近づいたような気がした。だから、ここのところ、気分が安定しているのだ。

あれから四か月もの月日が流れてしまったが、一度もあのあたりには行っていない。

もう一度あの家に行ってみる気にならないのは、少年とかち合うことを恐れてのことだ。華美が逢《あ》いたいのは十年後のあの少年であって、今の彼ではない。

今、子供の彼に出会ってしまったら、十年という年の差を突きつけられるだけだ。

これはおかしな理屈だと自分でも分かっていた。何年たっても、年齢の差など埋められるものではない。だが、せめて、十年後に逢いたかった。華美が想像していたとおりの青年になっているのを見届けるだけでもいい。それくらいだったら、かなわない夢ではないはずだ。

華美は姑の好物のちらし寿司《ずし》と茶碗蒸《ちゃわんむ》しを作ることにした。前の晩に甘辛く煮ておいた干し椎茸《しいたけ》と、かんぴょうのみじん切り、サヤエンドウの千切りをすし飯に混ぜ合わせる。

鼻歌をうたいながらせっせと料理を作っていると、ふと視線を感じて振り返った。夫が不可解な目つきでこちらを見ている。よく鼻歌なんか歌っていられるな、とまるでとがめだてしているみたいだ。

意外だった。とがめだてするほどにすら、華美に興味のなかった夫だ。夫の心はいつになく揺れているのではないか。

もう半年近く前から、夫は華美に指一本触れることはなくなった。

華美も、夫に対して拒絶的な雰囲気を始終放っていたので、二人の溝は深まる一方だった。

孫の顔が一日でも早く見たいと二人のようすを見に来る姑に、夫はなんと言って弁解するつもりなのだろう。

以前だったら、姑の前で縮こまるのはいつも自分の方だった。なのに、どうでもいいと思えるようになってからは、自分の肩の荷物が、夫の背中に飛んでいってしまったみたいに、せいせいした気分だった。

姑が来てそこで出されるであろう説教の内容を、華美は自分のこととして受け止めていない。子供を産んでこの家で育てることが、自分の将来のイメージとして湧《わ》かなくなってしまったからだ。人間というのは不思議なもので、イメージできないものにこだわらないようにできている。

そんなことよりも、今日は、久々に料理の腕をふるいたかった。料理だったら、作ることそのものが好きだから、誰のためにでも楽しんで作れる。

ユリ根と銀杏《ぎんなん》、かまぼこの入った茶碗蒸しは、すでに蒸し上がっていた。

昆布と鰹節《かつおぶし》でとっただしに、醬油《しょうゆ》、みりん、酒を煮詰めて、クズ粉でとろみをつけたタレを茶碗蒸しの上にそっと流しいれる。

夏場なので、冷やした方が美味《おい》しいと思い、さめたところで、冷蔵庫に茶碗蒸しの容器を入れた。

薄焼き卵を作っていると、チャイムの音がきこえてきた。

自室にいた夫が、あわてて玄関に迎えに行く足音が響いてくる。

華美は急須《きゅうす》に煎茶《せんちゃ》の葉を入れてポットの湯を注いだ。

客用の薄手の湯飲み茶碗を盆に載せて、それにお茶を注いで持っていった。

客間は十畳の和室だった。今日のために、舅《しゅうと》からもらった水墨画の掛け軸を床の間にかけておいた。小さいながらも和風の坪庭を造ったのは、この家を建てる時、姑に勧められたからだ。

なにごとも欲張ってはいけない。日本人の美徳は小さな庭を楽しむ謙虚な心だというのが、姑の口癖だった。

「お母さん、ご無沙汰《ぶさた》しております」

華美はお盆を置いて頭を下げた。

「暑い季節になりましたなあ、華美さん」

そう言いながら、姑はにこりと笑った。京都人特有の、口だけ笑っていて心の中ではちっとも笑っていない笑顔だ。

華美はお茶を置くと挨拶《あいさつ》もそこそこに台所へ戻った。

漆《うるし》のお重にちらし寿司をつめた。

さました薄焼き卵を一ミリくらいの千切りにする。

錦糸卵《きんしたまご》を、ちらし寿司の上にのせて、木の芽をそえた。

それから冷えた茶碗蒸しを冷蔵庫から取り出して、刻みショウガをとろみのついたダシの上に落とす。盆に載せてそれらを再び客間に運んだ。

お茶を飲んでいる姑の前に、茶碗蒸しとちらし寿司を並べた。夫は自分の分を盆から引き受ける。

しばらく、京都の夏の風景の話など、雑談がつづいた。

姑は茶碗蒸しの蓋《ふた》を開けて、木の匙《さじ》ですくって食べた。

「よう冷えてて、美味しいわ」

茶碗蒸しを二口ほど食べると、華美の料理の腕をひとしきり褒めた。それから、夫昭義の思い出話をはじめた。

「子供の頃は、頑固な子でした。一度決めたことは絶対にやり通す、いうんですか。機械が好きで、なんでも分解して組み立てるんです……それに記憶力がようて、幼稚園の時、百人一首をぜーんぶ覚えて、先生をびっくりさせたもんです……」

まあ、すごいですね、と華美は何度も相づちを打った。

「塾いうても近所のたいしたことない塾ですよ。やったのは。でもそこで頭抜けてトップになってしもて、W中学にさっさと入ってしまうもんやから……中学から私立に行かれたらお金がかかるでしょう……うちは学者一家やから経済的に大変ですから。でも、まあ、本人がどうしても行きたいっていうもんですから、いかせてやりましたけどね」

姑が高い声で笑い出したので、華美もつられて一緒に笑った。

医局に入ってから心臓手術でトップの腕を持つ外科医になるまでの経緯、総合すればいかに夫の昭義《あきよし》が誇らしい息子であるかという話が延々とつづいた。

「医者いうのはね、華美さん、人の命を預かる仕事なんです」

「はい、そうですね」

「そやから、人間同士のトラブルを解決する弁護士とはちょっと違うんです。そりゃあ、弁護士はお金のトラブルみたいな世俗的なことにかかわっているわけですから、それなりに大変でしょうけど、医者とは背負っている責任の重さの種類が違うの、ねえ」

そういうと姑は夫の昭義の方に笑いかけた。これは、姑の口癖だった。姑は、華美の家を意識してか、医者の方が弁護士の仕事より遥《はる》かに神聖であることを話の要所要所でおさえることに抜かりがない。

そんな話を何度もきかされていると、華美自身もそう思えてくるのだ。

父の仕事を手伝っていて思うのだが、確かに、弁護士というのは、恨みが高じて金銭で決着をつけようとする人間のどろどろした欲望を垣間見《かいまみ》ることが多い。

「華美さん、どう？ で、あなたの子供の頃はどうでした？」

姑は、また口だけでにこりと笑って、こちらに話を振ってきた。

どう、こんな立派な男と結婚したのよ、ところであなたはどうなの、と言われているみたいだ。

普段の華美だったら、これだけきかされたら、自分が悪いことをしているような気になり、全身が硬直して何もいえなくなっただろう。

なのに、今日はすらすらと言葉が出てきた。

「ぼーっとした子でした。昭義さんみたいな立派な人間になどとうていなれない。元来が劣等生、人生の落ちこぼれなんですね、私って」

華美のこの反応を予測していなかったのか、姑は、一呼吸置いてから、その場を繕うように妙に甲高い声で笑い出した。

嫁の華美が劣等生では自分の見込み違いということになるので、困るのだろう。ましてや、人生の落ちこぼれなど、姑がもっとも嫌いそうな言葉だった。すでに、場の空気が乱れているのに、華美は、こんな落ちこぼれが子供など作らない方がいいですよね、と付け足してやりたい気分になった。

自分のどこからこんな勇気が湧いてくるのだろう。

「まあ、そうは言うても、立派なご両親、ご兄姉《きょうだい》のいるお家じゃないの、ねえ」

姑は同意を求めるように夫に目配せした。

「そうだよ。華美。劣等生だなんて、謙遜《けんそん》して。でも、そういう控えめなところが君の美点なんだよなあ」

なんともしらじらしい響きだった。夫はどうして、自分の母親の前でこんなに繕うのだ。こんなふうに優しい言葉をなんのてらいもなく使える人間は、実は根がひどく冷酷なのかもしれない。

そう考えてみると、あの女もそうだ。

——あなたは私のもっていない条件を全部満たしている人なのよ。家系、若さ。だから、かわいい子供をたくさん産んで昭義さんを幸せにしてあげてね。

口調もよく似ていた。夫とあの女は双子みたいにそっくりの性格をしている。

姑は、帰り際になって、早く孫の顔を見せて欲しい、優秀な二人の二世を早く作るように、と詰め寄るように言い出した。結局それに尽きるといわんばかりのしつこさで繰り返すと、さっさと帰っていった。

その夜、寝ていると、夫が華美の部屋に入ってきた。

華美がじっと動かないでいると、夫はベッドに座ってしばらくこちらを見ていた。

夫の執拗《しつよう》な視線が耐えられなくなり、華美は目を閉じた。

しばらくすると、夫は布団をはいで、華美のネグリジェのボタンを外しはじめた。華美は金縛りにあったみたいに体が硬直した。

ブラジャーのひもを肩から外され、胸をまさぐられたとき、やっと金縛りから解放された。夫の手を払いのけて体をよじって逃げようと抵抗したが、強い力で組みふせられて、身動きできなくなった。

下着を全部はぎ取られると、濡《ぬ》れていないところに夫のものが無理矢理入ってきた。

まるでレイプされているみたいだ。

今までみたいな冷たい機械的なセックスではなく、乱暴な感情が伝わってくる。

華美は再び抵抗を試みた。

「いや、やめて！」

そう叫んだつもりだったが、恐怖のあまり声がのど元で引っかかって出てこない。夫の手が華美の首を押さえつけてきた。声を出そうとすると首が絞まった。

華美は息ができなくなり、苦しさのあまりうめき声をもらした。

華美の苦しみが伝わっているはずなのに、夫の動きはますます激しくなった。華美が苦しめば苦しむほど、快楽が増していくみたいだ。絶頂に低いうめき声が聞こえてきた。

夫のこんな声を聞くのは初めてだった。

——サディスト！

華美は心の中で叫んだが、恐ろしさのあまり身じろぎできなかった。

その夜、夫が部屋から出て行ってから、華美は一人布団の中で泣いた。今日ほど夫のことを怖いと思ったことはない。

侮辱の跡が体中に残っている。

これから、こんなことが起こる夜に、びくびくしながら過ごさなくてはいけないのかと思うと、気の遠くなるような恐怖に全身が凍り付いた。

やはり、このままこの家で過ごすわけにはいかない。だからと言って、今すぐ出て行くところもない。

翌朝、リビングに行くと、夫は何くわぬ顔で、新聞を読んでいた。トーストとコーヒーを出しても、華美と視線を合わすことはない。いつものように無関心な態度のままコーヒーを飲み干して、出かけて行った。

今朝ほど、夫のことを卑怯《ひきょう》な人間だと思ったことはない。いままで、立派な仕事をしている人なのだからと自分に言いきかせてガマンしてきたのだ。

そんな気持ちもすべてなくなってしまった。ただ悔しくて憎いだけだ。

華美はシャワーを浴びた。スポンジにお湯を含ませてボディーシャンプーをたらして、思いきり泡立てて、全身をこすった。

どんなにこすっても、あの屈辱的な感触は消えない。とりあえず、夜中に夫に入ってこられないようにしなくては一晩中怯《おび》えて過ごすことになる。

部屋に鍵《かぎ》を取り付けようと決心し、ホームセンターへ行くことにした。

華美はノースリーブの緑色のTシャツに夏物のフレアスカートをはいて家を出た。久しぶりに日中から家を出ると、真夏の日差しの直撃が目に痛かった。

とても耐えられないと思い、日傘《ひがさ》を取りに家まで戻った。下駄箱の上の棚からレース地の傘を一本取り出し、表に出ると、市バスの停留所まで歩いていった。バスを待っている間も、日傘を透《とお》して熱気が伝わってきて頭がくらくらした。

カバンからハンカチを出して、何度も額の汗を拭《ぬぐ》う。

バスに乗ると、冷房がきいているので、一息ついた。千本今出川でバスを降りて、ホームセンターに向かって歩いているうちに、再び全身にじんわりと汗をかきはじめた。太股《ふともも》にスカートがまとわりついてくる。

ドラッグストアが見えたので、汗がひくまで涼もうと中に入った。店の中の商品をながめながら歩いているうちに、夫に勧められた妊娠判定用の試薬が並んでいるのが目にとまった。

部屋に鍵など取り付けたら、今度こそ、姑が黙っていないだろう。

夫の昨晩のあの攻撃的な行為。昼間の姑に対する華美の態度に怒りをぶつけられたような感じだった。あれが夫の本性なのだ。

夫が部屋に入ってくるのを拒否したら、次はどんな報復が待っているかわからない。あっさり離婚してくれればいいが、それだけで済むとは考えられない。

華美は恐ろしさと嫌悪感に襲われ、嘔吐《おうと》しそうになり、トイレに駆け込んだ。

鍵を買おうか買うまいか迷っているうちに、突然、あの家に行きたい衝動に襲われた。

もう一度、少年の存在を確認して、そっちに自分の気持ちを戻したかった。今の華美にとって、あそこが一種の精神的駆け込み寺のような場所になっていた。

今出川通を東へずっと歩いていき、例の蜂蜜屋《はちみつや》のある界隈《かいわい》まで行った。

前回、何も考えずに、このあたりをぶらぶら歩いていたので、正確な家の場所を覚えていない。もう一度、蜂蜜屋のある路地の入り口まで行ってみた。確か、ここを出て左に曲がって歩いていったのだ。何メートルくらい歩いただろうか。歩いている間も魂が他の場所に飛んでいることの多い華美は、地理感覚に疎《うと》い。

ぐるぐると周辺を歩き回ったが、家は見つからなかった。が、不思議なことに先ほどホームセンターに向かっていた時の疲れは消えていた。汗のべたべた感もさほどない。

気がつくと、路地に赤い提灯《ちょうちん》がぶら下がっていた。町屋の格子をはずして開放された四畳半ほどの一室に餅《もち》や果物などのお供え物がおいてある。

そうか、今日は地蔵盆《じぞうぼん》なのだ。

本来、地蔵盆は地蔵菩薩《ぼさつ》の縁日である八月二十四日にむけて、その前日の宵縁日に行われる祭りだ。しかし、ちかごろ、参加する子供たちが少なくなったので土曜か日曜日に振り替えて行う町内が多くなったのだ。

各町内で、寺院の境内、ガレージなどのスペースを使って、屋台を組んで花や餅などの供物をそなえて「百万遍大数珠繰り《ひゃくまんべんおおじゅずく》」を行う。

地蔵菩薩は「子供の守り神」なので、基本的に子供のための祭りで、お菓子を食べたり、福引きしたりと子供中心のいろいろな行事が行われる。

開放された町屋の前に町内の役員らしき人たちが集まっていた。子供の参加はもっぱら、幼児が多い。小学生くらいの年齢の子は殆《ほとん》どいない。

華美が子供の頃もそうだった。塾通いに忙しくて、地蔵盆に参加したことは一度もなかった。こういった行事も時代に合わず、形だけになってしまったのだろう。

そこを通り過ぎて、左折したところで、華美は立ち止まった。ここは前回も来たことがあった。少年の家は、ここをしばらく歩いていって、確か、もう一度左折したあたりだ。

この路地はさきほども一度通りすぎた場所だ。地蔵盆の行事のせいで、前回来た時と雰囲気がかわっていたから気づかなかったのだ。

一つ目の路地を左折してみる。そこには「建て売り住宅」と看板がかけられていた。三階建ての似たような作りの新築の家が三軒並んでいる。

そこを通り過ぎて、次の路地を曲がってみる。

見覚えのある町屋の格子を見つけた。念のため格子の隙間《すきま》からガラスをのぞいてみた。やはり、ここだ。あのステンドグラスのはめ込まれた家。

しばらく、少年の家の前に立っていた。

『山田』という木の表札がかかっていた。山田……。平凡な名前だ。この名前だけだったら、あの少年の雰囲気にさかのぼることはできない。逆にその方が、よけいなイメージを持たなくていいのかもしれない。

足音がしたので、振り返った。さきほど地蔵盆の行事を手伝っていた主婦らしい中年の女の姿が見えた。

奇異な目でこちらをちらっと見たので、華美は、あわててその場を離れた。

すると、その女性は、そこの家のチャイムを鳴らしたから、華美はどきりとして立ち止まった。

扉が開いて、女が出てきた。

「はい」

「お宅は何年生と何年生のお子さんがいらっしゃいますか？」

「小学六年の女の子と中学三年の男の子の二人です」

女は持っていた用紙になにやら書き込んでから、隣の家に行くと、再びチャイムを鳴らした。

中学三年といえば、ちょうど十四、五歳だ。まちがいない。あの写真の少年がこの家に住んでいるのだ。

とっさに、華美は、電信柱を通り過ぎたあたりでじっと聞き耳を立てた。

「ほんまに、怖いですよねー。たまたまご主人がトイレに立たはったから気づいたものの、あれ、もう少し遅かったら家が全焼してましたよ」

「真夜中のことでしょう……」

「夜中の三時頃やったみたいですよ。トイレの窓から庭を見たら、もくもくと煙があがってたもんやから、ご主人、あわててホースで消しに飛びださはったそうです」

「まあ、そんな時間、うっとこやったらみんな寝てます」

「うちかってです」

「いったい誰がそんなことを……」

「ただのいたずらにしたら悪質ですねー」

「でも、無事でよかったですよね」

ほんまに、ほんまに、と互いに言い合っている。

話の内容から察すると、どうやらこのあたりでぼやがあったらしい。

夜中に庭が自然に燃えることなどあるのだろうか。

もしかしたら、放火？　二人の口ぶりからして犯人はまだみつかっていないようだ。

ふとあの「炎に魅せられし者」の詩句が頭に浮かんだ。

女は、子供の人数を確認して、その家からでてきた。

「あのう……」

華美は思い切って女に声をかけた。少年の家の近所で、ぼやというのが気になった。

「はい」

「すみません突然。そこの建て売り住宅を購入しようかと考えているのですが……それで、ここらへんのご近所さんのことも知りたくなりまして」

「はあ、そうですか」

「静かでいいところですね」

「ええ、まあ……」

女は曖昧《あいまい》に答えた。

「でも、なんだか、ここらあたりでぼやがあったと聞きまして……」

女の顔がみるみる曇っていったので、しまったと華美は思った。自分の住む地域の不穏な事件を指摘されて気分を害したのだ。

華美は自分の切り出し方の配慮のなさを悔いた。

「すみません、へんなこと聞いて。いえ、いいのです」

華美が頭を下げて、その場をさろうとすると、女はやっと口を開いた。

「ええ、そうなんです。そこの突き当たりを右に行った、荒井さんという方の家なんです」

どうせ隠しておくこともできないので、話してもかまわないという気になったのだろう。

「あらいさんですか……。どんな漢字ですか?」

「荒野の荒に井戸の井です」

「すぐ近くなんですね。いったいどうしてぼやなんかが？」

「誰かが、石油を含ませた新聞紙に火をつけて、そこの家の庭に投げ込んだんだそうです」

「まあ、怖い。それいつのことですか？」

「三日前のことです」

「けが人は？」

「みなさん無事だったみたいです」

「それはよかった。不幸中の幸いですね」

「たまたま、荒井さんのご主人がトイレに立たはったからよかったんです。トイレの窓から庭の木が燃えているのを発見して、あわてて消しに出られたそうです」

「で、犯人は？」

「警察で目撃情報なんかを徹底的に調べているみたいですけど、まだ見つからへんみたいですね。目撃ったって、夜中の三時ですから、そんな時間、ここらへんは、誰もいませんし」

「それ一回だけのことだったら、荒井さんも無事だったみたいですから、いいですけれどもね」

放火というとどうしても連続するイメージが強いので、華美はついそんなことを言ってしまった。

女が黙り込んでしまったので、また、自分の失言に気づいた。これだから、人と話をするのは苦手なのだ。気分を取りなすために話題をかえた。

「今日は地蔵盆なんですか？」

「ええ、そうなんです」

「ご近所さんの家族構成とかもお尋ねになるんですか？」

「いいえ。子供さんのことだけです。お供えのお返しに、お菓子を配るものですから」

「今時の子供さんはあまり参加されないんですね」

「ええ、そうなんです。みんな習い事に行ってはるしねー。地蔵盆を楽しみにして来る子、少のうなってます」

「淋《さび》しいですね」

「こういう行事も形ばかりになってしまって……。でも、なくなったら淋しいから、町内会で大人ががんばってるんです」

「山田さんのお宅の子供さんは参加されないんですか？」

さりげなく聞いたつもりだが、内心、心臓の鼓動がどくどくと早まった。

「ええ、あそこも大きいお子さんばっかりやしされませんね。お知り合いですか？」

「いいえ。ステキなお家だなと思ってながめていただけです。今、町屋を改装するのが流行《はや》っていますでしょう。本当は新築の建て売り住宅ではなくて、あんな感じの家を改装して住みたいな、と思ってたんです」

「あそこは、三年前くらいに、引っ越してこられたばかりなんですよ……あまりつき合いはないですね」

「近所になじんでおられないんですか？」

「うちの娘が山田さんの下の優子ちゃんと同じ六年生で、一緒に小学校へ集団登校で通ってます。中学校のお兄ちゃんの方は、顔も見たことありませんね」

「というのは？　でも、中学校へは通ってられるんですよね」

「いいえ。引きこもりみたいですよ。引っ越してきた時から。なんでも、前の学校でいじめにあって登校拒否になったらしいんです」

登校拒否。あの少年が……。華美は自分のことのように心を痛めた。華美も、いじめにあって、登校拒否になりかけたことがある。小学校から金持ちしか行かない、いわゆるお嬢様学校だったが、そこでもいじめはあった。経済的に裕福でも、歪《ゆが》んでいる家庭は多い。

華美の学校でも、家族のことで悩んでいる子はたくさんいた。

華美は、ある日、クラスメイトに、父親が浮気ばかりしている上に、母親にまで若い男ができてしまったと悩みを告白されたことがある。

それをきっかけにその友人は情緒不安定になり、結局、あれほど親しくしていた華美に、鬱憤《うっぷん》の矛先が向かってきたのだった。

登校拒否になるほどのひどいいじめは一度きりだったが、華美のような弱い人間は、常にその危険にさらされていた。母がその時、ＰＴＡの会長だったので、学校や教育委員会に訴えたため、いじめはすぐにおさまった。力のない親を持った子供だったら、あのままもっと悪化していただろう。

それ以来、華美は友だちを作るのが恐ろしくなった。

親密というのは諸刃《もろは》の剣《つるぎ》だ。それがいつ憎しみとなって跳ね返ってくるかわからない怖さがある。華美のように弱い者は、いつだって犠牲になる側なのだ。

「まあ、それで引っ越ししてこられたのですか。で、こちらの中学校へも……」

「結局、行けなかったみたいですよ。最初の頃は、先生がよく訪問にこられていましたが、学校側もあきらめたみたいですねー」

あのいきいきした少年の表情から、そんな暗い影は感じられなかった。誰にでも、二面性というやつがある。しかし、引きこもっている間は、学校という唯一の社会と自分との繋《つな》がりがとぎれた状態になる。将来に対する夢を描くのが難しいのではないだろうか。

実際、いじめにあって登校拒否になりかけた自分を思い出してもそうだ。あの頃の華美は笑う気力もなく、とても暗い顔をしていた。

仮にカメラを向けられたとしても、あんな快活な表情ができるものだろうか。

だが、暗いことばかりでもなかった。それがきっかけで、ますます絵にのめり込んでいったし、夢の世界の想像がどんどんふくらんでいくようになった。

少年も詩の世界に没頭しているのかもしれない。

もう一つ別の可能性もある。あの画像の少年は、あの家の子供ではなく、親戚《しんせき》かなにかでたまたま四月に遊びに来ていたという。

でも、だとしたら、どうして二人一緒の写真がないのだろう。山田少年は部屋に閉じこもりっきりだったからだろうか。別の方向へ想像はとりとめもなくふくらんでいきそうになったが、結局、余所《よそ》の家でわざわざ詩のノートを持って写真を撮るというのも不自然だ。それにあの猫は、まるで飼い主みたいに少年になついている。やはり、あの写真は、自分の家で撮ったと考えられるのではないだろうか。

女の人と別れてこの界隈をぶらぶらと歩き回り、ぼやのあったと思われる路地まで行ってみた。

荒井という表札を見つけて立ち止まる。庭に植え込まれた、ツツジの木の枝が下から炙《あぶ》られたようにこげている。このまま誰も気づかなければ、家にまで火が移り、中に住んでいる者が焼け死んでいたのだ。

犯人はそこまで予想してこんなことをしたのだろうか。だとしたら、とんでもなく残虐な人間だ。ただたんに面白半分でやったのだとしたら、想像力の足りない未熟な人間ということになる。

華美の脳裏にまたあの少年の詩が浮かんだ。

「炎に魅《み》せられし者」

炎の美しさに魅せられし者
その誘惑に人はあらがえない
それは荒々しく、僕は無力となる
炎の美しさに魅せられし者

その美しさに人はあらがえない
それは雨を恐れず、勢いをます

炎の美しさに魅せられし者
香《かぐわ》しい匂《にお》いに人はあらがえない
それは雲を突きやぶって、天に昇っていく

僕たちは、炎に魅せられし者
二人の魅せられし魂は燃え尽きた
そして、僕たちは区別がつかなくなる
それは灰となり、果てしない宇宙に拡散する

炎に魅せられし宇宙の創世者
舞い上がってくる言葉の粒子
羅列する魂の叫び
それは星となり、煌々《こうこう》ときらめく

炎に魅せられし少年……。華美は、この詩と今回のぼやとを結びつけてしまい、ぞっとした。

——まさか！

あんなにあどけない顔をした子供がこんな恐ろしい事件と関わりがあるはずない。

もう一度、あの家の前に戻ってみた。

華美はしばらく家の前に突っ立っていた。ここに何時間立っていようと、家から一歩も出ようとしない少年とかち合うことはない。

だが、あのデジカメに写っていたみたいに、目の前の窓があいて、格子から手を出す少年の姿が頭に浮かんだ。

牢屋《ろうや》の鉄格子を握りしめて、出してくれと叫んでいる少年が目の前にいきなり飛び込んできて、悲鳴をあげそうになった。

我に返ると、その場から離れて、丸太町通《まるたまちどおり》まで走っていった。

第六章　失われたノート

　半年ぶりに、武《たけし》さんと逢《あ》った。

　浅草にある小さな居酒屋で僕らは待ち合わせした。いまやそこそこ金持ちのはずの武さんだが、いまでもこういう安い居酒屋でないと落ち着かないという。

　だから、彼と高級な店に行ったことはない。

　武さんは夜なのに電気修理工が着るような作業服を着てぼさぼさの髪をしていた。ライブでは、サングラスをかけて髪をオールバックでかためている。

　だから、こういう恰好《かっこう》をして場末の居酒屋に溶け込めば、世間の目から自分の正体を隠すことができるのだ。もともと目立たない顔なので、サングラスを外して、整髪剤を使わなければ、彼が誰なのか、人は気にしていない。

　もちろん素顔の僕が作業着姿の男と飲んでいても、誰も「ＥＣＴＲ」のボーカルだと気づくことはない。高級ホテルのバーかラウンジならともかく、こんな薄汚い居酒屋で飲んでいればなおさらだ。

女にホテルで刺されたり、自殺未遂をしたので、僕はさんざんマスコミの餌食《えじき》になった。落ちぶれてしまったとはいえ、まだ、週刊誌の小見出しに名前がでてきて、○×疑惑、などとあることないこと書かれることがある。

本人は、こんなに静かで地味な生活をしているのに、もう一人の僕が噂《うわさ》という架空の車に乗せられて、派手に暴走しているような状態だ。

僕が到着すると、机の上には、すでに、枝豆と冷や奴《やっこ》と焼き鳥、それに生ビールが並んでいた。武さんは、食べるものも判で押したように決まっていた。

僕は、本日のおすすめ鮮魚のお刺身盛り合わせを注文した。

「そろそろスランプから脱出できそうか？」

僕はだまって首を横に振った。

「せめて曲だけでも浮かばないか？」

「言葉が浮かばなければ、曲も浮かばないんだ。だから、詩がかけなくなった時点で、メロディーも浮かばなくなった。曲だけが浮かぶってことはないんだ」

「その詩の方は……」

「頭が真っ白だ。気の利いた単語一つ浮かばない」

「カウンセリングにでも行ったらどうだ？」

「昔、さんざん行かされたことがある。なんの足しにもならなかったよ」

「昔？」

「僕は気が狂ってる。お袋はそう思いこんでいた」

「どうして？」

僕は自分の家族のことをうっかり話してしまったことを後悔した。

「火が好きだったからだよ。いや、嫌いだったからなのかも……」

僕は曖昧《あいまい》な返事をした。

「火か。なるほどな」

武さんは、僕の気持ちをすぐに理解して、言った。

「詩なんか書いてると、親はみんないやがるもんさ。オレだって、うれしかないよ。もし、娘がおまえみたいな詩を書いたりしたら。おかしいんじゃないかと思って、カウンセリングに連れて行くかもしれないな」

僕は苦笑した。

「でも、書けなくなった僕に行けって、今、言っただろう？　カウンセリングに。それ、逆じゃないか」

「なるほど。言ってることが矛盾してるな。もしかしたら、おまえ、まともになったのかもな。女に刺されて」

武さんは僕の肩をたたいて大笑いした。こんなふうに人の悲劇を笑い飛ばす武さんを冷酷だとは思わなかった。むしろその口調に親心のような温かみを感じた。

僕は武さんのジョッキに自分のジョッキをぶつけて、一気に飲み干した。

「さあ、まともになったのかな。だったら、あの女に感謝しなきゃいけないところだけど、どうにも邪悪なんだよな。笑えないよ」

「いきなりベッドの上で刺すような女だからな」

「ベッドの上じゃないよ」

「週刊誌にはそう書いてあった」

「週刊誌にはね。武さんまで週刊誌の記事を信じるのか」

スポーツ新聞の中には、僕が女を酔わせて無理矢理ホテルに連れ込んで、強姦《ごうかん》しようとして刺された、とまで書いてあるものがあった。

「実際に現場にいたわけじゃないからな。でも、まあ、おまえが強姦なんかするやつじゃないことは分かっているよ」

「あたりまえだよ。女なんか、無理に誘わなくたって……」

僕はそこまで言って、そういう考え方に嫌気がさしていたので黙ってビールを飲んだ。

「まともになったわけじゃないけど、俗物になったのかもしれないな。あれよあれよとCDが売れて女にもてて調子にのってるうちに、きっと傲慢《ごうまん》なだけのつまらない人間になってしまったんだ」

僕は、そう言いながら、売れに売れて調子にのっている時の自分を振り返ってみた。自分は選ばれた人間だ、そんなことを心の片隅で思っていたし、ライブに来たファンをどこかで見下していた。

「オレらは、何か勘違いしてたのかもな」

「いわゆるゴッドコンプレックスってヤツだ。時期、チャンス、あらゆる運が僕らに味方してくれた。僕らの成功には、才能以上の底上げがあった。なのにそのことに気づかないで、調子に乗っていたんだ」

人間、自分の才能以上の大成功を遂げると、本来の自分と、成功の大きさのギャップに引き裂かれてしまうことがある。

自分を守るために、等身大の自分から目を背けざるをえない。すると皮肉なもので、他人軽視のひどい人間になってしまう。それが大成功していた頃の僕の姿だ。

「確かに、オレらは世の中をなめてたのかもしれないな」

武さんはしみじみとした口調で言った。

「武さんからそんな台詞《せりふ》を聞くとは思わなかったよ」

いまだに、成功前と同じものを食べ、家族を大切にしている武さんの意志の強さは、僕の目には強靭《きょうじん》に映った。

他の三人のメンバーは、曲を作るごとに金銭問題などのトラブルが生じて、結局、今は一人も残っていない。

「オレだって、なめた分だけしっぺ返しをくらってるさ。あんなに好きだった女房とは信頼関係が壊れてぎくしゃくするようになったし、昔の友だちは一人も残っていない。今の物質的な富と昔の精神的な富を比較したら、自分にとって、どっちが幸せだったのか、いまだに答えが見つからないさ。そんなことを突き詰めて考えていると、空《むな》しくなってしまうしね」

「そうか。武さんでもそう思うのか。僕らは、短期間で飛躍した分、失うものも半端じゃなかったんだな」

「数に制限のある足し算、引き算みたいなもんだな。こっちでプラスされた分、必ずどっかで引かれちまう」

「足し算引き算か。うまいこと言うな。数に制限があるんじゃあ、何をしたって、最後に得られる数は一緒ってわけだ」

「それでも、プラスもマイナスもない平板な人生よりましだよ」

「いい経験をしたと思ってるよ。だが、このままじゃダメだ。このまま何も浮かばないんだったら、死んだ方がましだ」

「また、自殺したいのか？　あれには参ったよ。病院でおまえの土色の顔を見たとき、ついに気が狂って、もう絶対にこっちの世界に戻ってこないと思った。あの時は、のんびり屋のオレも、自分の今後の身の振り方について真剣に考えたよ。お金は充分あるから、もう、音楽はやめて、女房と田舎《いなか》に引っ越そうかと思ったさ」

「そうならなくてよかった」

あんなことになっても、僕のことを見放さないでいてくれるのは武さんだけだ。

「二度とあんなことしないでくれよ」

「迷惑かけてすまなかったな。もう死にたいとは思わない」

「そうか。だったら、安心した」

「あの時、死ななかったのは、まだ時期じゃなかったからだ。後何曲か創作しろ、神が僕にそう言っているような気がするんだ」

「よし、じゃあ、奇跡のカムバックを果たそうや」

僕は黙ってうなずいた。

そうだ、このままじゃダメだ。何か突破口が必要だ。今の殻を突き破るような言葉が。僕は言葉を何から引っ張り出していたのだろう。

言葉の前にくるのは、瞬間的な映像だ。何か映像らしきものが脳に閃《ひらめ》き、それと自分の心情を混ぜ合わせて僕は文字に変換していた。

詩ができる過程で自分の脳に起こっていることをこんなふうに、何度も分析してみた。しかし、そんなことを何万回繰り返したところで、詩が浮かぶわけではない。

何か、目にすごいものが飛び込んでくれば、僕の心を揺さぶるような何かが……。その瞬間、僕の中で詩がまた生まれるような気がした。生のフレーズが。だが、自分がいったいどんな刺激を求めているのか、それすら分からなかった。

昔の僕はいったいどこへ行ってしまったのだろう。

僕は武さんと別れると、恵比寿《えびす》にある自分の家へ戻った。

アカネが酔いつぶれて玄関ポーチのところで寝転がっていた。

別にそれだけだったらめずらしいことではない。ただ、彼女の足を見て、スカートをはいているのに驚いた。ストッキングにくるまれた形のいい足がタイトな紺のスカートからニョッキリでている。脱げた片方の靴はハイヒールだ。

いつもは汚らしいジーパンにスニーカー姿の彼女がこういう恰好《かっこう》をしていると、見慣れない分、普通の女より女らしく見えて、目のやり場に困った。

「風邪ひくぞ」

僕は鍵を回して玄関の扉を開いてストッパーで固定し、アカネを抱き起こして中に入れた。

「ああ、お帰りー」

したたか酔ったアカネは、まるで自分の家に入るみたいに、ふらふらと部屋の中に歩いていくと、ソファにばたりと仰向けに寝転がった。

「なんだか、えらく気を使ってくたびれちゃった」

そういうとアカネは、スースーと寝息をたてて眠り込んでしまった。

カーテンが開けっ放しなのに気づいて、僕は窓べに行った。夜空には半分雲に覆われた月が浮かんでいた。

僕は武さんの言葉を思い出した。

――奇跡のカムバックを果たそうや。

奇跡……。奇跡よりはもう少し確率が高くてもいいだろう。

アカネの寝息を聞きながら、なんとも切ない気分に襲われて、僕はしばらく雲に隠れた月を見つめていた。それは、昔、僕の家の窓から見た月と同じだ。いつかあの雲から抜け出して全貌《ぜんぼう》を現してやる、自分の境遇と月を照らし合わせてそんな思いを抱いたことがあった。

薄いカーテンだけ閉めると、食器棚からグラスを出した。冷蔵庫に行くと製氷器から氷を出してグラスに三つ放り込むと、カウンターバーに腰掛けた。

シロミミが寝起きみたいな顔で目をしょぼしょぼしながらどこからともなく現れた。にゃーっと鳴くので、蛇口をひねってやると、バーの向こう側の流しに飛び乗って、水を飲み始めた。

再びソファでのんきに寝ているアカネの姿を見る。

——やれやれ、こんなところでしたたか酔って寝息を立てていたら、百年の恋もさめて男に逃げられるぞ。

そうつぶやいてから、彼女の相手は、男ではなく女だということをあらためて思い出した。

そういう世界に疎《うと》い僕は、アカネが恋人にどんなことを囁《ささや》くのか想像もつかなかった。

ホテルで彼女と彼女の恋人の洋子に出会った時、酔って脳みそが鈍くなっていたからなのか、二人はちっとも怪しい雰囲気ではなかった。親密そうだったので、幼友達のように見えた。

ペリエを氷の入ったグラスに注いで、一気に飲み干した。

季節は春の一歩手前だが、家の中でもまだ少し肌寒い。

自室に行くと、押入れから毛布を引っ張り出してきて、ソファで寝ている彼女にそっとかけてやる。なんとも無防備であどけない寝顔だ。

彼女の頬《ほお》にそっと手をやってみた。柔らかくてなめらかな肌だ。

ふと熱い気持ちにおそわれたが、我に返って、酔いを覚まそうと頭を振った。

これ以上彼女に触れたら、越えてはいけない壁を越えて二人の絆《きずな》は終わるだろう。情けない話だが、彼女を失った後の孤独に、今の僕はとうてい耐えられない。

風呂場へ行き、シャワーを浴びた。頭から冷水を浴びながら、武さんと交わした会話を思い出した。

自分はこのまま終わるわけにはいかない。

バスタオルで体をふいて、トレーナーの上下に着替えると、そのまま寝室に直行した。

開けっ放しになっている押入れをしめようと襖《ふすま》に手をかけたが、ある思考が僕の手を止めた。

そういえば、昔の自分の写真が他にも何枚かこの中にあったはずだ。

まだ詩が次々に思い浮かんだ頃の僕の写真。押入れに入っている布団やシーツを全部ひっぱりだしてみた。案の定、奥に三十×五十センチ四方くらいの角の潰《つぶ》れた段ボール箱を見つけて、それを引っ張り出した。

十八歳で上京する時、唯一実家から持ってきた物がこの中に入っていた。詩を書きためたノート一冊。本当は一冊だけではない。他のノートはすべてオヤジに焼かれてしまったので、結局、残ったのは、これだけだった。この中から十曲は歌が生まれ、CDになり、何百万枚と売れた。

僕はもう一度、ノートを読み返してみた。昔の自分がこんな不思議な感性の持ち主であったことに今更ながら衝撃を受けた。惰性で生きている今の自分の価値観が、過去の自分の鋭利な感性によって覆された、そんな痛みが胸に走った。

それほど、今の僕の頭の中にはありきたりな単語と台詞しか充満していない。こんなふうに研ぎ澄まされた言葉をまた集積できれば、曲は自然に浮かんでくるはずだ。

あの時、僕が自殺を図ったのは、自分をリセットしたかったからだ。皮肉なもので、大成功して、幸せの絶頂にいた僕が書いた詩は、自分できいていても、定番の台詞とメロディーの繰り返しに寄りかかっていた。

もっとも、あのまま何も考えずに何曲も作って歌っていれば、僕の地位は安泰だったのかもしれない。

あの女に出会いさえしなければ、今でも、僕は新曲を作って歌っていたはずだ。

なのに……いきなり冷や水をぶっかけられたみたいだった。

あんたの本当の姿はこれよ、と親切にも僕を魔法から解いてくれたのがあの女だった。

――最近のあなたの歌詞、つまらない。その理由をついにつきとめたわ。

あまりにも的を射ていた。射すぎていた上に、更にナイフの一撃が加わった。

僕の声はその一撃であっけなく萎縮《いしゅく》し、脳みその創作回路までぶち切れてしまった。

段ボール箱には、ノート、楽譜、それに姉がプレゼントでくれたTシャツ、時計、サングラスが入っていた。

底に大きめの封筒が入っていた。『トモねえの撮影した僕の写真』とマジックで書かれている字は紛れもなく僕のものだ。

そうだ、これだ。

僕はとんでもない家庭環境で育ったので、子供の頃の写真をあまり持っていなかった。

この封筒の中には、姉が撮ってくれた写真が入っている。この中の一枚は額に納まり、棚に飾ってあるから、毎日目にしている。

僕は姉のことを物心ついた時には、トモねえと呼んでいた。

姉と言っても、父の前妻の娘なので、僕とは腹違いで正確な年齢はわからない。多分、十歳以上は年上のはずだ。父が離婚した時、トモねえは、母親に引き取られたから、僕たちは一緒に暮らしたことは一度もなかった。

トモねえは、時々、僕や妹に逢《あ》いに、家に遊びに来てくれた。

僕が唯一、誇りに思える家族がいるとしたら、この姉くらいだろう。父のように人を罵《ののし》ることは決してしない。僕たちのことを子供扱いして上からものをいうこともない。

話していて対等感があって、友だちみたいだった。だから、トモねえという愛称がよくあっていた。この姉がいなかったら、僕は、人に心を開くという経験をしないまま大人になってしまっただろう。

オヤジは僕に、よく「たら、れば、の話はするな！」といって怒鳴った。つまり、もしこうだったら、という仮定の話をするなという意味だ。

僕と妹を黙らせるのに、この言葉は、暴力以上に効果的だった。なぜなら、子供心にオヤジにしては、ひどく正しいことを言っているような気がしたからだ。

あの頃の僕らの想像は無限で、「もし私が王女様だったら」「もし僕が宇宙飛行士だったら」と二人で空想にふけることがよくあった。オヤジは妹相手にどんどんふくらむ僕の話を「たら、ればの話はするな！　何が宇宙だ！　逃避するな。現実を見ろ、おまえの現実を！」と言ってわめいた。

その言葉にはなんとなくいごこちの悪さを感じるのだが、筋が通っているような錯覚に陥り、僕は自分の空想を恥じた。

今思い返してみるとオヤジは、酒を飲んでは、自分が事業に失敗したことを愚痴《ぐち》り、あの時、ああしていたら、あいつと出会っていなければ、と仮定の話ばかりしていた。

なのに僕らが、仮定の話をすると躍起になって禁止した。

それが違和感の原因だと気づいた時、僕は取り返しがつかないほど傷ついた。だから、ますます、親子という家族関係に不信感を持つようになった。

トモねえといる時だけ、僕は自分の想像力を自由にふくらますことができたから、一緒にいることが楽しくて楽しくて仕方なかった。

僕は写真の入った封筒を見ながら、そういえば、トモねえがうちに来た時、僕の詩を見せたことを思い出した。

＊

僕の家を訪れたトモねえは、詩を読んで「すごいわね。びりびりと電流みたいに何かが伝わってくる。さすが私の弟！」と絶賛し、ノートをかかえている僕を何枚か撮ってくれた。

ほめられたことがよっぽど嬉《うれ》しかったのだろう。トモねえが帰った後、自室で詩の続きを僕は書いた。すると、父がいきなり部屋に入ってきた。

僕は顔をあげて父を見上げた。父はサインペンで詩を書いている僕の手に視線を注ぐと、みるみる憎しみの表情に変わっていった。

殴られる、そう思い、僕は恐怖で全身が硬直した。

「おまえの血は芯《しん》まで腐ってる。そんな気味の悪いものを書いている暇があったら、勉強しろ！」

そう怒鳴って、父は勉強机から僕の書きためた詩のノートを全部とりあげた。僕はしばらく呆然《ぼうぜん》と机に座っていたが、うばわれたノートを取り戻そうと部屋から出て階段を走って下りた。

縁側から庭を見ると父がこちらに背を向けて立っていた。

父は僕のノートを落ち葉と一緒に地べたに置いて、青いプラスティックの容器を傾けていた。容器の口から透明の液体が流れているのを見て、殴られるよりもっと最悪なことが起ころうとしていることを察知した僕は、裸足《はだし》で庭に駆けおりた。

「やめて、お願い！」

そう叫んで父に飛びかかった。しかし、あっさり振り払われて、地面にたたきつけられた。

「くされのガキ！　こんなくそみたいなものばかり書いてるからおまえの脳みそは、腐った臭《にお》いがするんだ。ほうら、消毒してやる」

父はサディスティックな笑みを口元に浮かべて、僕のノートの上にマッチ棒をすって落とした。

「わあー！」

僕はわめいて父に飛びかかり、殴られて吹っ飛んだ。さっきかけられた灯油のせいでノートは勢いよく燃え上がった。

僕は泣きながら炎を見つめていた。まるで自分が、そして多くの自分の分身が焼かれているようだった。

僕の詩が、言葉が、たくさんの僕自身が燃えていった。

父がいなくなってから、灰になってしまったノートをかき集めて、袋に入れた。部屋に持っていく途中で母とすれ違った。母は真っ青な顔をしていた。一部始終を見ていたのだ。

僕は助けを求めるように母の目を見た。すると母はあわてて視線をそらして、台所の方へ急ぎ足で歩いていった。

母は僕を慰めることすらしてくれなかった。それより、自分にとばっちりがくることを恐れたのだ。僕を助けてくれる人などこの世に誰もいない、その時、絶望の中で僕はそう確信した。

部屋に帰って確かめたが、ノートはきれいに燃えてしまっていて、一行の文章も引き上げることはできなかった。

机の棚には、たった一冊だけノートが残っていた。

――負けるもんか、こんなことで僕は死なない。絶対に。

そう心の中で何度も叫び、僕はたった一冊残ったノートに自分の心情を泣きながら書きつづった。「炎に魅せられし者」という題名をその詩につけた。

鍵のかかる引き出しの中に、灰になってしまったノートと、たった一つだけ燃やされずにすんだノートを入れた。

もっと、早く、ここにノートを入れておけば、こんなことにはならなかったのだ。僕は自分がうかつだったためにノートを守れなかったことを後悔した。

父は、姉が来るとあからさまに不愉快な顔をした。帰ってから、なにかと理由をつけて僕を非難した。今から思えば、父は僕と姉の関係に嫉妬《しっと》していたのだ。

姉が来るたびに、二人の親密な関係にむかつき、僕をたたきのめすよい手段はないものかと狙《ねら》っていたに違いない。

詩が焼かれたその夜、僕は夢を見た。

野原で仰向けになって、無数の星の輝きに心を奪われていると、煙のように何かが舞い上がっていくのが見えた。

それは灰になった僕の詩だった。僕はどんどん昇っていく自分自身が創作した無数の粒子をじっと見つめていた。

やがてその粒子は点々と輝く空の星と区別がつかないほど高く上っていき、きらきらと輝きはじめた。

僕の詩は死んでいない。あそこで輝いている。僕は夢の中で涙を流しながらそう思った。

次にトモねえが来たとき、僕は父の仕打ちを打ち明けた。

灰になってしまったノートを引き出しから出して見せると、トモねえは黙って涙ぐんだ。

トモねえは、紙の切れ端に自分の家の住所を書いて「次から、家においでよ」と僕に渡してくれた。

それから、ぱたりと家に来なくなった。

父にどんな目に遭わされても、トモねえに来てもらいたかったから、僕は、あんなことを告白するべきではなかったのだと後悔した。

姉がこなくなったので、僕のほうから時々姉の家へ行くようになった。そうならずに、トモねえが僕の家に来てくれていたら、僕らの関係は今でもつづいていたかもしれない。僕がアトリエをたずねなければ、あの男とも出会わなかったはずなのだから。

トモねえは、フランスでステンドグラスの修業を三年ほどしたらしい。滋賀県にアトリエを持っていた。アトリエと言っても、それは自分の自宅で、そこに、母親と二人で暮らしていた。

トモねえのアトリエには、いろいろな種類のガラスがたくさんあった。色も豊富だったが、それだけではない。ガラスの上に小さなガラスの粒がちりばめられていたり、いろいろな色のすじが入っていたり、ガラスの柄そのものにも工夫を凝らしたものがあり、見ているだけで退屈しなかった。

そんな風変わりなガラスで作られたランプがいくつか棚に飾ってあった。灯《あか》りをつけると、壁に影ができるので、ガラスの模様と光と色の三つが楽しめた。

「これ、好きに使っていいわよ」

ある日、僕はトモねえに一枚の大きなガラスを渡された。それは、僕の肩ぐらいまでの高さのある縦長の綺麗《きれい》な水色のガラスだった。好きにと言われても、僕はトモねえみたいに器用にガラスを切ることはできない。

「絵を描いてみたら。絵付けと言ってガラスの上にも絵を描くことができるのよ。ゆうちゃん、あなたの家にはめ込んだステンドグラスも、細かい部分には絵付けが施されているの」

ガラスの上に絵？　意外な発想だと思った。しかし、僕は絵を描くのも得意ではなかった。

トモねえは僕の隣で、ガラスの上に器用な手つきで紫色の花びらを描き始めた。しばらく僕はトモねえの鮮やかな手の動きによって形になっていくスミレの花にみとれていた。

それから、思案したあげく、そこに絵ではなく、詩を書くことにした。

父に詩のノートを燃やされた時の思いを綴《つづ》った、「炎に魅せられし者」という詩がなぜかその時頭に浮かんだので、それを書いた。

赤い絵の具で、あの詩を書くのに僕は夢中になった。

ガラスごと姉にその詩をプレゼントすると、絶賛して、アトリエの真ん中の壁に飾ってくれた。

トモねえの創作以外に、僕の創作もアトリエに加わったことで、この場所が二人の展示場になったような気がして、僕は有頂天になった。

そのアトリエには、天井まで壁一面を占領した大きな本棚もあった。ありとあらゆる絵画の画集があり、僕はその中の絵にのめり込んだ。

とくにレメディオス・バロというスペイン人の女性画家の絵に強く惹《ひ》かれた。紹介文の中に、一九〇八年にカタロニアで生まれた彼女はフランス人の詩人ペレの内縁の妻だったと書かれていた。

「へーえ、バロが好きなの？　私と感性が似てるわね。あなたの家の窓にはめ込んであげた、あのステンドグラス。実はバロの『遭遇』なのよ」

僕はトモねえにそう言われて、なるほどそうだったのか、と驚いた。父や母と全然違う人格の姉と感性が似ていると言われたことが嬉しかった。

あの窓にバロのステンドグラスをはめ込んだ理由は、その時の僕には理解できなかったが、約一平方メートル弱のあの窓だけが、僕らの家の暗くてつまらない日常からくっきりと浮いていた。

「あれ、お父さんのために作ってあげたの」

「お父さんのため……どうして？」

「自分に遭遇することから逃げている人だから」

意味が分からなくて、僕はぽかんと姉の顔を見つめていた。すると、姉は言った。

「お父さんだけじゃないわ。みんなもそう。私も含めてね」

ますます、意味が分からなかった。

漠然と理解できるようになってみると、皮肉にも、その言葉は、僕にも当てはまることだった。あの箱の中にはいっているのが、他の何よりも自分の顔であることが恐ろしい。一番遭遇したくないものを探り当ててしまうのだから。

僕がホテルの鏡の中で遭遇したのも、まさに自分の本当の顔だった。

父が投げた花瓶、視力を失いかけた僕の左目、はめ込まれたバロの絵のステンドグラス。過去を振り返ってみると、昔の小さな出来事の蓄積が、自分の今の運命に大きな影響を及ぼしているような気がした。

あの「バタフライ・エフェクト」という映画みたいに。

メキシコの詩人オクタビオ・パスはバロのことを「電光石火のごとき幻像を彼女はゆっくりと描く。表れる者は元型の影。バロは創造するのではない、想起するのだ」と批評している。

「創造すると想起するはどう違うの?」

その時僕はトモねえにたずねた。

「創造というのは、白紙から新しいものを作ること。想起するというのは、簡単に言えば過去を思い起こすこと……かしら」

「じゃあ、バロの絵は過去の記憶を描いたってこと？　でも、僕にはこれは創造に見える。現実の世界じゃないもの」

「難しい説明をすると、人間の魂が真の認識に至る仕方を生まれる前に見てきたイデアを思い起こすことともいわれている。脳のどこかに記憶されて、無意識下に眠っているもの。それが強い現実として蘇《よみがえ》ってくることかしら。いわゆるシュウルレアリスムって『超現実』『過剰なまでの現実』というらしいわ。私にもよく分からないけれど」

「つまり前世につながっているような夢の世界を想起したってこと？」

バロの描く世界は、線が細くてとんがっていて、力学的要素が用いられている。それでいて人間の残酷な本質を幻惑的かつ皮肉な形でえぐり出している。

「前世……。そうかもね。結局、人間なんて、完全な白紙から何かを創り出すなんてことはないのよ。何かの影響を受けて、それを脳のどこかに記憶していて、発展させていくのじゃないかしら」

僕は、画集の最後のページのバロの写真を見て言った。

「なんだかバロって、トモねえに顔が似ているね」

「私、こんな美人じゃないわよ」

そう言ってから、トモねえはまんざらでもなさそうな顔をした。その顔は写真のバロよりもっと美しいと思った。

トモねえと過ごした日々は、僕の人生からすれば、ほんのひとかけらの芸術のにおいだった。短絡的なケンカと憎悪の渦巻く僕の家とかけ離れたその空気は、まっさらな僕の脳を刺激した。だから、それは、その後の僕の人生についてまわるとても濃厚なにおいだった。

＊

僕は封筒から写真をとりだした。一枚はバロの「遭遇」のはめ込まれた窓をバックに撮った写真だった。まだ子猫のシロミミが一緒に写っている。

あとの二枚は姉のアトリエでうつしたものだった。

写真は何枚か撮ってもらったが、その中から四枚だけ選んで、B5サイズに引き伸ばしてもらったのだ。

これは僕が十四歳から十五歳くらいにかけての写真だ。いつの季節だったかまでは思い出せない。服装からして、二つとも冬でないことは確かだ。

封筒にしまってあった三枚は、棚に飾ってあるのに比べて、ひどく気負っている。僕はかなり自意識過剰な子供だったのだ。

カメラに向かってポーズをとっている自分が、ナルシスティックで、それでいてひどくあどけない顔をしていることに気恥ずかしさを感じた。

僕はしばらく写真に見入っていた。

リビングに行くと、自分の写真をセロテープで鏡に貼《は》り付けてみた。そして、十四歳の頃の自分と向き合ってみる。バロの箱の中の女と目があった。

僕は思わず目を背けた。

相変わらず、アカネの寝息がソファから聞こえてきたから、そちらに視線を移した。

アカネの魅力的な肉体は、女にも通用するのだろうか、とわれながらおかしな疑問が湧いてきた。女が女を愛する時、肉体のいったいどの部分が、また心のどの部分が決め手になるのだろう。

再びグラスにペリエを半分ほど注いで、それを一気に飲み干した。

ようやく酔いのさめた僕は、寝室に戻った。

ベッドに横になると、翌朝、あの写真を見たアカネの反応を想像しながら目を閉じた。

あれが僕だとすぐに気づくだろうか。自分では、すっかり違う顔になってしまったような気がする。アカネがなんというのか知りたかった。

それから、僕は、そんなこととは全然違う重大なことに気づいた。

もしかしたら、姉の撮影した写真の中に詩が残っているかもしれない。ノートは父に燃やされてしまったが、写真はまだ姉の手元にあるはずだ。すると詩もその写真の中に残っているのではないか。写真の中の字が全部読めるかどうかはわからないが、半分でも読めれば、残りも思い出すのではないだろうか。

世に出していない詩が何枚か見つかれば、新曲ができるし、何か新しい自分自身への発見、つまり突破口に繋《つな》がる。

僕は、父に燃やされた詩が天国へ昇天していく光景を思い浮かべた。それが夜空で輝きを増し、僕の手のひらに戻ってくることをイメージしながら眠りについた。

翌朝、目を覚ましてリビングへ行くと、腕にシロミミをかかえ、手にマグカップを持ったアカネが鏡の前に立っていた。相変わらず昨日の服装のままだ。寝癖がついたぼさぼさの髪を右手でなでつけながら、じっと鏡を見ている。

よく見ると、彼女の視線は鏡ではなく、そこに貼ってある僕の写真に釘付《くぎづ》けになっていた。

アカネは僕の気配に勘づいて振り返った。

「その写真、誰だと思う？」

僕はさりげなく訊いた。

「誰って、あなたに決まってるじゃないの」

やはり、誰が見ても僕と分かるのだ。

「これ、あなたそのものよ。シロミミも、シロミミそのもの。今より小さいだけ」

「まだ、子猫だったからね。僕は、自分では、その頃とずいぶんかわったような気がする」

「ちっともかわってないわよ。これ何歳の時よ？」

「十四歳の時」

するとアカネはまじまじと僕の顔を見て言った。

「そうね。この写真より十年は老けたわね」

「そのまんまだな。十年。もう年だな」

「二十四歳のあなたが年だったら、二十八歳の私はなによ。まだまだ青春まっさかりなのに」

「それよりいったい、どうしたんだ？」

僕は彼女のスカートを見ながら言った。

「スーパーで買った吊《っ》るしよ。普段はいてるジーパンの方がよっぽどお金かかってんの」

「どうして、そんな柄にもないカッコウをしてるんだ？」

「昨日、新しい会社の面接だったの」

なるほど。面接ともなれば、さすがのアカネでもスカートをはかないわけにはいかないのだ。

「で、どうだったんだ？」

「楽勝よ。来週から来てくれって。面接十連勝の私が負けるわけないじゃないの」

彼女は得意げにそう言った。

意外にも彼女は面接の受けがよく、書類で落とされることがなければ、かならず採用された。話し方がてきぱきしていてできる女の雰囲気を漂わせているにもかかわらず、キャリアーウーマンほどの野心は見受けられない。容姿は際だって美しいわけではないが、十人並みより少しいい。

過ぎたるは及ばざるがごとし、という言葉がぴたりと当てはまるタイプなのだ。

組織では、できすぎる人間も、できなさすぎる人間も嫌われる、というのがアカネの口癖だった。彼女はそこらへんをちゃんと計算して、話し方をうまく工夫しているのだ。

だが、面接に十連勝するということは、それだけ会社をかわっているということだ。

「それ、自慢になるのか？　長続きしないってことだろう」

「同じ人間関係の中にいると、息が詰まりそうになるのよ。一年が限界」

「最初の面接で見せてるイメージに無理があるんじゃないか？」

　僕は、自分が同性愛者でないから、はっきりしたことは知らないが、こっちに気があっても、まず、相手が振り向いてくれない、そういう不幸な宿命をこの種の人間が背負っていることくらいは想像できた。

「面接で、めいっぱい自分をよく見せるの、あたりまえじゃない。だって、その会社に採用されたいわけでしょう」

「巧みすぎるってこともある」

　まわりがもつイメージと自己像にギャップがあればあるほど、人間関係は難しくなる。

「巧み……かもね。でも、とりあえず職にあぶれないのだからそれでいいじゃない。あなただってそうでしょう？　スーパーヒーローで、超カッコイイお兄さんってイメージなんだから」

「だった。過去のことだ」

「そう、だったわけでしょう」

「今は、こんなしょぼいヤツだって？」

「そんなこと言ってないわよ。でも、ギャップがあるってのは同じことじゃないの」

「オレは化粧をしてた」

「化粧をしていたらどうなの？」

「覆面しているのと同じだ」

僕は最初から、世間の人間が素顔の自分と歌っている自分を、重ね合わせにくくしていた。だから、まだギャップは少なかったはずだ。

「ずるい手ね。で、だから、あなたは、まわりとうまくいってたわけ？」

そこで僕たちは顔を見合わせて、苦笑いした。

似たもの同士だから、こうやって愚にもつかない会話をしながら、互いのキズをなめ合っているのだ。

アカネは再び、僕の写真を見た。

「これ、京都でしょう？」

「どうしてそう思うんだよ」

「なんだか、関西、特に京都のにおいがするわ。じめーっとした、いやーな女のにおいがするのよ」

要するに彼女は僕に白状させたいのだ。京都人であることを。

「ちがうよ」

「自分の原点は否定しない方がいいわよ。だから、詩が書けなくなったのかもしれないじゃない」

僕はそれ以上答えなかった。実際に、この中のうちの二枚はトモねえのアトリエなので京都ではなく滋賀県だった。

アカネは、「コーヒーでも飲む？」と言って、シロミミを床に立たせた。解放された手で、僕のマグカップを棚から出してきた。そこにコーヒーメーカーで入れたキリマンジャロを注いだ。

「ねえ、一緒に京都へ行かない？　一度行ってみたいの」

アカネは僕にマグカップを差し出しながら言った。

「いやだよ」

「じゃあ、沖縄は？」

「どっちもいやだ。行くんなら海外旅行にしよう」

「就職したばかりで長期の休みは取りにくいの」

「そうか。残念だな」

「いいわよ。どうせ、二人で行ってもちっともロマンチックじゃないから」

アカネはすねた子供のような口調でそう言うと、冷蔵庫に牛乳パックを取りに行った。それを僕のコーヒーに注いだ。

「お互い、恋人見つけて行く方がいいわよね」

僕は昨日見た月を思い浮かべた。僕と同じようにどこかであの月を見ている、僕の片割れが存在していたら、そしてその人とめぐり会うことができたら。そして、ああ、このために自分は生まれてきたのだ、そんな幸福感に浸れたら……。

これは、父の嫌いだった「たら」の想像だ。そう気づいたとたんに気分が冷えた。僕は心の中で苦笑した。

「でも、私、本当に京都へ一度行ってみたいの。修学旅行の時、入院しちゃって、行けなかったの。それからずっと行きたいと思いながら、結局、行く機会がなかったのよ」

「じめーっとしたいやな所だよ。おまえが言うように」

皮肉を込めてそう言った。だが、自分の原点を否定しない方がいいというアカネの言葉にも一理ある。

それが原因で自分の未来まで途切れてしまっているような感覚がふとよぎった。

僕は、京都へ一度帰るべきなのか。

「そうよ。じめーっとしていやな女。まるで……」

そこまで言って、アカネは口をつぐんだ。

「あっ、そうか」

そこで僕は思い出した。

「なにがよ？」

アカネがここまで京都人にこだわるのは、昔の恋人がそうだったからだ。自分をふった女も京都出身だった。だから、行きたいのだ。僕は露骨にあきれた顔をした。

「なによ、女々しいやつだって思っているの？　だいたい、未練たらしくていじいじするのが、人を好きになるってことなのよ」

「先回りして言うなよ」

「そう？　図星じゃないの。でも、女に執着することもできないあなたよりましよ。砂漠みたいじゃないの。人を愛したことがないなんて」

砂漠。そうだ、今の自分の心はまるで砂漠みたいになにもかもが枯渇しているのかもしれない。

愛が枯渇しているのか？

いや、それより、僕の頭を別のことが占め始めていた。

十年前に書いた詩で、未公開のものがまだある。あの家でトモねえに写してもらった写真を全部手に入れてみたくなった。

トモねえは今でも滋賀県のあの家に住んでいるのだろうか。

＊

ちょうど十年前のことだ。僕は、ＪＲに乗って、滋賀県の姉の家に遊びに行った。住所をもらって、そのアトリエを訪れるのはそれが三度目だった。

玄関のチャイムを鳴らすと、姉が出てきた。普段より、丹念にアイラインをひいていた。見慣れないボルドー色の口紅と黒いワンピースがよく似合っていた。こんなに美しくて艶《なま》めかしい姉を見たのは初めてだったので、子供心にドキリとした。

「まあ、よく来てくれたわね。入りなさいよ」

ちょっとよそよそしい口調だった。僕はいつものように、靴を脱いで、スリッパに履き替えると、板の間をぱたぱたと歩いて行った。トモねえは母親と二人暮らしだった。しかし、母親は水曜日が休みの店に勤めているので、日曜日の昼間はいない。だから、僕は、姉の母親、つまり父の前の妻と逢ったことは一度もなかった。

父に見切りをつけて、姉をつれて父から去った人。それだけでも、母よりいさぎいい人だ。僕はどうしても、その人と母を比較してしまう。母は、なぜ、僕と妹を連れて、今の家を出て行こうとしないのだろうかと。

　廊下を突き当たって左側の部屋がアトリエになっていた。僕はいつものようにそこまで行き、扉をあけた。すると、聞き慣れないクラシック音楽がいきなり耳にとびこんできたので反射的に足がすくんだ。僕は戸惑いながらアトリエの中に目を走らせた。

　いつも僕が座る場所にがっちりとした体格のいい男が座っていて、そいつと目が合った。見た瞬間、その男の目の奥に敵意を感じて視線をそらした。

　男の前には、ティーカップと食べかけの表面が焦げ茶色、中身が黄色いふんわりしたケーキの載った皿がおいてあった。

　僕はトモねえと一緒に本を読んだり、詩を書いたりして午後の一時を過ごす予定だったので、前回来た時と全然違う雰囲気なのにがっかりした。

　裏切られたような気分になり、怒りを露《あら》わにトモねえの顔を見た。

「私の弟なの」

　トモねえは男の人にすました声でそう言った。すると男の人は、立ち上がり、僕に丁寧に挨拶《あいさつ》した。先ほど感じた目の中の敵意は消えていた。

　しかし、この男は好戦的で傲慢な人間だ。あの一瞬交わした視線から僕は男のことをそう見抜いた。

こんなヤツ、という気持ちがこみ上げてきて、僕は不機嫌になり、男の挨拶に応じることもしないで突っ立っていた。

だが、トモねえとその男は、とても親しげだった。

「ちょうどよかったわ。チーズケーキを作ってみたの。食べる?」

僕は返事をしなかった。トモねえはキッチンに行くと大きな皿に載った、直径十八センチくらいのケーキを持ってきた。

「手作りのケーキとアップルティー。まったく贅沢《ぜいたく》な午後だ」

男は満足げに笑いながらそう言った。自分はこんなにもてなされているのだ、とこれ見よがしに自慢しているみたいだった。

男のために作ったものと同じものを僕は食べたくなかった。だが、やめてもらうこともできずに、黙って、姉のすることを見ていた。

姉は男と雑談しながら、楽しそうにケーキを切り、それを金色に縁取りされた白い皿の上に載せた。

僕に接している時と、全然違っていた。まるで少女みたいな甘えた声を出すのだ。それがとても下品に感じられた。

二人の会話をきいているうちに、僕は不愉快でたまらなくなった。男のなれなれしい口調に腹が立ったし、姉がこんなヤツのために一生懸命ケーキを作って笑顔を振りまいていることがガマンならなかった。

入れ立ての紅茶とケーキが僕の前に出された時、アップルティーの甘ったるい香料のにおいが僕の鼻孔を刺激した。

僕は、ケーキの端っこをフォークで切って突き刺したが、それを口まで運ぶことはできなかった。僕のためではなくこの男のために入れた紅茶の香りが淫靡《いんび》に思えて、嫌悪感がこみ上げてきた。僕は、フォークを皿の上に落とすと、そのまま立ち上がって姉の家を飛び出した。

それっきり、トモねえの所へは行っていない。

それ以降、姉がどうしているのか父にも訊《き》かなかった。あの男と結婚して幸せに暮らしていることを知るのがとても耐えられなかったからだ。

＊

今思えば、あれが、唯一、僕がいままでの人生で味わった失恋に近い感情だったのかもしれない。自分は子供だったのだ。あの男が僕みたいな子供に本気で対抗意識を持つはずがない。

僕は姉と二人だけで親密な世界を築いているつもりだった。

なのに、あの時、あの部屋に入った瞬間、僕とよりもっと親密で深い関係を感じ取り、猛烈な嫉妬にかられたのだ。

冷静に考えれば、若くて美しい姉に好きな人がいても当然のことだ。

今頃、トモねえはあの男と家庭を築いて、幸せに暮らしているのだろうか。結婚したのだったら、もうあの家にはいないのだろう。姉にあのアトリエはよく似合っていた。

あの男と暮らす新居にアトリエを建ててもらい、クラシックをききながら平穏な日々を過ごしている姿が瞼《まぶた》に浮かんできた。大きなオーブンのあるキッチンで、美味《おい》しいケーキを家族のために焼いているトモねえの姿が。

そんな光景を想像しても、当然のことだが、あの頃みたいな嫉妬にかられることはない。

今だったら、あの男に会っても、笑って挨拶することができる。

久しぶりに会いに行くのも悪くないなと思った。もしかしたら、小学生くらいの子供だっているかもしれない。

トモねえの子供だったら、きっと好きになれるはずだ。

あの時、フォークを落として逃げ帰ってしまったせいで、トモねえと過ごす唯一楽しい時間を僕は失ってしまった。

その年、僕は二つの大切なものを失ったことになる。

僕の書きためた詩のノート。そしてトモねえ。失ったものがあまりに大きくて気が狂いそうになった。

あの詩みたいに何もかも燃えてしまえばいい、そう真剣に念じ、自分の運命を呪《のろ》った。

僕は父の嫉妬心を憎みながら、トモねえの恋人に対して抱く自分自身の嫉妬心に罪悪感を覚えた。

不思議なことに、あの苦しい状況をどうやって乗り越えたのか、殆《ほとん》ど、記憶になかった。

十八歳で上京するまでの間、家族と僕はいったいどのように過ごしていたのだろう。

相変わらず、父に暴力をふるわれ、暴言をはかれながら一日一日を堪え忍んでいたはずなのだが。

第七章　持ち寄りピザ・パーティー

その朝は、六時に目が覚めた。

半身を起こした華美《はなみ》は、自分が慣れない畳の上で寝ていることに気づいた。

そうだ。ここは姉の小代子《さよこ》の家だ。華美は一昨日から、ここに泊めてもらっていた。

洗面所で顔を洗って歯を磨く。それから、キッチンへ行って、お湯を沸かした。この家のキッチンは、全体を薄い緑色のタイルで統一していて、目に優しい雰囲気だ。

窓から、手入れの行きとどいた庭が見える。マツバボタン、ムラサキツユクサなどパステルカラーの花、コリウスなど葉物、それにレースみたいな白い葉をつけたダスティーミラーが植わっている。

華美は専業主婦をやっていても坪庭で手一杯、働きながらこんな広い庭の世話をする姉はいったいどうやって時間を捻出《ねんしゅつ》しているのだろうか。

コーヒーメーカーのフィルターにコーヒーの粉を入れて、沸いたお湯をそっと注いだ。

冷蔵庫からパンを取り出してトースターに一枚入れる。

新聞を取りに行こうと、表に出た。

まだ、九月の初旬だが、肌に当たる風がそろそろ涼しくなりはじめている。

郵便受けに新聞を取りに行くと、それを脇《わき》にはさんでキッチンへ戻った。

コーヒーをカップに注いで、冷蔵庫からマーガリンを取り出し、トーストと一緒に盆に載せてリビングのローソファに腰掛けた。

トーストにマーガリンを塗って、それを一口かじった。コーヒーを飲みながら新聞を広げる。こんなにゆっくり新聞を読むのは久しぶりだ。まだ時間があるので、隅から隅まで目を通した。

華美はある社会面の記事に目が釘付《くぎづ》けになった。先日のぼやと同じ地域、つまりあの少年の家の近所で、昨日の午前二時に火事が起こったのだ。

住宅火災、放火の疑い濃厚　謎の暗号文字

九月一日午前二時頃、京都市上京区《かみぎょうく》○×町の会社員出雲《いずも》真一《しんいち》さん（33）方から出火。自宅、約六十平方メートルを全焼した。

二階で寝ていた出雲さんの妻、幸江さん（30）と長女の沙也加《さやか》さん（9）は、消防隊員に救出された。出雲真一さんと長男の明さん（7）は、ベランダから飛び降り、足を骨折するなどの怪我《けが》をした。

上京署と市消防局によると、出雲さんら四人家族は出火当時寝ていたが、階段から煙りが上ってくるのに気づいた出雲さんは、北側ベランダに面した子供部屋で寝ていた、妻と子供二人を起こした。

出雲さんと長男は、ベランダから飛び降りたが、妻と長女がベランダに取り残され、間もなく救急隊員に無事救出された。

庭先の廃品から引火した可能性が強く、放火の疑いもあるとして、現場検証して詳しく出火原因を調べている。なお、家の前にペンキで「Ｆ《1》Ｐ《2》Ｄ《1》Ｑ《2》Ｖ《1》Ｐ《2》Ｕ《1》Ｇ《2》Ｓ《1》」と書かれた鉄の板がおいてあったという。前回のぼやの時も同じ文字が書かれた鉄板が置かれていた。

現場は、西陣Ｎ小学校の北側。このあたりでは、ここ十日の間に、放火によるぼやが二回あり、今回、同一人物による三度目の犯行の可能性もある。

華美は食い入るように記事に見入った。記事には、ここ十日の間に、放火がこの地域であったのは、これで三回目だと書かれている。

華美があの家に行ったのは八月二十六日、つまり今から約一週間あまりまえだった。三回目ということは、あれから今日までの間にまた放火があったということだ。どうやらそれもぼやで終わったらしい。

前の二回は、ほんのぼや程度ですんだが、今回は家が全焼し、二人のけが人が出たから、記事になったのだ。

しかも、今回の記事には、「Ｆ《1》Ｐ《2》Ｄ《1》Ｑ《2》Ｖ《1》Ｐ《2》Ｕ《1》Ｇ《2》Ｓ《1》」という文字の書かれた鉄板が現場に置かれていたことが明かされている。

「ずいぶん、早起きね」

リビングの扉があいて、姉が入ってきたので新聞を閉じて見上げた。

「眠れなくて」

「まったく、あなたったら、びっくりさせてくれるわね。夫に乱暴されるって、さわいで逃げてくるんですもの。どんな暴力ふるわれたのかと思うじゃないの」

「ごめんなさい」

華美は頭をうなだれた。姉には迷惑ばかりかけている。

「いいわよ。気にしなくて。実際、暴力より辛いことだと思うわよ」

姉は華美の腕に手をかけて優しく言った。

一昨日、華美はついに夫との夜の生活にガマンできなくなり、家を飛び出したのだ。

自分の体は唯一自分が所有するもののはずなのに、夫婦の間では夫を受け入れるのが当然だというのか。あまりにも理不尽ではないか。

夜がくるのが怖くて怖くて、不眠の日々が続いた。

姉の携帯にＳＯＳの電話をしたら、恋人が海外へ研修に行ったというので、少しの間でいいから泊めて欲しいと泣いて頼んだ。

そして、着の身着のまま、ここへ来たのだ。

どうしてそこまで嫌なのか分からないが、自分でも気持ちをコントロールすることができなかった。

世の中には、愛のない夫婦なんていくらでもいる。それでも、子供を産んで育てているのだから、乗り越えるべきことなのだ。

「夫婦って、こんなんだと思わなかったわ」

「こんなんってどんなんよ？」

「自分が他人のものになったみたいなの」

「それがいいから夫婦になるんじゃないの。夫婦っていうのは、お互いがある部分を共有するものなの。所有し、所有され。それが愛情の証《あかし》よ」

「私、あの人の何も所有できなかった」

結婚当初から夫の気持ちはいつも仕事と別の女に向いていた。

「でも、所有されることからも逃げてきたでしょう。それでよかったのよ」

「私たち、最初からボタンを掛け違えていたのかしら」

「そりゃそうでしょう。他に女がいる男なんだもの、幾つも掛け違えているわよ」

「でも、他に好きな人がいなくても、同じことだったたって気がする。だって、昭義さんのこと、怖いの」

華美には、夫からは人間としての温かみが感じられなかった。

なのに夜の生活は強要されて、自分が惨めな気持ちになるばかりだった。本心からどうしても心が許せない。

「怖いかあ。そりゃあ、一まわりも年上なんだもの、あっちの方がうわてよね。それにしても、冷酷な男よ。きっと、本質的に女に優しくできない人じゃない」

姉は深刻な顔で言った。

夫はあの女、友梨とは十年以上関係が続いているのだ。姑《しゅうと》に反対されなければ、結婚して、今頃、幸せな家庭を築いているはずだ。

「私がこんなふうに逃げてきたから、今度こそあの女の人と一緒になれるかも。それでよかったのよね。やっと、二人は、結ばれるべくして結ばれるのよ」

もう二度と会うことはないだろうが、昭義さんを幸せにしてあげてくださいね、と今度は華美が彼女にいい返してやりたい気持ちだった。

「そう簡単にいくかどうかわからないわよ。その女の立場になってみてよ。相手の親から家のことで難癖つけられて結婚を反対されたのよ。しかも、あんたの夫は、そんな理不尽な母親の言いなりになって若くて家柄のあるあなたと結婚したの。屈辱的じゃないの。私がその人だったら、プライドがズタズタになってるわよ」

「でも、忍耐強そうな人よ。最後に得るものは得る、そんな感じの人」

夫をいつか完全に自分のものにしてみせる、あの女にはそんな意気込みがあった。

「まあ、どっちにしても、赤の他人同士が一緒に住むんですもの、乗り越えなきゃいけないことはたくさんあるわ。それには、あなたたち、愛情不足だったのよ。愛がいろいろな困難を乗り越える起爆剤みたいなもの。だから、こうなって、あたりまえよ」

「不思議なものね。愛のある者同士が結ばれるとはかぎらないんだ」

「愛はなくても縁はあった。よくあることじゃない」

夫とはほんの一年半足らずだが、籍を入れて一緒に暮らすことになった。そういわれてみれば不思議な縁だ。

「戸籍に跡が残るくらいの縁はあったってことね。手遅れにならなくてよかったわね。私の友だちの母親がね、今、もう六十近くなって突然言い出したの。私は夫を愛したことは一度もないって。親に言われて無理矢理結婚させられたんだって。四十年も連れ添ってきたのに、別れるって言いだしてるらしいの」

「六十近くになって。そこまで一緒に暮らしてきたのにいったい……。ずっとガマンしてきたってこと？」

「別にご主人も悪い人じゃないの。ただ、親に無理矢理結婚させられたことが問題なの。本人が決めなかったってことが。それに自分は一度も恋愛したことがないって、しつこく言いつのるの。きっと、そのことが悔いになってるのね。子供が二人もいるのによ。ご主人は寝耳に水。なんのことだかさっぱり分からなくて、放心状態らしい」

「そんな年になって……かわいそうに」

「その人の言うことがすごいの。自分を無理矢理結婚させた母親に、これでよかったと思わせたくない。この結婚が失敗だったってことを分からせてやるんだ。そのためだけにでも自分は離婚して、親を困らせてやるんだって言ってるの。もう八十過ぎの母親にそんな感情を抱いているのよ。信じられる？」

六十の娘が八十の母親にそんな仕返しをしなければいけないのだとしたら、人生っていったいなんなのだろう。

「でも、そこまで忍耐しておいて……なんのための努力なの。報われないなんて」

「忍耐が美徳とされた時代はもう終わったのよ。誰からも褒められない忍耐なんて、ただバカバカしいだけって風潮でしょう。もう、ガマンするのやーめたってとこかしら。だから、あなたも、早い内にこうなってよかったと思うわよ。長いことガマンしていると、半端じゃないほど恨みを溜《た》めこんで、どうにもならなくなるから」

「私は別に褒められないからとか、時代がとか……そんなことじゃないの。ただ、もう本当に限界だったの」

「分かってるわよ。あなたみたいに強烈にマイペースな人が社会の風潮に左右されないことぐらい」

「六十過ぎて失敗だって気づくよりはよかったのかしら」

華美は自分で自分を慰めた。

「でもこうなる前に、夫の浮気の証拠をしっかりつかんでおけばよかったと思うわよ。慰謝料をがっぽりもらってから、別れればよかったのに。そうしたら、向こうの家に、あなたが悪いなんて言わせないんだけどね。今のままだと、あなたが一方的に悪者にされちゃうわ。そうなったら、ちょっと悔しいわね」

そんなふうに計算して物事ができれば、もう少しましな人生が歩めたのだろうか。

華美の頭の中は何もかもが混沌《こんとん》としていて整理がつかないまま、まわりに押され流され、結局、こんなふうに要領の悪い失敗を繰り返している。

「人と共同生活するには、いろいろなことを妥協しなくちゃいけないもの。ある程度自分の個性を犠牲にする必要があるじゃない。マイペースな人間ほど難しいことね」

「私ってマイペースなんだ」

「うちの家族の中ではもっともマイペースなんじゃない」

「でも、私、ずっとお母さんのいいなりになってきたのよ。姉さんみたいに自分があれば、そんなふうにしなくてすむのに。だから、むしろ個性がないのよ……」

「強烈に個性的だから、いいなりになっていられた、ともいえるわよ。だって、ちょっとでも自分のペースがおびやかされると思ったら、必死で抵抗するわよ。私みたいに」

そういえば、姉は母に反抗してばかりいた。なのに、大枠では、母の望んでいるとおりになっている。結婚する気はないと言っていたのに、結局、同棲《どうせい》している今の相手と、近々結婚するらしい。

華美は姉の腹部を見つめた。まだ全然ふくらんでいないが、姉のお腹の中には一つの生命が宿っている。愛情が溶け合った証があの中に入っているのだ。見ているだけで命の鼓動が伝わってくる。生きていることに前向きな鼓動が。

それにくらべて、自分はいったいなんなのだ。あんなに頻繁に妊娠用の試薬を買ってきてはチェックしていたのに。

「子供を産むようにお膳立てされていたあなたがちっとも妊娠しないで逃げてきて、望んでもいない私がこんなふうに妊娠しちゃうなんて、いったいどういうことかしら。笑っちゃうわよね」

華美は、いつも母のいうとおりにしてきたのに、結果的には失望させてばかりだ。今回のことだって、母に知れたら、どんなに悲しむだろう。

姉は一見母にはむかってばかりいるように見えるが、華美の代わりかと思うほど、いつも期待に応《こた》えている。

「個性ってなんなんだろう。私みたいな個性だったら、ない方がいいね」

「そんなことないわよ。きっといい人に出会えるわよ。その時、自分の個性がステキに思えるのよ。自分って悪くないなー、なんてね。自分が最高に好きになれる時よ。個性的であればあるほど、それを理解してくれる人は少ない。でも出会えた時、何倍も幸せよ、きっと」

姉はなんだかきらきらと輝いていて、華美にはとても眩《まぶ》しかった。

自分にも、理解してくれる人が現れるのだろうか。

ふとあの少年のことを思い出した。それから、さきほどの新聞の記事の文面。

家の前で灯油をしみこませた紙を燃やしている光景が頭をよぎったから、華美はテレビのスイッチをつけてみた。火事のニュースは、テレビでもやっていた。

華美はぼんやりテレビの画面を見ながら、あの近辺の火事だったら、見に行きたい気持ちに駆られた。

「火事？　放火なの？」

姉が言った。

「前にもあったらしいの。これで三度目だって」

「同じ手口なの？」

「だと思う。不思議な暗号文字を犯人は現場に置いていくらしいの。同じ地域だし」

テレビでも、謎《なぞ》の暗号文字のことが話題になり、現場にあった鉄板に似せたものをアナウンサーがスタジオに持ち込んで説明している。

「いやだわ、連続放火魔だなんて。早くつかまって欲しいわね」

「連続放火……。犯人はいったい何の目的でこんなことするのかしら」

「さあ、保険金目当てとか怨恨《えんこん》とか、そういうはっきりとした目的がない場合はやっかいね」

「どうやっかいなの？」

「放火は、モノマニアによく見られるし、高い確率でまだつづく可能性があるからよ。故意でしかも放火だとしたら、重罪よ。これ以上被害がでないよう警察も躍起になって捜査してるでしょう」

「目撃者とかは見つからないのかしら。夜中だから難しいのかな」

「そりゃ、警察があたりをうようよ見張ってるはずよ。それに、連続だったら、被害にあった家に何か共通点があるかもね。そういったことも含めて徹底的に捜査しているはずよ」

「共通点って、何か法則性のようなもの？」

「犯人が反社会的人格の持ち主だったらね。こんなおかしな文字を現場に置いていくところを見ると偏執狂っぽいわね」

華美は先日、少年の家の前で話した主婦のことを思い出した。あのあたりの住民は、眠れない夜を過ごしていることだろう。

幸い、死人はいまのところでていないが、放火というのは被害が大きくなる可能性が高いだけに、悪質だ。

テレビの場面は変わり、市内のゴミ箱から女の死体が発見されたというニュースが流れた。

「物騒な世の中。こんなニュースばっかりで胎教に悪いわね」

華美は姉の承諾を得て、テレビを消した。

「音楽でもかけようか？」

姉は立ち上がって、ＣＤプレイヤーの前まで行くと、そこに並べられているＣＤのうちの一枚をプレイヤーに挿入した。

清らかで透明感のある女性の声が流れてきた。

「きれいな声。これ、誰？」

「エンヤよ。知らないの？」

華美は首を横に振った。

「エンヤを知らないなんて、めずらしい人。名前くらい知ってるものよ。アイルランド北部のミュージシャンなの。故郷の伝統音楽の要素、そして最新のテクノロジーを駆使してアレンジしている、この人独特の曲。世界的に絶賛されているわよ。北の国の人だからなのかしら。声に透明感があるでしょう」

華美は、音楽をあまりきかない。絵を描く者のなかには、好んで音楽をきく人がいるが、華美の場合、描くことに集中するのに音が邪魔になる。

音だけならともかく、歌声がはいると、その単語が耳障りだし、絵に影響をあたえるような気がするので、なるべく避けている。せいぜい、何もしていない時に、クラシックをきく程度だ。

しかし、ゆったりした朝の時間に、こういう澄んだきれいな声を聴くのは悪くない。ソファに背中を預けながらしばらく音に心をゆだねることにした。

「今日は、ピザ・パーティーをすることになっているでしょう」

「何時頃に来るの？」

「ちょっと早め。十一時頃よ。沢子、敏夫夫婦、それに美鶴が来ることになってるの」

華美がこんなことになったので、元気づけようと、姉は三人を呼んでくれることにしたのだ。慣れない人間と逢《あ》って元気づけられることはないが、その三人は、姉の高校時代の親友なので、気心が知れていた。

沢子さんは銀行に勤めていたが、結婚してやめたという。敏夫さんは、建築設計の仕事。美鶴さんは、心理療法士をやっている。

「そういえば、沢子さんと敏夫さんは結婚したって言っていたわね」

「そうなの。昔と違って、夫婦がすっかりさまになってるわよ」

友だちみたいだったあの二人が結婚して、いったいどんなふうにかわったのか興味が湧《わ》いた。何がなんだか分からないまま結婚し、挫折《ざせつ》してしまった華美には、いまだに結婚というものが何なのか理解できないでいる。

「私、何か手伝うから指示してくれる」

「トマトソースを作ってよ。私、パン焼き器で、ピザの生地をつくるから」

そういうと、姉がキッチンへ向かったので、華美もその後につづいた。

庭に植えられた花や植物に目をやる。天気がいいので、緑に反射した光が眩《まばゆ》くそれでいて目に優しい。リビングから流れてくるエンヤの音楽と自然がよく溶け合っていて、目と耳の双方を心地よく刺激した。

「忙しいのに、こんなにお花を植える時間、どこにあるの？」

「タケルがやってくれてるのよ。大学の教師なんて、結構暇なの。収入は低いけど」

姉の同居人は、京都の某女子大学で、比較言語学の講師をしている。ここ三か月ほど仕事でヨーロッパへ行っているという。彼が帰国すれば当然華美は邪魔になる。それまでに、自分の住まいを探さなくてはならない。

住まいだけではない。生活手段もだ。そう思うと少し気が重くなった。

「沢子と敏夫には魚介類、美鶴にはモッツァレラチーズとアンチョビ、それにサラミを持ってきてもらうことになってるの」

そう言いながら、姉は棚からパン焼き器を取り出した。

「材料をきいているだけで、美味《おい》しそう。今はパン焼き器でピザの生地が作れちゃうんだから便利よね」

メニューモードの中に生地発酵・ピザというボタンがあった。

「そういえば、昔、コタツでピザを作って、お母さんに叱《しか》られたことあったわよね」

姉はカップに強力粉を入れて秤《はかり》にかけながら、その時のことを思い出したらしく噴き出した。

中学生の頃、姉と二人で自家製のピザを焼いたことがある。その時は、材料を全部ビニール袋にいれてこねて、コタツの中で発酵させた。

コタツからふくれたピザの生地を発見した母が、「足を入れるところに食べ物を入れるもんじゃありません！」と激怒し、華美たちはこっぴどく叱られたことがある。

母はすっかり怒ってしまい、一口も食べてくれなかったが、父と兄はそのことを知らなかったので、生地からすべて作ったピザの味に「これはいける！」と感動してくれた。

「でも、あれ名案だったわよね。当時は、今みたいに発酵用のメニューなんてなかったから。そうだ、コタツだ！　って、手を打ったわよね。あれ、姉さんが思いついたんだったっけ？」

「そういうかわったこと思いつくの、あなたでしょ。クリームコロッケを作るのに、中のクリームにゼラチンを入れてみようと提案したのもあなただったわよね」

　そういえば、そうだった。華美は照れ笑いした。

　コロッケの中身にゼラチンを使うのは揚げる時に便利だと思ったからだ。表面の衣がかりっと揚がった頃に、中のゼラチンが溶けて、クリームがやわらかくなる。普通のクリームコロッケより中身がとろりとしたものを作るのに成功したから、面白くなり一時、クリームコロッケばかり作っていたことがある。

　台湾の肉まん、小籠包《ショウロンポウ》の中にどうやって肉汁を入れるかを知って、そこから着想をえたのだ。

「あれは小籠包の応用編なの」

「まったく、おかしなこと考えるんだからー」

「とりあえず、トマトソースを作るわね」

「トマトだったら、冷蔵庫に入ってるわ」

　華美は冷蔵庫から、パックに入ったトマトを三つ取り出した。

「これで足りるかしら？」

「下の引き出しにトマト缶があるから、足りなかったら、それと混ぜ合わせてよ」

鍋に湯を沸かして、皮のままトマトを入れた。

湯むきしたトマトに放射線状に切り込みを入れて種を取ってから刻む。ニンニクを焦げ目がつくまでフライパンで炒めた中にきざみトマトを入れた。

白ワインを少しくわえて、弱火でトマトがとけるまでじっくり煮る。

オリーブとニンニクの香りは久しぶりだ。

華美は、母に勧められて、学生時代からクッキングスクールに料理を習いに行った。それ以外にもお茶やお花など花嫁修業といわれるものはすべてやったが、絵以外だったら、料理が一番好きだ。

なのに、結婚してみると、夫は寝るだけのために家に帰ってくるので、手料理を作る機会は月に一度くらいしかなかった。

華美は一人の時、自分だけのために料理するのが面倒なので、出来合いのおかずを買って、本を読みながら食べた。夫がいる時でも、欧米料理より和食が好きなので、焼き魚や煮物ばかりを用意した。それを夫はテレビを見ながら食べるのだ。

僅《わず》か一年半だったが、新婚の時からずっとそんな味気のない生活をしてきた。

華美の家はみんな食べることが好きだったので、食に関してこんなわびしい日々を過ごしたのは生まれてはじめてだった。

十一時になると、沢子さんと敏夫さんが現れた。

沢子さんは、この家のかってを知っているので、入って来るなりまっすぐキッチンに向かい、袋から出した魚介類をシンクの横に置いた。

「ほら、ムール貝、ネットで見つけたから買ったの。それとホタテと海老《えび》」

「まあ、ムール貝。めずらしい」

「最近じゃ、そんなにめずらしくないわよ。流行《はや》ってるし」

華美はビニール袋からムール貝を取り出して手に取ってみた。大粒で、黒光りしている。

「これ、ピザのトッピングにするのもったいないわね。このまま食べても美味しそう」

ワイン蒸しか何かにすることを華美は提案した。

「できる？」

「お料理教室で習ったことあるから」

「さすが、華美ちゃん」

沢子さんが腕を組みながら言った。

結婚生活でちっとも役に立たなかったことが、こんなところで喜んでもらえるとは皮肉なものである。自分は、なんのために料理教室に行っていたのか……。少なくとも母が目的としていたことのためではないようだ。

魚介類の下ごしらえをしていると、美鶴さんが来た。

美鶴さんは、モッツァレラチーズ、ロックフォール、それに生ハムとサラミを持ってきた。

姉は生地を作る作業をはじめた。強力粉、薄力粉、オリーブオイル、ドライイーストを順にパン焼き器の中に入れていき、最後に塩少々、水を入れた。

「スイッチを入れたら、自動的にできちゃうのよ、生地は」

姉はスイッチを押した。生地をぐにゃぐにゃとこねる音が聞こえてきた。

「へーえ、便利ねえ、うちでも買おうかしら。パン焼き器」

美鶴さんが感心したように言った。

「とりあえず、生地ができるまで、暇だから、お茶でも飲みましょう」

姉は、沢子さんと美鶴さんをリビングに誘った。

華美は一人キッチンに残って、ムール貝のワイン蒸しにとりかかった。

まず、ムール貝の殻をたわしでこすって汚れを落とし、水洗いする。黒光りしている貝をひらいた両手の上に載せて水道水を一緒に浴びているとその中に生命を感じた。この中にはまだ生きたオレンジ色の貝が入っているのだ。

タマネギの皮をむいてみじん切りにし、次にニンニクをタマネギよりさらに細かく刻んだ。

フライパンにバターとオリーブ油をひいて、タマネギとニンニクを炒める。ニンニクの香ばしい匂《にお》いがただよってきたところで、ムール貝を入れて、塩胡椒《しおこしょう》をした。

そこに白ワインをカップ半分ほどくわえた。

貝が観念したようにぱっくり口を開いて美味しいダシをワインの中に溶け込ますその瞬間が好きだ。

よく考えてみれば、生きたまま火を通され、口を開くときは死を意味しているのだから、貝の死の瞬間を見届けていることになる。

残酷なことのはずだが、貝だと、生と死の境界線などほとんど感じない。そんなことを気にしていたら、料理など作れないから当然のことだが、こういうなんでもないことに突然気がつくことがある。

口を開いたものから順に貝を皿に盛った。すべて皿に移すと、フライパンに残った煮汁を煮詰めて、レモンを半分に切って、ぎゅっと搾《しぼ》り入れた。

煮汁を貝の上に流し入れてから、刻んだパセリを散らした。

華美はリビングに、ムール貝を持っていった。

「わあ、いい匂い」

各自、お皿を配って、フォークでムール貝を取った。

「そうだ、パン、取ってくるわね」

姉はそう言うと、キッチンへ行った。

「身が大きいわねー。このムール貝」

美鶴さんがフォークで中身を取り出している。

「いいダシでてるなー。この煮汁に、スパゲッティをあえても美味しいよな」

敏夫さんが言った。

姉が薄く切ったフランスパンを持ってきたので、各自、パンを取った。貝の煮汁にパンを浸して食べる。

「この汁、美味しい。華美ちゃん、お料理上手ね。いいお嫁さんになるわよ、きっと」

美鶴が煮汁をふくませたフランスパンを食べながら言った。

「もう、すでに、お嫁さんなんだろう?」

敏夫さんにそう言われて、華美は返事に困った。

「あら、結婚してたの?」

美鶴さんがびっくりしたように、敏夫さんの顔を見た。美鶴さんは、華美が結婚した頃、アメリカに留学していたので知らないのだ。

「今はちょっと別居中。いろいろあってね」

姉が笑いながら言った。あまり深刻にならないように、姉なりに気を遣って軽い言いまわしをしてくれたのだ。だが、その気配りに感謝する余裕などなく、穏やかな気分でなくなった。

「ええ、そうなの？　いろいろって？」

そう訊いてから沢子さんは、あわてて打ち消した。

「ごめんなさい。よけいなことききいちゃったわね」

「いえ、どうせもう引き返せませんから」

華美は小声で言った。

「えっ、そんなに深刻な話なの？」

敏夫さんは声こそ遠慮がちだが驚きを隠せない表情になった。

「信用できない人だったのよ。お見合いだったから」

姉が付け足した。

「信用できないかあ。それってていやね。華美ちゃんみたいな優しい子がそんな人にあたるなんて……。私たちの中では、一番お嫁さんに近いイメージだったのに」

沢子さんが残念そうに言った。

「私が軽率だったんです。何も考えずに見合いして結婚なんかして。それより、敏夫さんと沢子さんが結婚するなんて思ってもみませんでした。二人がどうやって結ばれたのか、教えてください」

華美は話題を替えたい一心で訊いた。

「僕は真面目《まじめ》で平和主義。彼女は激情型。激情型ってのは、いつか息切れするだろうなと思っていたら、案の定だよ」

敏夫さんが、面白おかしく言った。

「まあ、それどういう意味よ。私が息切れするの待ってたっての？　親切な人のふりして。ひどい人」

沢子さんが、ふくれっ面をした。

沢子さんは、職場の上司と激しい恋に落ちたのだという。

「あの頃のこいつはめちゃくちゃだったよ」

「そうね。彼に支えてもらってやっと自分を維持《いじ》しているような状態だったの」

「そんなに、すごい恋愛だったんですか……」

華美はそこまで人を好きになったことがなかった。夫の昭義のことも本当に好きだったのかどうか、今となってはあやふやだ。

「あんなのは、本当の愛じゃないよ。エゴイズムのぶつけ合いだ。相手を思いやる、そんな関係じゃなかった」

「まったくそのとおりだわ。地獄を見たって感じ。とにかく、相手を束縛して自分のものにしたいと思うあの感覚、あれはいったいなんだったのかしら。何かに取り憑《つ》かれたみたいだったわ。今、思い出しても、ぞっとする。自分のあさましさに」

「思いどおりって、どんなふうにですか？」

「妻子のある人だったの。よくある話よね。妻と子供より自分の方が愛されていることを常に確認していないといられないの。最初の頃は、もちろん自分の方が愛されてると思ってたわよ。向こうも妻とは性格が合わないから離婚する、とかなんとか言ってさー、そんな気全然ないくせにね」

「不倫のパターンだよ、それって。実は妻のことだって、手放したくないくせに、そんなこと言うのは。できることなら両方とも持っていたいんだよ。男なんてそんなもんさ」

敏夫さんが男の立場から訳知り顔で言った。

「だんだん慣れてくると、妻への愛情と私への愛情に差がなくなってくるの。そうするとこっちも焦ってくるわけよ。休みの日に彼が妻や子供と過ごすのがガマンできなくなってくるの。私たちは陰でこそこそしないといけないのに、夫婦だったらどこへでも堂々と遊びに行けるわけでしょう。自分の方がどうも分が悪いと気づきはじめた頃から、嫉妬《しっと》深くなって、どんどん自分を見失ってしまったの。クリスマスとかお正月に、頻繁に携帯にメールを入れたり電話したり。夫婦の関係を悪くしようと髪の毛を彼のカバンの中にいれたりしたわ。とにかくありとあらゆる嫌がらせをしてしまうの。自分が自分でないみたいに」

「まあ、それ、はじめて聞いたわ。沢子、あなたほどの才女がどうしたのよ。それって、いやな女の典型じゃないの」

姉があきれた声を出した。

今思い出してもいやな女だったのだと沢子さんは赤裸々に語った。しかし、その時は、何かに取り憑かれたみたいになっていて、冷静な判断ができなくて、彼の愛情を妻からもぎ取ってやろうと必死だった。なりふりかまわない状態になり、ますます嫌われて、どんどんいやな女に落ちていってしまったのだという。

「もうバカ丸出し。自分がこんなに恥ずかしい人間だとは思わなかったわよ」

沢子さんが頭をかきむしりながら言った。

華美には、そんなことを告白する沢子さんが正直でかわいい人に思えた。

ふと、夫の昭義の恋人の顔が浮かんだ。彼女はこんなにあけすけでひたむきな人間じゃない。なりふりかまわず嫌がらせをして、夫に嫌われるような損なことは絶対にしない冷静な人だ。だから、あの夫と十年以上もつづけていられるのだ。

結局、華美などはあっさり白旗をあげた方がいいのだろう。

「人間、自分の愚かさに気づく時ほど悲しいものはないものね」

美鶴さんの口調はさらっとしていたが、なんだかずしんと重みのある言葉だった。

「結局、それよ。地獄を見たってのは。自分のバカさ加減を思い知ったってこと」

それで沢子さんは、自分の小ささとか、つまらなさとか、そういうのをいやと言うほど見て謙虚《けんきょ》になれたのだという。

「ふうん。あなたがねえ。なんか別人の話をきいているみたい」

姉は意外という顔をした。姉は、沢子さんとはしばらく疎遠《そえん》になっていた時期があるらしい。

「それまで、私、けっこう傲慢《ごうまん》な女だったのよ。職場でも、できない人のこと、どうしてこんな簡単なことができないのかしら、なんて軽蔑《けいべつ》してたもの。そういう人たちのこと、バカにしなくなったわ。自分の方が愚かかもしれないって思えるようになったから」

沢子さんは、一流大学を出て、最大手の銀行に勤めていた。高校では、学力的には姉を上回っていた。おまけに和風顔の美人で、天は二物を与えるの代名詞みたいな人だ。はじめて逢った時、華美など、どきどきして口をきくのもしどろもどろだった。そんな人でも愚かな自分を発見することがあるのだ。

「恋愛ってすごい体験なんですね。でも、それを敏夫さんは冷静に見てたんですか？」

「僕は、愚痴の聞き役だったんだよ」

「優しいですね」

「究極のお人好しさ」

「私にはそんな話、全然打ち明けてくれなかったわね。女同士なのに」

姉が不服そうに言った。

「だって、冷静で頭のいい小代子にこんな話したらバカにされるじゃないの」

「だから、バカな僕に話してたのか？　おまけにこんな女と結婚までしちゃって、お人好しだよなー」

「そうかしら。あなた昔から沢子のこと好きだったでしょう。手に入れる機会をじっと狙《ねら》ってたんじゃないの。時間をかけて静かに待っている人ほど強いものはないわ。それにその不倫経験があったから今の沢子がいるとも言えるでしょう。謙虚な女になってから手に入れたんだから。お人好しどころか、一番したたかなんじゃない」

美鶴さんが鋭い指摘をした。

確かにねえ、と敏夫さんは素直にうなずいた。

「でも、手に入れるとか、そういう表現、僕は嫌いだなー。僕たちの理想は、互いが互いを所有物にしないことだよ。自分と違うパーソナリティーを所有化しようとすれば、かならず相手を損なってしまうからね」

「じゃあ、浮気をするのも自由なの？」

「それはルール違反だよ、夫婦なんだから」

「配偶者以外の異性に好感を持つことは？　外で働いていたら、そういうことだって、あるかも。それもルール違反？」

「そこらへんの線引きは難しいな。まず、前提として相手を傷つけないこと。そして、相手の自由をなるべく尊重すること。一緒にいることでプラスになる要因を引き出すことかな」

「理想主義ね。なかなか現実はそんなふうにいかないわよ。傷つけてるつもりはなくても傷つけてる場合だってあるじゃない。傷ついても、傷ついていない振りをすることだってある。一緒に暮らしていて相手を傷つけないでいるってことそのものが難しいわ」

「小代子のとこも問題があるの？　おめでただし、結婚するし、順調なのかと思ってたけど。私たちの中であなたが一番先に母親になると思ってなかったからびっくりしたけど……」

「うちはお互い好きなことやってるし、理解しあってるつもり。でも、相手の自由を尊重するあまり、淋《さび》しくても言えないことがあるわ」

姉はふっと淋しそうな目をした。こんな表情の姉を見るのははじめてだった。

婚約者は三か月ほどヨーロッパへ行っている。お腹に子供がいるのにそんなふうに離れて暮らすのは、いくら気丈な姉でも心細いのだ。

「恋していても、結婚しても、子供ができても、なにをしていても、結局、孤独で淋しいものだったって、この間カウンセリングしたお年寄りが言っていたわ。そのどれも経験していない私が言ったら説得力ないけど、その人の言葉は妙に私の心に響いた」

美鶴さんが言った。

「どれもしていないって、本当なの？」

「私は、きっと一生独身よ」

「どうしてそんなこと決めつけるのよ。まだ二十九歳で」

「それは、ひ・み・つ」

そう言って、美鶴さんが笑ったとき、ピザの生地ができた知らせのブザーが鳴った。

みんなで台所へ行った。各自手のひらに野球のボールくらいのサイズの生地を受け取り、粉を敷いたテーブルの上で麺棒《めんぼう》をころがしながらのばした。

「うーん、こりゃいい。各自一枚ずつ食べられるのか。麺棒、数が足りないなあ」

そう言うと、敏夫さんは麺棒を使わずに、本場のピザ職人みたいに、人差し指に生地をのせて、ぐるぐる回して、うっかり生地を床に落としそうになった。

「これに入れて、広げた方が安全じゃない」

そう言うと、姉が、敏夫さんにタルト用の型を渡した。そこにオリーブ油を塗って、生地をのせて指で広げはじめた。

各自、それなりに丸く生地をのばすことができた。

姉はオーブンのトレイを二つ出してきて、そこにアルミホイルを敷いた。

「さてと、焼く準備はできたわ。これにトマトソースをかけて、好きな具を載せるだけ」

先ほど作ったトマトソースを生地の上にのせて広げた。上からアンチョビのみじん切りとバジルを散らす。

一枚目にロックフォールとハム、アスパラを、二枚目に魚介類とモッツァレラチーズを載せて、オーブンに入れて焼いた。

焼き上がったピザから順にみんなで切って食べた。

「トマトとチーズがたっぷりで美味しいわね」

「アンチョビの塩加減がちょうどいい」

「ホタテ丸々、プリプリの車エビをこんなふうに入れるとすごい厚みだなー。これがピザの上に載ってるというのはなんとも贅沢《ぜいたく》だ」

焼きたてのピザはアツアツだし、市販のものの三倍も具が載っているから、厚みがあって、食べ応《ごた》えがある。

ピザは五枚ともあっという間になくなった。

エンヤをききながら、みんなでゆっくりお茶を飲んだ。

さきほどからの恋愛談義がひとしきり終わると、姉は今自分がかかえている登録商標に関する訴訟についての話をしはじめた。それから、みんなそれぞれ自分たちの職場での悩み、特に人間関係のトラブルを打ち明け合った。

話をきいていても、実際に仕事の経験のない華美にはなんのことだか分からなかった。

少なくとも、華美は今回の結婚生活で、夫に食べさせてもらっていることはありがたいと思った。それは多分、人間関係のさまざまなトラブルをかかえながら、外で働くことより楽なことなのだろう。

職場でのトラブルと愛人の存在をガマンするのとどっちが苦痛なのだろうか。それさえ耐えられれば、自分は、このまま結婚生活を続けていけるのだが。

そんなことを自答自問した。が、華美が耐えられないのは、夫を所有したいからというより、所有されることの苦痛からだった。

ひとしきり話が終わると、五人で里山へお散歩に行った。

岩倉は、古い集落を残した自然豊かで風情のある町だ。木々の生い茂るゆるやかな傾斜を五人でゆっくりと登っていった。

ある程度まで登っていくと、広々とした田んぼや畑が見渡せた。華美はスケッチしたい衝動に駆られた。

「こういう自然に日々触れていたら健康的だよなー。僕なんか、オフィスで朝から晩までパソコン打ってて、そして家に帰ったら、またパソコン。なんだか殺伐《さつばつ》とした人生を送ってるよ。心が荒れてきそうだ。うちも町中じゃなくて、田舎に引っ越そうか？」

敏夫さんが沢子さんの方を見ながら言った。

川沿いを歩いていると、にょろにょろと泳いできた蛇が岸にたどり着き、草むらに姿を消した。川をのぞき込むと底に蟹《かに》がぷくぷくと小さな泡を吹きながらじっとしているのが見えた。

華美は、宮沢賢治の「やまなし」の最初の節を思い出した。

二疋《ひき》の蟹の子供らが青じろい水の底で話していました。

『クラムボンはわらったよ。』

『クラムボンはかぷかぷわらったよ。』

『クラムボンは跳ねてわらったよ。』

『クラムボンはかぷかぷわらったよ。』

ふと、太陽を仰ぎ見た。青い空を支配して堂々と輝いている。

昨日とはうってかわり、何か全然違う運命が開けるようなそんな自信に満ちあふれてきた。

第八章　ストーカー

新聞を読みながらコーヒーを飲んでいると、玄関のチャイムが鳴った。カレンダーで日付を確認する。

四月一日、時間は午前十一時。

エイプリルフール。そんなことを考えながら、僕は玄関に向かった。シロミミが外へ出ようと狙《ねら》って玄関の扉の前にちょこんと座っているので、抱きかかえてチェーンのかかったままの扉を十センチほど開いた。

シロミミは時々、家から脱走することがある。

先日も飛び出し、なかなか帰ってこないので近所中探し歩いたら、飼い猫か野良猫か不明のキジ虎《とら》と一緒に楽しそうに追い駆けっこをしていた。僕は自分の目を疑った。あんなに楽しそうなシロミミを見たのは初めてだったからだ。

こっちの知らないところで活気づいている飼い猫を僕はしばらくよその猫でも見るよう

にぽかんと見ていた。

それからじわじわと嫉妬心《しっとしん》が湧《わ》いてきて、なんともいえないいやな気分に陥った。それは、〈僕のものだ〉、という飼い主の身勝手な所有欲を図らずも気づかせてくれた瞬間だった。

扉から顔をのぞかせると、背広姿の中年男がチェーンの向こうから警察手帳をかざして立っていた。

顔全体がひょっとこみたいによっていて、風貌《ふうぼう》からして、ふざけているように見えた。どう見ても、警察官が真面目《まじめ》に仕事をしに来ているようには見えなかった。

もしかして、四月バカでもやっているのだろうか、と一瞬疑った。

「小川茜《おがわあかね》さんをご存知ですか？」

刑事は真面目腐った重い声でたずねた。どうやら、四月バカではなく、なにかの事件の聞き込み捜査のようだ。

「えっ、何という名前の人ですか？」

僕は二日酔いでふらふらの頭を引き締めて訊《き》き返した。

「小川茜さんです」

オガワアカネ……。刑事の言葉を頭の中で繰り返した。そういえば、アカネの苗字《みょうじ》は小川だ。ということは、アカネが何かの事件に巻き込まれたのだろうか。

そう思ったとたんに、もやのように不吉な予感が胸に広がった。

僕は、いったん扉を閉めてチェーンを外して扉を開いた。シロミミが僕の腕から逃げだしそうになったのでぎゅっとかかえ直す。

「ええ、知っています。友人です」

「やはりそうですか」

刑事はさきほどより更に深刻な顔をした。その表情が事の重大さをものがたっている。

「アカネがどうかしたんですか？」

僕は恐る恐る問うた。

「昨日の夜、仕事の帰り、自宅のアパートに向かって歩いておられるところを刺されたんです」

刺された、という言葉が僕の胸に引っかかった。

「刺された……いったいどうして？」

「はっきりしたことは分かりません。今、調べている最中です」

「で、彼女は？」

「重態ですが、なんとか一命は取り留めました」

刑事の話はこうだった。アカネは午後十一時過ぎに、町田駅から自分のアパートに向かって歩いていた。

するといきなり後ろから誰かに呼び止められた。振り返った瞬間、そいつの持っていたナイフで下腹部を刺された。たまたま現場を通った男性に一一〇番通報してもらった。男性が近づいてきたのに気づいて犯人は走って駅の方へ逃げた。

衣服に血がついていたため、駅前の交番の巡査に不審人物と思われ声をかけられた。犯人は、その巡査にも切りかかり、その場で現行犯逮捕された。

「犯人はアカネの知り合いだったのですか？」

「小川さんの方では、全く見覚えがないそうです」

「では、通り魔ですか？」

刑事が返事に手間取っている数秒の間に、別の疑問が浮かんだ。そもそも、刑事はなぜ僕のところへ来たのだろう。アカネが僕の友人であることなど、誰も知らないはずだ。

世間もそろそろ興味を失いかけている僕みたいな過去のアーティストと平凡な派遣社員の友情にいったい誰が興味を示すというのだ。週刊誌の三面記事の小ネタにもならないはずだ。

「アカネが僕のことを何か言っていたのですか？」

「いいえ、そうではありません」

「では、なぜ刑事さんは僕のところへ？」

「犯人があなたのことを話していたからです」

「犯人が？」

刑事は、アカネからではなく、犯人から僕のことを知ったというのだ。その犯人というのはもしかしたら……。最悪のしかしもっともありそうな推測に行き着いた。

「そいつは僕を知っているのですか？」

「本人の話ではよく知っているそうです。『ＥＣＴＲ』のボーカリストの祐さん、ということで」

そう言うと、刑事は、僕の前に写真を一枚差し出した。

「この顔に見覚えはありますか？」

僕は写真に目を落とした。やはり悪い勘は当たっていた。

警察であれほど意識を集中させて思い出そうとしても、記憶が拡散してどうしても形にならなかった顔がそこにしっかりと輪郭を作っていた。

ああ、この顔。そうだこの女だ。

それは、ホテルで僕を刺した女だった。この女が今度はアカネを刺したのか。あまりの衝撃で頭がくらくらした。

「あなたの熱狂的なファンだそうです。最近、あなたが新曲を作れなくなったのは、小川茜さんという悪霊《あくりょう》がついたせいだとそんなふうなことを警察で言い張っています」

アカネが悪霊。

僕が曲を作れなくなったのは、つきつめれば僕自身の問題でもあるが、直接の原因を作ったのはこの女だ。その女がこともあろうに、アカネのせいで僕が創作できなくなったというのか。あまりにも身勝手で支離滅裂な発想ではないか。

「刑事さん、僕はこの女に刺されたことがあるんです。ホテルで」

「やはりその事件と繋《つな》がりがあるんですね」

「最初からあの事件との繋がりを疑っていてここへこられたのですか?」

「予想はしていました。彼女は、あなたのはらわたに取り憑《つ》いた悪霊をえぐり出したことがある、と言っていました。そうしてあなたを救ってやったはずなのに、今度は、その悪霊が小川茜という女に姿を変えて、あなたをスポイルしようとしている。そんなことを言っていました。はらわたをえぐり出したというのは、あなたを刺したという意味なのではないかと、こちらでも見当をつけていたわけです」

「救ってやった……ですか」

「ええそうです。自分のおかげであなたは助かったはずなのにと」

あきれて、言葉もでてこなかった。あの時、女が僕にあたえた衝撃と、女が述べている犯行の理由はあまりにもかけ離れている。

それにしても、アカネにまでとばっちりがいくとは……。つまり、あの女は僕のことをどこかで見張っていたのだ。

「刑事さん、僕にとっての悪霊は、その女です」

「ええ、よくわかります。あなたがその女に刺されたのは確か……」

「一年前です。警察に届けましたが、その時、犯人はつかまらなかった」

「犯人は、母親と二人暮らしです。思春期の頃から幻覚、幻聴に悩まされるようになり精神科に通院していたそうです。今、母親にも参考人として署に来てもらっています」

「その母親は何もかも知っていたのですか？」

「娘があなたの熱狂的なファンなのは知っていました。もしかしたらあなたを刺したことも……」

「知っていた可能性がある」

「ええ」

母親だったら、血の付着した服を着て帰った娘を見たら何かを察したはずだが、娘がなんらかの犯罪を犯した形跡があったとしても隠すだろう。

犯人は、正しいことをしたと思いこんでいるのだから家族にだって、僕のはらわたをえぐり出したと自慢げに話していたかもしれない。それをきいた母親が娘の犯行を隠蔽《いんぺい》したのだ。

「当時の詳しいお話をもう一度おきかせ願えますか？」

「その前にアカネの所へ行かせてください。どこの病院ですか？　僕の事件のことだったら、警察に詳しい記録が残っているはずです。新宿R署です。そちらに目を通してからにしていただけますか？」

刑事はすでに目は通していると言った。

しかし、僕はとりあえず、アカネに会いに行くのが先決だと主張した。アカネは町田にあるG病院に入院しているという。

恵比寿の駅まで駆けていき、山手線渋谷方面行に乗った。

電車にゆられながら僕はアカネのことを考えた。

町田駅につくと、刑事に教えられた住所の病院に向かった。駅から三百メートルくらいの距離、僕は雑踏の中を走った。

G病院は、中堅の総合病院だった。

外科病棟のエレベーターを三階で降りると、ナースセンターが真正面にあったので、アカネの部屋をたずねた。三〇五号室だと教えてもらい、リノリウムの廊下を歩いていく。三〇一、三〇二と確認しながら進んでいった。

三〇五号室の部屋の前には小川茜とネームプレートがかかっていた。

軽くノックをした。

「はい」という返事があったので、中に入る。

看護師が点滴を新しいものと交換している最中で、アカネは仰向けにベッドに横たわっていた。

閉じていた目をうっすらとひらいて、僕の顔を見た。肌が死人のように青白く、唇がカサカサに乾いて薄皮が半分はがれている。僕に気づいたようだが、能面のように表情がなかった。

彼女に起こった出来事の悲惨さをあらためて痛感して、僕は言葉を失った。

——すまない。僕のせいでこんなことになってしまって。

心の中で彼女に謝った。

「祐……」

アカネは力無く微笑《ほほえ》んだ。

「大丈夫?」

「私、悪霊呼ばわり……されたの」

「ああ、警察から訊いた」

「おまえに取り憑いているものが人の弱み、悲しい部分を掘り起こすんだ、そうして人を惹きつけておいて毒を注入するんだって……そんなふうに言われたの」

あの女の言葉にいかに凄《すご》みがあるかを想像し、僕は心の中でもう一度アカネに謝った。

「怖い思いをさせてしまったな」

もっと気の利いた慰め方はないものなのか。われながら、ありきたりな台詞《せりふ》しか浮かばない自分にいら立ちを感じた。

「痛みは?」

アカネは「少し」と言った。おそらく痛み止めが効いているのだろう。

「ショックの方が大きかっただろう?」

「あまりの不意打ちにショックを受ける暇もなかった。でも、あの女の言葉は忘れられない。恐怖とはなにか別種のもの、もっと深いものを傷つけられた感じがする」

不意打ち。たしかにそうだ。あの女の斬《き》りかかってくる素早さは、想像するなら、まるでプロの殺し屋だ。

「僕がこんなことを言うのもなんだけど、不幸中の幸いだったと思ってくれ。犯人も捕まったことだし、また襲われることはないから安心しろよ」

「私、悪霊なの？　あの女にそう言われた瞬間、なんだか自分でもそうなんじゃないかって思った。あの口調、妙に説得力があったの。そして、いきなりグサリでしょう。言い返す暇もなかった」

アカネの言葉で思い出した。あの女は口調に独特の響きがある。言われた人間が潜在的に気にしていることの核心をつく独特の響きが。その後、刃物で斬りつけられた衝撃が蘇《よみがえ》ってきて、僕は戦慄《せんりつ》した。

「犯人は正気じゃないんだ」

「刑事もそんなことを言っていたわ。正気じゃない。そうね、そう思えれば楽になれるんだけれど……」

「正気じゃない。気にしたらこっちが損する」

「あなた、どうしてここが分かったの？」

そうか、アカネは、僕と犯人の繋がりをまだ知らないのだ。犯人がどうして彼女を刺したのかを。

警察に言われなくても、僕の事件を知っていたら当然、その繋がりを疑ってもいいはずなのだが……と振り返ってみると、僕が刺されたことを、アカネと話したことは一度もなかった。

雑誌や新聞のたぐいを読まない彼女のことだ、そんな一過性の噂《うわさ》は耳に入ってこなかったかもしれない。

週刊誌を賑《にぎ》わすネタなど、次から次から押し寄せてきて、幸いにも、古いネタはすぐに新しいものと入れ替わってしまう。読む側も当然、どんどん新しい話題を頭に垂れ流していくから、ところてんみたいに古いものは自然と脳みその外側に押し出されていく。

「刑事がうちに来たんだ」

「そうなの？　でも、私、あなたの住所とか何ももっていないのに……」

「犯人は一年前に僕を刺した女なんだよ。その女は僕のストーカーだったんだ」

アカネは「えっ」という表情の後、しばらく僕の顔を見ていた。頭の中の霧が晴れたみたいな表情になった。彼女の中で、謎《なぞ》の部分だったことがあきらかになったようだ。

「私、ここのところ誰かにつけられているような気がしたの。郵便受けに嫌がらせの手紙が何度か入ってたし、無言電話がかかってくることもあった」

そんなことは今まで訊いたことがなかったから、僕の方でも意外だった。

「刺された時、女だったから、てっきり昔つき合ってた彼女のことで言われたのかと……。あれはあなたの恋人だったの？」

「恋人じゃない。ずっと僕のストーカーだった。気が変になったヤツの犯行だよ」

「でも、どうして私まで……」

「僕のことをずっと探っていたんだろう。もしかしたら、僕の家を知っていて日夜見張っていたのかもな。そうしたら君が来たものだから、今度は君をつけまわして、家を突き止めた。僕を刺しただけではものたりなくて、次は君に嫌がらせをしはじめたんだ」

アカネは突然半泣きみたいな顔をした。

「痛むのか？」

「大丈夫、鎮静剤がきいているから。それより、犯人の気持ちちょっぴり分かる」

「よせよ、あの女は完全に狂ってるんだ」

「私も刺してやりたいと思ったことあるもの」

「誰を？」

「夫のもとへ帰ってしまったあの女をよ」

「怖いな」

「でも、誤解しないでね。刺したいと思うことと本当に実行することの間にはすっごい距離があるから」

「そこが常人と病人との境目だな」

「こんなことになるとやっぱり会いたいなー。弱気になってるからかしら。私の代わりに会いに行ってくれない。彼女が幸せにしてるかどうか知りたいの」

「知ってどうするんだよ」

「それで吹っ切れるから」

本当にそうだろうか。そんなことをしたらますます吹っ切れなくなるのではないだろうか。

それに、あの女のいったいどこがそんなにいいのか僕にはさっぱりわからなかった。何も答えられずに彼女をみつめているうちに、僕は名状しがたい怒りに支配されていた。

「もしかしたら、嫉妬してんの？」

アカネは笑おうとしたが、傷口が痛むのか、顔をしかめてぎゅっと口を結んだ。

「よけいなこと言うと傷口がまた開くぞ。もう黙っとけよ」

「ちょっと待って。もう少しだけ聞いて。告白したいことがあるの」

「回復してから」

そう言ったが、アカネは僕の言うことをきかず、話し始めた。

「私を刺したあの女の言っていたこと、おまえに取り憑いているものが人の弱み、悲しい部分を掘り起こすんだ、って台詞、妙に的を射ているの。彼女の夫、浮気性で暴力亭主だったんだ。その彼女の苦労をきいているうちに私たち恋に落ちたの」

「どうして、それが人の弱みにつけ込むことになるんだ」

「私、普通に生きている人のこと、愛せないの。なんらかの問題のある不幸な人しか。一見、幸せそうな人の中にでも、なんらかの不幸な要素を見いださないと安心できないの。歪《ゆが》んでいるのよ」

「誰にでもそういう所はあるさ。完璧《かんぺき》すぎる人間を見たら、自分が惨めになるから。だからって、何かに取り憑かれて人の弱みを掘り起こすってのは、その女のこじつけさ。それに、君の恋人、夫の元へ帰ったんだろう？　それほどひどい家庭環境でもなかったんじゃないか」

「息子がかわいかったからよ。そりゃあ、自分の産んだ子だもの……それがどういうものなのか、私には経験がないけど、想像くらいはできるわ」

「実は近々京都へ行こうと思っていたところなんだ」

「決心したのね。じゃあ、会いに行ってきてくれる？」

僕は返事に迷った。女が不幸になっていたら、アカネはますますあきらめられないだろう。幸せにしていたら……彼女は本当に吹っ切るつもりなのだろうか。

「幸せにしていたら、あなたが今の私の恋人だって言ってよ」

「なんだか、負け惜しみに聞こえる」

「違うの。むこうも私を心配しているかもしれないから」

「思い上がりだ。忘れているさ」

「二、三か月に一回くらいの割合で携帯にメールが入るの」

「初耳だな。どんな内容？」

「元気ですか？　私は元気です、って」

「だったら元気なんじゃないか」

「でも、私も元気ですって返事しているの。ちっとも元気じゃないけど、それ以上何かを書くのが怖くて。だって、そういうメールをくれる時、きっと彼女は辛い思いをしている時ですもの」

「そうとはいいきれないだろう。縒《よ》りを戻したいのか？」

「戻して、また別れるのはもっと辛い。そんなことになったら、今度こそ生きていけないほどめちゃめちゃになってしまうから。むしろ、吹っ切りたい」

「携帯のメールアドレスを変えれば？」

「それができれば、吹っ切れたってことじゃない。繋がっていたい気持ちがあるのよ。まだ、どこかに。だから、アドレスを変えられないの」

女より男の方が未練がましいとよくきくが、こうしてアカネの心情を明かされてみると、中身がやっぱり男なのだという気がしてきた。

トモねえにだって、僕はそこまで執着したことはない。

アトリエから飛び出したあの日以降、これでもう二度とトモねえとは会えない、そんな喪失感に襲われ悲しかったことは事実だ。しかし、アカネみたいにずるずると気持ちが引きずられることはなかった。

あの頃、僕はまだ若かったし、未来に対する希望があったからかもしれない。

「分かったよ。じゃあ、僕が彼女に会って話してくるよ」

僕のせいでこんなめにあったアカネへのせめてもの罪滅ぼし、そして、僕自身のために、

僕は京都へ帰る決心をした。

僕自身のためというのは、アカネに指摘されたとおり、京都が自分の原点であるということ。そこに立ち返って考え直したくなっていたからだ。

母という人がいったいどんな人なのか僕はきちんと考えたことがなかった。

十年前にタイムスリップして、もう一度父と闘ってノートを取り戻すことはできなくて

も、あの時、父のしたことについて母がどう思っていたのか知りたい。

詩のノートを燃やす現場を一部始終見ていた母は、僕から視線をそらせた。あれ以降、僕と母との溝はますます深まった。母についていっさい知ることを拒否して生きてきた。年月というのは憎しみも罪の意識も風化させてしまう力がある。

責めるつもりはないが、あの時の母の心情を、今だったら、冷静に聞くことができるような気がした。

それからトモねえに逢《あ》いにいって、まず、あのとき、ケーキを食べずに逃げ帰ってしまったことをあやまりたかった。もし、あの男性と結婚しているのだったら、挨拶《あいさつ》もろくにしなかった無礼を彼にも詫《わ》びたい。

トモねえに会いに行くのは、和解するためだけではなく、ミュージシャンとしての今の自分を救済するためのはっきりとした目的もあった。

トモねえが撮影してくれた残りの写真を手に入れることだ。

父が燃やしてしまった詩が写真の中に一つでも残っている可能性がある。それを回収することができれば、今の窮地から脱出できる。そんな漠然とした予感に僕はとりつかれはじめていたのだ。

第九章　残されたメッセージ

母は華美の顔を見るなり、これ見よがしに深いため息をついた。隣に座っている姉が何か言おうとしたが、それを手で制して母は言った。

「こんなことになる前に、どうして、お母さんに相談してくれなかったの?」

したではないか。何一つ聞き入れてくれなかったくせに。華美は心の中でそうつぶやいた。

姉の家に来てから約二週間。華美が家を飛び出したことが母に知れたのは、昨日のことだった。夫から母に、連絡が入ったのだ。

母から電話がかかってきたとき、姉はシラを切っていったん電話を切った。

だが、あまり騒ぎが大きくなってしまったら、後が大変なので、自分から母に電話をかけたのだ。

華美は姉の家以外に行くところがない。その姉のところにいないと知ると、母はありとあらゆる知人友人に電話をかけまくるだろう。心配して、警察に捜索願を出すことだってありうる。そんなことになってから、実は姉の所にいました、と言うのはいかにも気まずい。

母は華美から電話がかかってくると、詳しい事情は聞かず、とにかく明日の朝一番のバスで行く、と言うなり電話を切った。

今朝、母は本当に朝一番のバスに乗ってここまでやってきたのだ。

「幸い、向こうのお姑《しゅうとめ》さんにはまだ知れていないから、帰るのならいまのうちよ。ねっ」

「お母さん、私、あの家に帰るつもりないの」

「でも、昭義さんもずいぶん反省してたわよ。あなたともう一度やり直したいって。それでさり気なくきいてみたの。その女の人のこと。そうしたら、決着がつきそうだからって」

「決着って？」

姉が訊《き》いた。

「つまり、別れられるってことよ」

「今まで別れられなかったのに？　そんなに簡単に別れられるんだったら、どうして、華美と結婚する前にきっちり別れなかったのよ」

「いろいろ向こうさんにも事情があったんでしょう」

「向こうの事情ってねー、こっちの事情はどうしてくれんのよ。華美だけにガマンしろっていうの？　ひどい話じゃないの」

姉が憤慨して言った。

「でも、昭義さんは真剣に反省しているの。華美にも謝りたいって。ねっ、もう一度考え直してちょうだい。一生の問題なんだから」

母は華美の方を見て言った。まだ遅くはない、という希望的観測をねっとりと視線ににじませている。

他のことだったらともかく、あの家にだけは絶対に帰りたくない。いや、これは意思の問題ではなく、体がいうことをききそうにない。帰れないのだ。

「お母さん、ダメ。私、あの家にだけは帰れない」

「どうしてもダメ？」

「どうしても」

母は肩の力を落とし、失望の色を露《あら》わにした。

こんなふうに華美がダメ、と言うときは本当にどうにもならない時なのだ。こうなってしまうとテコでも気持ちが変わることはなかった。

華美はこういう自分のかたくなさに自分でも手を焼いていた。

「ダメって……。あの家に帰らないのなら、これからどうするの？」

「ああ、まるで脅しね」

姉が口をはさんだ。

「小代子、あなたは少し黙ってなさい。私は華美に聞いてるの！」

「分からない。ただ、あの家に帰れないだけ」

「まるでだだっ子じゃないの、それじゃあ。あなた、自分で何もできないくせに……どうしてお母さんを困らせてばかりなの」

分からない……。本当に何も考えられなかった。

「実家に帰るわけにはいかないの？　また、お父さんの事務所で働けばいいじゃないの」

「あれだけ盛大な結婚式をあげたのに？　みっともないわ」

「結局、世間体なのね。お母さんって。そうやって見栄ばかりはってるから、子供が迷惑するのよ。言っとくけど、私は結婚式なんてあげないわよ。どうせできちゃった結婚なんてかっこわるいでしょうから」

「だからって、小代子、あなた、こそこそ籍だけ入れるってのの？」

母はきっと目をつり上げて姉の方を見た。

「別にこそこそじゃないわよ。堂々と籍を入れるのよ」

「知らないうちに結婚したら、こそこそしたって言われるわよ。きっと、誰からも祝福されないような相手だって、へんなふうに勘ぐられるわ」

「お母さん関係のうっとうしい親戚《しんせき》や知り合いに祝福してもらわなくても結構よ。だいたいあの人たちは、祝福しに来るわけじゃなくて、品定めに来るだけじゃない。血統書つきの犬の品評会じゃあるまいし」

「なんて言い方するの！　そうやって形式を踏みにじって、最終的に、損するのはあなたなのよ。形ってのはバカにできないものなの」

「形、形って、そればかり。具体的な理由は何一つないのね」

「形から入るのは日本人の美徳よ。昔からしてきてよかったと言われることだから、たとえ形だけでも重んじるべきなの。あなたみたいに理詰めで頭でっかちな子ってどうして、理屈では説明できないものの大切さを分かろうとしないのかしらね」

「理屈を嫌うのは、分《ぶ》が悪いくせに自分の考えを押し通そうとするからよ。それって暴君だわ」

　華美はぽかんと二人の口論をきいていた。母は顔を真っ赤にして怒っている。

自分の問題から話がそれて、ほっとしたのもつかの間、雰囲気がますます険悪になってきたので落ち着かない。どちらの言っていることも漠然と理解するのだが、感情移入できない。

結局、姉は母を激怒させてしまった。

かんかんに怒って帰る母を見送って、姉は「あーあ、またやっちゃった」と舌を出した。

そう、姉と母は顔を合わせると、いつもこの手の口論をするのだ。最後は、母が発作を起こしそうなほど激怒して、その場からいなくなってしまう。

「いいかげん、親孝行しなくちゃいけないと思うんだけどねー」

姉は照れくさそうに笑った。

「私より十分、親孝行だと思う」

「そうかしら」

「私ほど親の期待を裏切る人間もめずらしいから。内心、お母さんは、嬉《うれ》しいって。お姉さんに子供ができて」

「もしかして、あなたの失敗を私が補ってる、とか？」

姉は笑いながら言ったが、当たっているだけに、ちくりと心に突き刺す言葉だった。

「そうね。お母さん、孫の顔が見られるのすごく嬉しそう。お兄さんがちっとも家に寄りつかないから、かわいそうだもの」

「私も孫の顔くらいは見せに行こうと思ってるわよ。ところで、あなたは、どうするの？」

そう。自分の今後の身の振り方だ。母と姉の口論をきいているうちに、ふと決心がつきそうになった。前から薄々感じていたことだ。いつまでも、親に甘えているわけにはいかない。

「私、思い切って働きに出ようかと思うの」

「働きにって、あなたあてでもあるの？」

「私でもできそうな単純作業を求人広告でいろいろ探してみたの。たとえば、ホテルとか宴会場の料理の下準備の仕事とか。料理だったら作るの速いし、好きだからなんとかなるような気がするの」

「そういうのって、家で料理するのと違うわよ。安い賃金でこき使われるし、マニュアルどおりにこなしていかなきゃならないのよ」

「なんでもいいの。最低限食べて行ければ。私、絵さえ描ければそれで幸せだから。いままで母がいやがるからできなかったけど、よく考えてみると、創作できる環境を自分で全部整えることができたら、これほど楽なことないもの」

いままで、自分はそれができないと思いこんでいた。母にそう言われ続けてきたこともあるが、臆病《おくびょう》だったのだ。なんでもできると思えば、自分の行動をここまで制限することもなかっただろう。夫との屈辱的な生活より、皿洗いの方が数倍ましだ。

母は夫の社会的地位によって妻も同じ立場になれるから、それで夫の地位と同じ尊敬を得られると言うが、その分、夫によっていわれのない屈辱を強いられるとしたらどうだろう。

どちらを選ぶかは、本人の気持ち次第ではないか。

今の華美は、どんな仕事をしてもいいから、一人で自分の夢を自由に見られる夜を過したかった。

「心の自由が欲しいの」

「じゃあ、チャレンジしてみなさいよ。彼が帰ってくるまでになんとかするのよ」

そういいながら姉がテレビをつけた。

バラエティ番組、サスペンス、とチャンネルをかえているのを、華美は音だけきいていた。

……近所の人の話では、灰谷さんはいったん家から飛び出したもののペットの犬を探しに戻り、救急隊員にペットと一緒に救出される……

「えっ？」

華美はびっくりしてテレビの方を見た。

「また、火事……」

姉が振り返って言った。

「あの近所なの？」

姉は再びテレビを見た。華美もテレビ画面の近くまで歩いていった。

「みたいよ。やっぱり、連続放火魔。犯人はまだつかまっていなかったんだ。それにしても、ひどいわね。一人暮らしの老人の家に火をつけるなんて」

現場には、やはり不思議な文字の書かれた鉄の板が置かれていて、このあたりでぼやを含めて火事があったのはこれで四度目で、近所の住人を震撼《しんかん》させていると締めくくられた。

それからニュースは年金納付記録の該当者不明問題、高校生の母親殺しなどを報道していた。

その間も華美は火事のことで頭がいっぱいになった。

「パソコンかりてもいい？」

「いいわよ。私の部屋。ちらかってるけど。そこのドアよ」

姉の部屋だからと気楽に入ってみると、ダブルの広いベッドが置いてあった。ここは、彼と二人で夜を過ごす部屋なのだ。そう思うと、二人の親密な生活に立ち入っているような引け目を感じた。

部屋の中はなるべく見ないように、テーブルの上のパソコンの前に座った。

電源を入れる。ヤフーのニュースで、「連続放火　京都市」で検索し、火事の詳細を調べてみる。

それによると、昨晩、午前二時半頃、京都市上京区○×町の灰谷洋子さん85歳の家が全焼した。煙があがっているのに気づいた隣の住人が一一九番通報したという。灰谷さんは一度は家の外に逃げたが、愛犬が中にいることに気づいて、家に戻った。

犬を抱きかかえた灰谷さんは救急隊員によって、救出されたが、背中に火傷《やけど》を負った。

「F《1》P《2》D《1》Q《2》V《1》P《2》U《1》G《2》S《1》」とペンキで書かれた鉄の板が家の前においてあったという。

新聞紙に灯油をしみ込ませるという犯行の手口、置かれた暗号文字が同じであるため、同一人物による四度目の犯行の疑いが強い。

前回の三箇所の住所も載っていた。

華美はグーグルに住所を打ち込んで、火事の起こった正確な場所を調べてみた。

まず最初の火事はあの少年の家を北に向かって歩いていき、それから東に曲がって十メートルほどの場所の荒井という人の家だった。そこの家の前には一度行ったことがあるので華美もよく記憶している。

二番目の火事は、民家ではない。雨宝院《うほういん》というお寺だった。ここも幸い庭が少し燃えただけで、無事だったようだ。灯油をしみ込ませた新聞紙を庭において、火をつけたらしいが、前日の雨のおかげで、苔《こけ》が水を吸い込んでいたので、消えてしまった。大事にいたらなかったので、新聞に載らなかったようだ。

華美はこの界隈《かいわい》の地図をプリントアウトした。それから雨宝院というお寺を検索して、それのページもプリントアウトした。

それを持って自分の部屋に戻ると、火事のあった四つの場所に赤いボールペンで×印をつけてみた。

よく推理小説などでは、こういう連続放火に、地理的な意味があったり、なんらかの法則が見受けられたりする。が、現実の放火事件でそんなことは当てはまらないことが殆《ほとん》どだ。犯人はただ無作為に放火しているだけ。

だが、あの少年の近辺で起こっている事件であるだけにどうしても興味が湧《わ》いた。

華美は印を付けた地図としばらくにらめっこしていた。

どれも少年の家から半径二百メートル以内というところだろうか。一番近いのが最初の家。場所は北東で荒井という人の家。

二番目は西北でぼやがあったのは雨宝院というお寺。

三番目は南西で出雲という人の家だ。

四番目はやはり南西だが、三番目よりも遠くなり是好院《ぜこういん》というお寺の近くだ。これは燃やされたのはお寺ではなく灰谷という名の人のところだ。

事件のあった家同士に線をひいてみた。

東西南北もとくに関係はなさそうだ。

火事のあった家の名前を×印の横に書いてみた。

荒井、雨宝院、出雲、灰谷。

放火のあった家の場所と少年の家の大まかな距離を測ってみる。それに日付とあわせて順番に並べてみた。

1）8月23日（03：05）荒井　北五十、東十メートル　ぼや。被害者なし
2）8月27日（02：15）雨宝院　西二百、北百五十メートル　ぼや。被害者なし
3）9月1日（02：00）出雲　南三十、西六十メートル　家屋全焼、けが人が二人

4）9月14日（02：30）灰谷　南二十、西二百三十メートル　家屋全焼。火傷一人

日付、名前、場所、どうということはない。一見したところ、なんの関係もなさそうだ。

さきほど姉の部屋でプリントアウトした雨宝院のページを読んでみた。

それによると、このお寺は、本堂に聖天《しょうてん》をまつることから「西陣の聖天さん」と親しまれているという。漆箔《しっぱく》の木造千手観音菩薩《せんじゅかんのんぼさつ》立像《りゅうぞう》は重要文化財になっていて、西陣五水の一つである井戸があり、そこの水で染め物を染めるとよいといわれているらしい。

また、このお寺には御衣黄《ぎょいこう》という八重桜があるのだという。御衣黄といえば、御室仁和寺《おむろにんなじ》や原谷苑などにもある黄緑色の花をつける珍種の桜だ。

これらの一つでも燃えていたら、けが人がでなくても、大さわぎになっていただろう。

雨を宝にしている寺。文字通り雨に助けられたということになる。

それにしても、なぜ、二番目だけがお寺なのだろうか。

方角に何か法則があり、どうしてもこの場所でなくてはいけない、ということなのか。

もし、犯人が方角マニアだとしたら？　そこから何か糸口が見つかるのかもしれない。

しばらく、書き記した方角に線を引いてにらめっこしていたが、方角に疎《うと》い自分になど

とうてい解けるはずはないと思った。

では、暗号の方はどうだろう。

「Ｆ《１》Ｐ《２》Ｄ《１》Ｑ《２》Ｖ《１》Ｐ《２》Ｕ《１》Ｇ《２》Ｓ《１》」

大学にいる時、ミステリ研に出入りしている友人に暗号のことをちょっとだけ聞きかじったことがある。アルファベットを別の文字に置き換える方法だ。

たとえば「ＡＢＣ……」と始まる文字を一字ずらして「ＢＣＤ……」からはじめて置き換えてみる。

この遊びは意外と面白かったから記憶に残っている。友だちとこれで簡単なメールのやりとりをしたこともある。

ＢＣＤの順番と入れ替えた文字をＡＢＣに戻すのだ。するともとの文に戻る。

たとえば、「ＭＰＷＦ」を戻すと「ＬＯＶＥ」になる。

「ＦＰＤＱＶＰＵＧＳ」を元に戻すとしたら、一つ手前のアルファベットに置き換える必要がある。

「ＥＯＣＰＵＯＴＦＲ」

これではなんの意味か分からない。では、もう一つずらしてみてはどうだろうか。

つまりABCをCDFで置き換えたと推定して、二つ手前に戻してみる。

「DNBOTNSEQ」

やはり意味不明だ。

華美は、アルファベットを一字ずつずらしたものを表にして、最後のZまでの二十五通りを試してみたが、結局、意味のある単語を引き出すことはできなかった。

よく考えてみれば、こんなことはすでに警察でもやっているはずだ。警察が解決できない事件の謎が、こういうことの素人の自分に解けるはずもない。

華美はすっかり疲れて、ボールペンを放り投げ、畳の上に寝転がった。

そのままの状態で、カバンからデジカメを取り出して、少年の画像を見た。

姉の家に来てから、華美は、あの少年の画像をデジカメの小さな画面でしか見ていない。

メモ帳を取り出し、ガラスに書かれているあの詩をもう一度読んでみた。


「炎に魅《み》せられし者」

炎の美しさに魅せられし者
その誘惑に人はあらがえない

それは荒々しく、僕は無力となる

炎の美しさに魅せられし者
その美しさに人はあらがえない
それは雨を恐れず、勢いをます

炎の美しさに魅せられし者
香《かぐわ》しい匂《にお》いに人はあらがえない
それは雲を突きやぶって、天に昇っていく

僕たちは、炎に魅せられし者
二人の魅せられし魂は燃え尽きた
そして、僕たちは区別がつかなくなる
それは灰となり、果てしない宇宙に拡散する

炎に魅せられし宇宙の創世者

舞い上がってくる言葉の粒子
羅列する魂の叫び
それは星となり、煌々《こうこう》ときらめく

何度も詩を読み返しているうちに、華美は、あることに気づいて戦慄《せんりつ》した。なんと、誰にでも解ける簡単なことだ。二番目の放火が、お寺でなくてはいけない理由も頷《うなず》けた。

もしかしたら、暗号の方もさほど難しくないかもしれない。

もう一度さきほどの文字を並べてみた。

「F《1》P《2》D《1》Q《2》V《1》P《2》U《1》G《2》S《1》」

アルファベットの上にかかれた数字（１２１２１２１２１）というのはいったいなんの意味をさすのだろう。

この数字も暗号を解くための鍵なのかもしれない。素人でも解けるようなさほど難解ではない暗号の。

数字は1と2しかない。さきほどアルファベットをずらして置き換えた一番目と二番目の文字をもう一度かいてみた。

「EOCPUOTFR」

「DNBOTNSEQ」

この二つの文字からなんとなく単語らしきものを引き出せそうな気がした。

もし犯人が二つの暗号アルファベットを切り替えて使っていたとしたらどうだろうか。

「1212……」のとおりだとしたら、暗号1、暗号2と切り替えたと考えられる。

「BCD……」暗号1と「CDE……」暗号2の配列を交互に使ったと仮定すると……。

華美はそこから単語を引き出してみた。

暗号1「EOCPUOTFR」

暗号2「DNBOTNSEQ」

E N C O U N T E R

「ＥＮＣＯＵＮＴＥＲ」つまり「遭遇」。

単語を突き止めて華美は息が止まりそうになった。

そんなバカな！　連続放火魔はこの少年？

まてよ、少年とは限らない。だが、相当身近な存在であることは確かだ。そして、もしそうだとしたら、その証拠をつかんでいるのは今、自分だけということになる。

華美は起きあがった。

姉に求人情報誌を買ってくると言い残して、家を飛び出した。

第十章　逆流の旅

ここ一年、地方へ行く機会もなかったので、久々の新幹線だ。

当然のことながら平日の昼間でも、東京駅は大勢の人で混《こ》み合っている。

もう六年前になる。初めて東京に来たとき、これだけの大量の人間はいったいどこから湧《わ》いてきたのだろう、と驚きながらも、その活気に刺激され、期待に胸をふくらませた。

あの時の希望に満ちた新鮮な気分が僕の中で微《かす》かに蘇《よみがえ》ってきた。

極貧状態だったので、駅弁を買う金すらなかったが、今以上に心は豊かだった。自分の前に開けた未知の世界に大きな希望を抱いていたからだろう。

過去を二度と振り返るまいと決心した僕は、ひたすら未来へ未来へと前へばかり気持ちを向けていた。

あの時と同じ場所にいながら、今度は、過去の世界に逆戻りしようとしている。

こうして駅まで来てみると、ここ数日間抱きつづけてきた予感、過去の自分を掘り起こすことで、もう一度、未来に繋《つな》がる何かを模索できそうな予感が強まった。

僕はプラットフォームの売店で弁当とお茶を買って、十一時十分発ののぞみ２０５号の八号車両に乗り込んだ。

チケットに記入されている座席番号を確認しながら通路を歩いていく。自分の座席をみつけると、荷物を上の棚にのせて座った。

アカネと僕を刺した犯人は、僕が彼女のストーカーだという、事実とは全く逆のストーリーを作り上げていた。歌を介して僕が自分になんらかの信号を送ってくると言って、拘置所の独房で暴れることがあるという。

僕は自分が幻覚や幻聴に悩まされていた時期があるので、そういう狂いの芽が自分にないわけではないことを自覚していた。だから、あの女に対して憎しみが湧《わ》いてくることはない。ただ、悲しくなるだけだった。

アカネには気の毒だったが、それでも彼女のけがは着実に回復に向かっている。

マスコミに僕の名前がまた取り上げられ、「落ちぶれミュージシャン殺傷事件の真相」という見出しでいろいろと書き立てられた。

刺した女が精神的におかしいということが報道で微妙に隠されているため、僕がアカネとその女を二股《ふたまた》かけていたための痴情のもつれが巻き起こした事件ということになり、事実無根の裏の真相とやらを暴露されるしまつだった。

こういうマスコミの報道の無責任さというのは、各々の記事を切り取ってつなげてみれば明白だ。もちろん、自分のスキャンダル記事を集める趣味はないが、僕が刺された時「乱暴しようとして刺された」と書いたスポーツ紙があった。その同じスポーツ紙が、今回は、「二人の女と同時進行、あげくの果て刺される」と書いているのだ。

同じ女が乱暴する対象だったり、恋人だったりするわけがないのだが、もちろんこれを読んでいる連中が一年前の記事をとっておいて、その矛盾を指摘してくれるはずもない。

僕らはスターという名ばかりの輝かしい言葉でもてはやされながら、結局のところ、見せ物小屋の珍獣とあまりかわらない。最重要なのは、見に来る客の数だった。

客が喜ぶようにいくらでも、ストーリーは組み替えられてしまうが、金を払うマスの前で、僕ら珍獣が人権など訴えるのは愚の骨頂。黙るしかない。

アカネは僕の恋人ということになり、某週刊誌に彼女の写真まで載ってしまった。

僕のファン——いまだにいるらしい——から彼女の千葉の実家にいやがらせの手紙や電話が殺到しているという。

「事実は小説よりも奇なり」というが、皮肉にも、マスコミがねつ造したストーリーは、僕の現実よりはるかに陳腐でありふれていた。

マスコミに追いかけ回された僕は、一週間前からホテルに身を隠していたが、同じホテルに住むなら、京都へ行った方がいいだろうと決心し、武さんにシロミミを預けた。

昨日アカネの見舞いに行った時、明日から京都へ行って来ると告白すると、彼女は「修学旅行で行き損ねた私の代わりにしっかり京都を観光してきてね」とそれだけ言った。

京都の恋人のことは何も言わなかったが、たずねてみるつもりでいた。

車内は、背広を着たビジネスパーソン風の男たち、若いカップル、年配者など、仕事の出張目的の者から旅行者までさまざまだった。

旅行者風の人々の中には、京都の観光案内の本を広げている者もいた。

この列車は、大阪行きなので、ビジネスパーソンなら多分、名古屋、大阪あたりで下車するのだろう。旅行者風の者は、京都へ観光にいく。

少し遅いが、京都はまだ桜のシーズンだ。

そういえば、家族で一度だけ花見に行ったことがあった。まだ、父が工務店をやっていた時のことだから、小学校の低学年くらいだ。

北野天満宮《きたのてんまんぐう》へお参りに行ってから、平野神社で桜を見た。満開の桜というのは、子供の目にもインパクトがあった。あの時の感動は忘れられない。僕の中ではじめて詩が生まれた瞬間でもあった。

あれが僕の記憶にある唯一家族らしい一日だった。

窓から外の風景を見ているうちに、僕は睡魔に襲われた。

目を覚ましてみると、不思議なことに僕は十年前にタイムスリップしていた。

あの西陣の家の玄関にたって、トモねえを見送っているのだ。そう、この光景は紛れもなく十年前だ。

——今度はいつ来るの？

——さあ、展覧会があるから当分忙しいけど、一か月先くらいだったら来られるわ。

トモねえがそう言った。玄関の扉がしまると、僕は背中に嫌な空気を感じて、振り返った。すぐ後ろに父が立っていた。そう、あの時みたいに、不機嫌な顔をして……。

僕は逃げるように二階へ駆け上った。

部屋の鏡で自分の姿を見る。驚いたことに僕は大人の容姿をしていた。まてよ、これは十年前だ、なのに、僕は今の僕の年齢の青年になっていた。

あの時、ここで詩を書いていたら、父が階段をのぼってきて、ノートを全部取り上げ庭へ持っていき、灯油をかけて燃やしてしまったのだ。ちょうど今日がその日だ。

僕は自分の机に座った。小学校にあがった時に買ってもらった勉強机だ。今座ってみるとなんだか窮屈な感じがした。

机の下になかなか収まらない足を無理矢理押し込んでいると、階段を上る荒々しい音が聞こえてきた。

勢いよく部屋のドアがひらいて、一人の男が入ってきた。

酒臭い匂《にお》いが漂ってくる。

僕はあわてて立ち上がった。

僕とあまり身長の変わらない男が目の前に立っている。顔は紛れもなく僕の父だ。四十は過ぎているはずだが、夢や思い出の中に出てくる父より細身で若く見えた。僕の中の父は、もっと脂ぎった薄汚いやつだった。

しかも、顔は鏡の中の僕そっくり、つまり今の僕と瓜《うり》二つだから、僕はひどくショックを受けた。

「おまえは、ここで何をしてる?」

「何って、ここは僕の部屋……でしょう?」

父の声をきくとどうしても萎縮《いしゅく》してしまう。昔の癖で、僕はびくつきながら応じた。

父は僕を頭のてっぺんから足の先までじろじろ見ていた。僕は殴られるのかと内心びくびくしながら執拗《しつよう》な視線に耐えていると、向こうが急に顔を強《こわ》ばらせた。まるで怯《おび》えたような表情だ。この反応は予想していなかったので、しばらく父の強ばった顔を見ていた。

どうやら、父は僕を自分の息子と認識していないようだ。

僕はこんなふうに大人の姿なのだから当然のこと。

見知らぬ男が息子の部屋にいて、しかも、その男はここは自分の部屋だと言い張っている。強盗、薬物依存、それとも……いったいこの男は何者なのか？　そんな諸々《もろもろ》の疑問が父の頭の中を駆けめぐっているのだ。

僕は立ち上がって一歩前に進んだ。すると父は後ずさりした。その表情には、あからさまな恐怖の色がにじんでいる。足下に視線を落とすと、がくがく震えているのが見えた。こんなにびくつく父を見たのは初めてだった。

父は怖いのだ。僕や母にはあんなに威張っていたくせに、自分と等身大の男を目の前にしたら、おしっこをちびりそうなほど怯えている。

父がこんなに臆病《おくびょう》な男だとは……。こんなやつに僕らは苦しめられていたのかと思うと、無性に腹が立った。

ぶるぶる震える父を前に、怒りが爆発した。

こいつ、よくも僕の詩を燃やしてくれたな！

「おい！　おまえ何しに来たんだ！」

僕はそう怒鳴ると、机の棚にある僕の詩集を一冊取り出して、父に差し出した。

父は目をむいたまま僕の顔と詩集を見比べている。

「これを取り上げにきたんだろう！　息子の詩集を」

父は黙って首を横に振りながら後ずさりした。

「おまえは、これに灯油をかけて燃やそうとしてるんだ。そうだろう？」

僕は詩集を置いて、父ににじり寄った。父はますます強く首を振りながらどんどん後ろに下がっていく。

父の背中はついにドアにぴたりとくっついた。逃げ場を失って、途方にくれた顔になった。助けてくれ！　心の中でそう叫んでいるのだ。

僕は父の胸ぐらをつかんだ。酔っぱらっているから足がぐらついている。今の僕には、こんなやつをぶちのめすのは簡単だった。

部屋のドアを開けると、思いきり父を突き飛ばした。父は、部屋の外に尻餅《しりもち》をついた。

僕は再び父の胸ぐらをつかんだ。

「何を……する。おまえはいったい……」

声がかすれていて殆《ほとん》ど聞き取れない。

「僕が誰だってか？」

僕は父の首を締め上げたから、父はカエルみたいに口を横に広げて、ぐえっという声をもらした。

「よーく、聞け。僕が誰なのか教えてやる。どうだ、ちゃんと聞こえてるか？　聞こえていたら頷《うなず》けよ」

僕は更に父の首を締め上げた。

父は必死で首を縦に振ろうとしているようだが、首が締め上げられているので、思うように動かない。口から泡を吹き出した。

「おまえの『くされのガキ』だ」

低い声でそう言うと、僕は、父をぐいぐい押して階段の所で思いきり突き飛ばした。

「うわーっ」という叫び声と一緒に父は階段から真っ逆さまに落ちていった。

ドーンという鈍い音が聞こえて、それから静かになった。

少しやりすぎたかなと後悔し、僕は恐る恐る下を見下ろした。階下で父がうつぶせの状態でうずくまっているのが見えた。僕はゆっくりと階段を下りていった。

階段の途中で足を止める。ひーひーと呼吸しているのか泣いているのか判明のつかない声を漏らしながら、茶の間の方へ芋虫みたいに這《は》っていく父が見えた。頭から血を流しているが、命に別状はなさそうだ。

僕は階段を上ると部屋に戻った。僕の詩集はすべて無事だ。それを確認すると安堵《あんど》のため息をついた。ひとまず詩集を鍵のある引き出しに全部入れた。

これで詩は守れた。ほっとしたと同時に、涙がこぼれてきた。

さあ、これで、僕は、十八歳になったらこの詩を持って上京するのだ。転々とアルバイトをしているうちに、武さんと出会う。

そうやって、もう一度、自分の人生をなぞっていくだけだ。女に刺されても何があっても、これだけの詩があれば、スランプに陥らないですむだろう。

そんなことをあれこれ考えていると、小さな悲鳴が聞こえてきた。僕は部屋を出て階段を駆けおりた。

茶の間へ行くと、ランドセル姿の妹が呆然《ぼうぜん》と立っていた。

「お父さんが……」

妹が指さす方を僕は見た。こちらに顔をむけた状態で父がうつぶせに倒れている。目は見開いたまま微動だにしない。背中には包丁が突き刺さっていた。

「えっ？」

自分の見ている光景が信じられなかった。僕は父を階段から突き飛ばしただけだ。包丁で刺したりなどしていない。階段の下に包丁があって、落ちた瞬間に刺さったのだろうか。

いや、そんなはずはない。茶の間の方に這っていく父の背中に包丁は刺さっていなかった。

「お母さんが……お父さんを刺したの」

妹がそう言って部屋の隅に目をやったので、僕は妹の目線を追いかけた。視線の先には放心状態で座っている母がいた。

「死にかけてたから、私、とどめをさしてやったん。この人が、二度と生き返らへんように。これでよかったんや。今、警察を呼んださかいに」

母はろうそくみたいに白い顔をしていた。

パトカーのサイレンの音が聞こえてきた。僕は母と共謀して父を殺した罪に問われるのだろうか。

「うそだー。うわぁーっ‼」

目を覚ました僕は、相変わらず新幹線の座席に座っていた。背中にべっとり汗をかいている。

「もうすぐ名古屋、名古屋に到着します」と、新幹線のアナウンスが聞こえてきた。

僕はあたりをきょろきょろ見回した。僕に注意をむけているものは誰もいない。叫び声は夢の中だけだったらしい。

それにしてもなんという夢だ。塗り替えた過去によってもっとひどい悲劇を生んでしまうなんて。これでは、本当にあの映画、「バタフライ・エフェクト」みたいだ。

喉《のど》がからからにかわいていた。

東京駅で買った、ペットボトルのお茶のフタをあけてラッパ飲みした。あまり、お腹《なか》はすいていないが、後一時間足らずで京都なので、弁当の包みも開けた。

外の景色を見ながら、ぼんやりとおにぎり、焼き魚、ほうれん草の白和《しらあ》えなどを口に放り込んだ。食べ始めるとそれなりに食欲が湧いてきた。

弁当を食べ終わると、カバンからメモ帳を出した。

東京のホテルから思い切って妹に電話して母の居所を確認しておいたのだ。

僕の東京の住所は妹にだけはがきで教えていた。それから、お互い、住所がかわるたびに住所変更のはがきだけ送り合った。一行も自筆のない、事務的なものだった。

電話に出た時、妹は勢いのある明るい声で応じたが、僕だと知ると、とたんにテンションが下がり押し殺したような低い声になった。

返事はよそよそしく殆ど「ええ」「そう」という感じで、早く電話をきりたそうにした。

せっかく新しい人生を歩んでいるのに、家族のことを蒸し返されていやな気分になったのかもしれない。僕だって、ミュージシャンでノリノリだった時に妹から電話がかかってきたら、こんな応対をしただろう。父が病気で余命いくばくもない、という手紙が一度来たことがあるが、僕はそれさえ無視したのだ。

言葉少なな説明の中で、妹は、高校を卒業すると家を飛び出し、今は大阪の美容院で働いているらしいことが分かった。

妹がなんとかちゃんと生活していると聞いて、僕はほっとした。電話に出た直後の明るい声だけで充分だ。妹は幸せにやっているのだ。

あの家庭環境では、ぐれても不思議はないだろうと覚悟していたから、なおさら嬉《うれ》しかった。

僕は、先ほどの夢を思い出した。

妙にリアリティーのある夢だった。二度と生き返らないようにと、父にとどめを刺した後の母の言葉には、僕が感じ取っていた母の父への憎しみそのものが反映されていた。

家族で殺し合いをしたら、残された者は悲惨な境遇になる。加害者の家族であり同時に被害者の家族になるのだ。どこまでも、家族の犯した罪が追いかけてきて、就職にも結婚にも響くだろう。

僕はまた映画「バタフライ・エフェクト」を思い出した。さっきの夢が現実だったら、妹にとって母親と兄である僕は父親を殺した殺人犯ということになる。

さすがの妹も、真っ当な人生はあきらめ、今頃、ヤクザの女になって、風俗か何かで働いていても不思議はない。

そんな止めどもない想像をふくらませているうちに、僕の詩は焼かれて正解だったのだ。そんなふうに思えてきた。

何かを得るためには、何かが犠牲になる。どうせ人生、何もかも手にすることはできないのだ。

僕は武さんの言葉を思い出した。

――数に制限のある足し算、引き算みたいなもんだな。こっちでプラスされた分、必ずどっかで引かれちまう。

失ったものを取り戻そうとすれば、次は思いもよらないもっと大切なものを失うことになるのかもしれない。

父が嫌っていた、「たら、れば」の話をすれば、もし、僕にあんなひどい父親がいなかったら、詩など書いてはいなかっただろうし、家を飛び出して東京へ行くこともなかっただろう。つまり、あんな父でなければ、ミュージシャンになることもなかったのだ。

幸せな家庭で育っていたら、ここまで自分を表現したいという衝動に駆られることはなかった。

母はずっと西陣の家にいると思っていたが、妹の話によると、そうではなかった。父が亡くなってから、あの家を引き払って、市内のワンルームマンションで一人暮らししているという。

妹に母が何で生計をたてているのかたずねると、弁当屋のパートで働いているのだと言った。それで生活できるくらい稼いでいるのかと訊くと、即座に知らない、と答えた。近くに住んでいるのに……そう思ったが、よく考えてみると、いままで母といっさい連絡を取っていない僕が妹を薄情者よばわりするのは見当違いだ。

——で、お兄ちゃん……今……何してるの？

最後に妹は、何か恐ろしいものの入った蓋《ふた》でもあけるように、ためらいがちに低い声で聞いた。金の無心をされたらどうしようかと不安になったのだ。

ちゃんと働いている、と嘘をつこうとしたがうまくいかなかった。

——別に。何も……今は何もしていない。

返事は返ってこなかった。シーンとなった受話器の向こうに僕は言った。

——じゃあな。

それにも返事はなかったから、僕は静かに受話器を置いた。もう、二度と妹に電話することはないだろう。さびしさは感じなかった。幸せにやってくれてさえいたらそれでいい。母にも東京から電話をしようとしたが、送話器越しだと言葉が見つからない恐れがあるので、いきなりたずねてみる決心をした。

振り返ってみると、僕は母という人のことを殆ど理解していない。どんな家庭環境で育ったのか、どうして父と結婚したのか、どうして別れなかったのか。僕たちのことをどんなふうに思っていたのか。

父の暴言と暴力に僕たちは支配され、萎縮《いしゅく》していた。だから、そんなことを知る余裕もなかった。

母について、実際、あまり多くのことを思い出すことはない。

お袋の味、というのも、僕は知らない。母は働いていたので、手料理を作ってくれることがなかった。スーパーで値引きのお総菜を買って帰ってきて、それが僕たちの食卓に毎晩並べられた。

切り干し大根、きんぴらゴボウ、焼き魚、コロッケなど調理済みのおかずが半額という赤字の張られたパックの中に収まっていて、それをあわただしく皿に移す母の姿ばかりを思い出すのだが、それにはなんの感慨もなかった。

そういう出来合いのものが僕にとってのお袋の味だった。

友だちの誕生日に呼ばれて、香辛料から作ったカレーライスや手作りのゼリーがでてくると、それだけで、自分の家とのあまりの差に、居心地悪く感じたことがある。

母とは、会話をした記憶も殆どなかった。母は仕事から帰ってくると疲れているせいか、子供に話しかけることはなかった。父が飲んだくれて寝てしまうと、ぼんやりテレビを見ていた。あの放心したような横顔ならよく覚えている。

母は目の前にいてもいなくても、僕の中では、常に不在だった。

だが、たった一つだけ、心に残る母の表情があった。

母は僕の書きためた詩をこっそり読んでいたことがある。

その日、僕は学校に行く途中で筆箱を忘れたことに気づき、家に戻った。部屋に入ると僕の机に座って、母は僕の詩を読んでいた。僕に気づくと、あわててノートを閉じて出て行った。何か悪いことをしていて、それを見とがめられたみたいなうろたえようだった。なのに、すれ違いざまに母の目に涙が光っているのを見て、僕は驚いた。

その後、母は僕の詩について、感想らしきものは何も言わなかった。それでも、あれが唯一僕の心に響いた母の生きた表情だった。

「間もなく京都、京都に到着します」

アナウンスの声をきいて、僕はゆっくりと立ち上がった。

第十一章　怯《おび》える住人

華美は、59番の市バスに乗って、今出川浄福寺《じょうふくじ》で降りた。もう一度、火事のあった家を見て回りたくなったのだ。

微《かす》かに涼しい風がふいてきて、歩くのにはちょうどよい季節になった。もう少しすると紅葉で観光客が賑《にぎ》わうが、そんなこともない、今の時期の京都は、初秋の風が心の隙間《すきま》に吹き込んできて、なんともいえない物寂しさを感じる。

本来だったら、自然を求めて草花をスケッチしに山歩きしたくなる気候なのだが、今の自分はこんな町中を歩いている。

華美は、ただ、混乱していた。

少年の書いたあの詩「炎に魅《み》せられし者」と今回の火事には関係がある。つまり、少年と火事になんらかの繫《つな》がりがあるということだ。しかも、それは好ましくない繫がりだ。自分は、その好ましくない関係を否定する証《あかし》が欲しくて、こんな町中をさまよっているのだ。

最初の荒井という人の家へは一度行ったことがあるのですぐに見つかった。あらためて門の前に立ってみる。玄関までの五メートルくらいが庭になっている。

前回来たときに燃えていたツツジの枝は切ってあり、ぼやの痕跡《こんせき》は残っていない。

この家の住人は、最初の被害者だ。

あの詩が示すところでも、最初の被害者でなくてはならない。

ここの主人がたまたまトイレで目を覚まさなかったらこの家だって全焼していたかもしれない。

あれから三件続けて放火があり、いまだに犯人はつかまっていない。どんなに恐ろしい思いをしていることだろう。

自分の家にまた火をつけるために犯人がここへ戻ってくる。犯行があの詩のとおりであれば、そんなことはないはずだ。が、被害者にとっては、それは知りえないことなのだ。

こういう無差別犯罪というのは、何か目的がある犯罪よりも、予想がつかない分不安と恐怖を煽《あお》る。しかも、僅《わず》か一か月ほどの間にこの狭い地域で四軒。

みんな、うちだけは大丈夫、などと安心していられない状況だ。

隣近所の人たちへの不信感も募るだろう。平気で話をしていた人が、実は犯人だった、などということは、過去の犯罪例を見ても多々あることだ。

もちろん警察が警戒にあたっているし、放火のあった午前一時から三時過ぎくらいまでの間は特に強化されているだろう。それでも、みんな安心して眠ってなどいられないはずだ。

そんなことを想像しながら歩いていると、このあたりの住人の戦々恐々としている姿が脳裏に浮かんできた。

次に、「雨宝院」へ行くことにした。華美はプリントアウトした地図をカバンから出して、場所を確認した。荒井さんの家から北へ二、三十メートルほど歩いていくと、小さな路地に出た。北西の場所にあることは分かっているので、そこを左折して西へ歩いていくと、比較的広い通りに出た。

地図で確認したところ、これは智恵光院通だ。ここを北へまた歩いていって、西向きの一つ目の小さな路地に入る。そして、再び右折して本法院《ほんぽういん》という寺らしき建物の壁づたいに歩いていったところに小さなお寺があった。

これが、「雨宝院」だ。

門のところに大きな丸い提灯《ちょうちん》がぶら下がっている。そこをくぐり抜けて、庭に入っていくと両脇に桜の木が植わっていた。石畳を十歩も歩けば突き当たりに行き着くくらいのこぢんまりとしたお寺だ。左手に井戸らしきものはあるが、殆ど使われていないようだ。境内の拝観は自由だが、堂宇の中に入るには予約がいるらしい。

華美はしばらく小さな庭の中をぶらぶらと歩いた。もちろんぼやの痕跡《こんせき》など見あたらないし、そんなことをお寺の人に聞くわけにもいかないので、今はもう花をつけていない御衣黄を観察し、写真を撮ってから、寺を出た。

順番からすると、次は、三番目の出雲という人の家だが、それよりも、「是好院」の近くにある灰谷家のほうがここからだと近いので、そっちへ先に行くことにした。

「是好院」は上立売通《かみだちうりどおり》を西に二十メートルほど行って、南向きに歩いていったところにあった。遠目にもすでにそのあたりは人だかりになっていた。

寺から三軒目が事件のあった家だ。

幸い死人はでなかったものの、家が全焼した上に、犬と暮らしていた老婦人が火傷《やけど》を負ったのだから、ここが一番被害の大きかった家だ。

パトカーが何台も止まっていて、家のまわりには青いビニールシートが張り巡らされている。まだ中で捜査が行われているらしい。警察官がいったりきたりしていた。

近所の住人らしき中年の女性三人が口々に話しているのが聞こえてくる。

「また、同じですわ。新聞紙に灯油をしみ込ませて火いつけたらしいです。いったい誰がこんなことするんでしょうね」

「うちら怖いから夜、四人で交代で庭を見張ってるんです」

「うちも主人と交代で寝てます」

「灰谷さんとこお気の毒やわー。一人暮らしやったさかいにちゃんと見張ってられへんかったんです」

「ホンマにねえ。犬に見張ってもろてるから大丈夫やなんていうてはったけどねえ。それがかえってあだになってますがな」

「お隣さんが気いつけてあげたはったみたいやけど、塀が高いからよう見えへんかったみたいです。煙が見えた時にはもう手遅れやったらしい」

「手遅れいうても、助からはったんやからよかったですけど」

「あそこの犬、ツバサちゃん、かわいいけど、番犬としてはちーっとも役に立たへんですねー」

「もくもく煙があがってんのに、灰谷さんの布団の中でぐっすり寝てやったらしいですよ。まったくのんきな犬です。愛玩《あいがん》犬やからかしら」

「もしかしたら、犯人はそれを計算に入れて、灰谷さんとこ狙《ねら》ったんでしょうか」

「ダメな犬がいることをですか？」

「それもですけど、塀が高くて一人暮らし、いうのんをです」

「そこまで計算できたら、よっぽど近所に詳しい人いうことになりますよ」

「知ってる人かもしれへんね」

「いやん、やめて、怖いわー」

「でも、全然知らない人でも怖いやないですか。まだ、目撃情報もないらしいです。もうなんべん警察の人が尋ねてきはったか」

「うちもです。どっちにしても怖《おそ》ろしいことやわ。もーう、早よう犯人につかまって欲しいわー」

華美は聞き耳を立てながら、しばらく、現場を囲んでいるビニールシートを見つめた。捜査はどこまで進んでいるのだろう。目撃情報もないということだが、犯人は特定できているのか。

華美の知っていることが手がかりになるとすれば、警察に渡すべきなのかもしれない。これ以上被害がでないようにするために。しかし、それをすると、あの少年にあらぬ疑いをかけることになると、そこまで考えて、すべては自分の妄想ではないかと思い直した。

あることに興味を持ちすぎると、それがあたかも自分の周囲で起こっていることと関係があるのではないかと思い込む、いわゆる関連妄想の気が華美にはある。

少年の書いた詩とこの事件を結びつけるなんて、とんでもないこじつけだ。もしかしたら、ついに自分は気が狂ってしまったのだろうか。

警察に証拠を渡す前にまだまだ確認したいことがある。

華美は現場を離れて、五辻通《いつつじどおり》に出た。そこを今度は東に二百メートルほど行ったところに、三番目の被害者、出雲さんの家がある。ここは、被害にあったのが九月一日、今からちょうど二週間くらい前だ。

家の前に行ってみると、まだビニールシートが張ってあるものの、灰谷さんの家のような人だかりはなかった。

そこを通り過ごして、華美はこのあたりの家の表札を一軒一軒確認しながらぶらぶらと歩いた。もし、少年が自分の書いた詩に合わせて犯行を行っているとしたら、次のターゲットは誰になるのだろうか。

歩いているうちに、この界隈《かいわい》の店案内の看板に行き着いた。

飲食店、クリーニング、病院、その他さまざまな店の名前が書き記《しる》されている。華美はそこに目当ての単語があるかどうか探した。

華美は看板の上の方にある名前を見つけて、釘付《くぎづ》けになった。カイロプラクティック院だ。

「星野カイロプラクティック院」

場所はここから百メートルくらい北に行った硯屋町《すずりやちょう》にあった。

迷った末に、やはり足を運んでみることにした。

行く途中で少年の家の前を通った。赤いランドセルを背負った女の子が家に入っていくのが見えたので、歩く速度をゆるめた。

ランドセルが不似合いなほど、背が高く、女らしい肉体をしている。女の子というよりは少女といった方がよさそうだ。今時の子は成長が速い。もっとも、小学六年生だとしたら、もうすぐ中学生になるのだから、女一歩手前。当たり前のことなのかもしれない。

通り過ぎる際にさりげなく振り返って女の子の顔を見た。切れ長な目、尖《とが》った顎《あご》。そこに少年の面影を探してみようとしたが、こちらが見ていることに気づかれ、視線がかち合った。ひどく暗くて陰湿な表情だ。そこに、あの写真の少年と結びつけるものは何も発見できない。

少女の瞳《ひとみ》の芯《しん》に攻撃的なものを感じ取ったのであわてて視線をはずすと歩調を速めた。まだ少女の視線が背中に張り付いているような気がして、冷や汗をかいた。

あっという間に硯屋町にたどり着いた。左に曲がってしばらく行くと、「星野カイロプラクティック院」という小さな看板があった。

二十坪ほどの民家だ。ということは、自分の家で開業をしているのか？　華美はそうでないことを祈りつつ、診療内容に目を通した。

項目の中に、三十分のマッサージコースというのがあったので受けてみることにした。

チャイムを鳴らす。

しばらくすると、三十代くらいの女性がでてきた。

「すみません、三十分のマッサージコースを受けたいのですけれど」

「ご予約なさっていますか？」

「いいえ、予約が必要ですか？」

「一応、予約制となっていますから」

「そうですか。ここの先生は？」

「予約の方がある時のみ、いらっしゃいます。今日は五時半から予約が入っています。その後の六時半からでしたら空いていますが」

華美は腕時計に目をやった。一時間半も待たなくてはいけない。

「先生は、ここに住んでおられるわけではないのですか？」

「吉田山からバスで通ってこられています」

「まあ、そんなところからここまで」

立地的にそれほど恵まれているとはいえないこんなところまでわざわざ通ってきて施《せ》術《じゅつ》をしているのだ。

「お家が狭くてできないそうです。ここは先生の亡くなったお母さんの家みたいですよ」

「では、夜はあなたが？」

「いいえ。夜は誰もいません」

「そうですか」

華美は内心ほっとした。

「何か？」

「いえ、近頃このへんで、放火があるときいたものですから」

「警察の方ですか？」

女は華美が目撃証言の捜査をしていると勘違いしたのだ。それにしても、自分ほど警察とほど遠い風貌《ふうぼう》をしているものもめずらしいと思うのだが。

女は自分の質問がわれながらおかしかったのか笑いながら言った。

「すみません。へんな質問して。今、マッサージにこられたと言っておられたのに、警察の方のはずありませんね。あの事件がずっと気になっていたものですから。近所の方ですか？」

「そういうわけではありませんが。そういえば、あの放火があったのはこのあたりだなー、と思っただけです」

「怖い事件です。このへんに住んでいるわけではありませんが、それでも、早く犯人がつかまって欲しいと思っています」

「まったくですね」

六時半まで待っていられないので、また、出直してくると言って、そこの電話番号をメモると、華美は施術院を出た。

もしかしたら、次回の放火はあの家かもしれない。

だとしたら、けが人も死人も出ないはずだ。そして、もし華美のこの推測が当たっていたら、これが最後の犯行ということになる。

しかし、だとすると犯人はやはり……。

その先は考えたくないので、無理に思考を止めた。

第十二章　愛されない者、愛せない者

京都駅に着くと、八条口に出た。タクシーを拾った。

後部座席に乗り込むと、メモ帳を取り出して妹に教えてもらった住所を読み上げた。

京都市下京区《しもぎょうく》新開町《しんかいちょう》〇×番地　グリーンタワー二階　二〇二号室
烏丸通《からすまどおり》を北上してすぐに東本願寺が見えた。

タクシーの窓から久々に見る京都の町並みは、ここ数年観光に磨きをかけたせいなのか、昔、僕が住んでいたあの頃のじめじめしたイメージと違って、古都の堂々たる風格を感じさせた。

住所のマンションは、京都駅からだと十分くらいだった。

タクシーの代金を支払って、リュックを持って降りた。

僕は母の住んでいるマンションを見上げた。

なんのへんてつもない、コンクリートの二階建て。恐らくワンルームばかりが六つほどあるのだろう。母はあの西陣の家からどうしてここへ引っ越したのか。

僕が思い出すのもいやだったように、母にとってもあそこで繰り広げられた家族の憎悪劇はきっと思い出したくない時代なのだ。

時計を見る。午後二時半だ。母は近所の弁当屋にパートで働きに行っているらしいが、調べたところ今日は定休日だから、家にいるはずだ。

僕は階段を上って、通路の表札を探した。

二〇二号室とあるだけで、表札はかかっていない。

深呼吸をしてから、チャイムを鳴らす。数秒間待ったが、誰もでない。もう一度チャイムを鳴らしてみる。

ガチャリとドアが開いた。そこに見覚えのある女の顔を見つけた。

僕は何を言っていいのか分からず、黙って、相手の顔を見つめていた。

「祐一《ゆういち》……」

それは僕の本名だった。母は僕が誰なのか見た瞬間気づいたのだ。もちろん僕だって、すぐに母だと気づいた。母は昔と殆《ほとん》ど変わっていなかった。全体に丸い顔、そしてぱっちりしているが少し下り気味の目尻《めじり》、小さい鼻と厚みのある唇はもちろん昔のままだが、シワや白髪のたぐいが増えているわけでもなかった。

家を出てから六年しかたっていないのだから当然のことなのだが、僕にとっては、まるで何十年もの歳月が流れたような感覚だった。

母はしばらく僕の顔を見つめていた。それから、なにか言おうと口をもごもごさせたがうまく言葉にならないらしくて、もじもじしていた。

「久し……ぶり」

やっとのことで、僕がそう言うと、とりあえず中に入るようにと勧《すす》められた。

玄関で靴を脱いで中に入ってみると、そこはワンルームではなく、六畳の畳の部屋と四畳半くらいの台所があった。

「狭いとこやろう?」

母は照れくさそうに言った。

勧められるままに黙って茶の間の座布団に座った。僕は部屋全体にぐるりと視線を走らせてみたが、昔、あの家にあった家具のたぐいは一つも見あたらなかった。

部屋の隅に小さな仏壇があった。僕の視線がそこで止まったことに母は気づいて言った。

「お父ちゃんや。肝硬変から肝臓癌《がん》になってなー。医者に診《み》てもらった時はあちこち転移してしもてて手遅れやったんや。あっけなかった」

「そう」

僕は冷たく言った。父の位牌《いはい》を見たいとは思わなかった。

母は台所に立つと、急須《きゅうす》に茶葉を入れはじめた。

筒型の大きめの湯飲み茶碗を僕の前に差し出して、そこに熱い茶を注いだ。

「こんなこと言うても興味ないやろ。あんた、お父ちゃんのこと嫌いやったもんなー」

「お母さんは？　お母さんはお父さんが好きだったの？」

母の顔が強《こわ》ばった。実は殺したいほど嫌いだったんじゃないのか。僕は心の中で母のことをそんなふうに問いつめていた。あの夢みたいに、父のことを刺してやりたいと何度も思ったんじゃないのか、あんたは。

「好き、というのとは違うけど、感謝してる」

「感謝？」

僕は眉《まゆ》をひそめた。

あんなやつにどうして感謝できるのだ。

夜の生活で満足させてくれて感謝してるとでも言いたいのか。妹がそんなふうなことをほのめかしていたのを思いだし、不愉快になった。

「感謝やなくて、申し訳なかった、そういうことかもしれへん」

ますますわけが分からなかった。感謝だの、申し訳ないだの、どうしてあんな卑劣な男に母はそんなふうに思わなくてはいけないのだ。

「人の心いうのんはほんまにどうにもならへん。あんた振られた経験あるか？」

ふとトモねえのことが頭をよぎったが、僕は首を横に振った。

「そうか。好きな人に好かれへんようになったら辛い。すごい辛いことや。でもな、それと同じくらい、自分を好いてくれる人を好きになれへんのは辛いことや。好きになりたくてもなれへん。これかって、どうにもならへんことや」

なんのことだかさっぱり分からない。母の回りくどい言い方に僕は苛《いら》だった。

「つまり、父のことが好きになれなかったってことか？」

母は黙ってうなずいた。そのうなずき方に、長年の苦渋がにじんでいる。

「じゃあ、どうして結婚したんだよ。そうなる前に別れるべきじゃなかったのか？　どうして、僕たちを産んだんだ？」

「あんたを産んだんは、その前や」

「その前ってどの前だよ？」

「お父ちゃんと結婚する前や」

「つまり僕ができたから結婚したってのか？」

よくある話だ。今更、何を言われても、傷つかないが、生まれてくるあんたがかわいそうだから結婚した、などとほざいて、ひどい家庭の理由まで子供に押しつけるやつがいる。母もそういう人間だったということだ。

「そうやないのよ。あんたを産んだのは、お父ちゃんと知り合う前や。知り合うたんは妹の美紀がお腹に入っている時や」

「えっ？　なんだって？」

僕の思考は混乱の淵《ふち》から更に深いところに突き落とされたようだ。必死で頭を整理しようと試みた。父と母が知り合う前から僕は存在していたというのか。

つまりあの父と僕は血の繋がりがないということなのか。

そんなバカな。

「つまり……僕らは……僕とオヤジは」

僕のいわんとしていることを先読みして母は「そうだ」というようにうなずいた。

いままで自分が築いてきた家族のイメージががらがらと音を立ててくずれていく雑音に目眩《めまい》がした。

「それでな、あんたと美紀を認知して、自分の子供として育ててくれたのは、あのお父ちゃんなんよ。今頃になってこんなことあんたに明かしてゴメンな。お父ちゃんが生きてる時は言えへんかったんや」

「じゃあ、僕らの実の父親は？」

「その人、妻子のある人で、お母ちゃん、未婚の母やったんよ」

いずれにしても、ろくでもない男だ。結婚しているのに他の女に子供まで産ませておいて、認知しなかったのだから。

「そいつ、今、どうしてるんだ？」

「とうの昔に死んだ」

母は淋《さび》しそうに笑ってから付け足した。

「お母ちゃんと縁を持った人、みんな死んでしもたわ」

「死んだって、いつ？」

「お父ちゃんと知り合う前や。自殺してしまわはったんや」

やっと、話が読めてきた。つまり、その男と恋仲にあった母は、未婚のまま僕を産んだ。その後、妹も身ごもってしまった。そんな時、男は自殺した。

それから、母は父と知り合った。父は母が好きになり、僕たちを認知すると約束して結婚したのだ。

「お父ちゃんはな、最初は優しい人やった。あんたや美紀のいい父親になろうと必死でがんばらはった。でもな、ええ人やと思っても、どうしても、自殺したあの人がお母ちゃんは忘れられへんかったんや。私が好きでないの分かってて、それでも、ガマンして私やあんたらに尽くしてくれはったんや。『おまえらのために、大金持ちになったる！』言うて商売の手え広げて、それで失敗してしもて……。どうにもならへんかったんや、お互いに」

そう言うと母は泣き出した。

予想もしない真実を突きつけられて僕は返事の言葉もみつからなかった。

僕は父のことを何でもいいから思い出そうとした。

「オヤジ、よく僕らに『たら、れば』の話はするなと言っていたな。覚えてる？」

「ああ、ようおぼえてる。それであんたらようどつかれとったもんな。もしかしたら、その中にお母ちゃんも入ってたんかもしれんな」

「その中って、どの中にだよ」

「こんな女と知り合わなければ、の『れば』もや。あの人、私のために必死になって、仕事で無理をして失敗してしもたんや」

「今でも、父ではなく、その自殺したやつが好きなんか？」

「ああ、好きや。いまでもその人のことが忘れられへん。お父ちゃんのお位牌のまえで、手え合わせてる時でも、心はいつもその人のもんや。お父ちゃんには謝ってばっかりや」

「でも、その男はお母さんを愛していたんか？」

「愛してくれたはった」

「だったら、なんで離婚してお母さんと結婚しなかったんだよ」

「その人、生活力のない人やったんよ。奥さんに食べさせてもらってたん。そやから別れられへんかったんよ。でも、才能のある人やった。お母ちゃんのために、いくつも詩をかいてくれはった」

「生活力がないって、いったい何やってたんだよ」

僕は半分予想しながら、恐る恐る聞いた。

「詩人やったんよ。無名やったけどな」

「詩人……」

嫌な予感が的中した。僕は詩人の息子だったのだ。

「そうや。あんたそっくりの人やった。あんたが詩を書き出すようになってから、お父ちゃん、あんたのことガマンならへんようになったんや。お母ちゃんがあんたにあの人の面影をダブらせてることに気づいたんやろうな。商売に失敗してから、私らに暴言はいたり暴力をふるったりしたんは、お父ちゃんも逃げ場がなくなってしもたからや」

なんということだろう。だから、父は僕の詩を燃やしてしまったんだ。詩を書く僕が憎かった。母が愛する男の血が僕に流れていることが。

　母は立ち上がると、引き出しから写真を取り出して見せてくれた。それは線の細い男の顔だった。その男は父よりもっと僕に似ていた。

「どうや。あんたそっくりやろ？」

「でも、僕は、あの父にも似ているような気がする。どうしてなんだ？」

　夢の中に出てきた父など、本当に僕そっくりだった。あれは夢だったからなのだろうか。

　いや、僕は父に似ている。子供の頃からそんなふうによく言われた。

「そらそうや。この人とお父ちゃんは従兄弟《いとこ》同士なんやもん」

「そうか。そういうことだったのか」

「従兄弟同士で顔はそっくりやのに性格は全然似てへんかった。片方はとても繊細《せんさい》な人、もう片方は、詩なんてもんには無縁な通俗的な人やった。顔が似てるから、もしかしたら好きになれるかもしれへん。お母ちゃん、そんなふうにおもて、それで、お父ちゃんのプロポーズを受けたんや。でも、中身があまりにも違いすぎた。どうしようもなかったんや」

「でも、父は再婚だったんだろう？　じゃあ、トモねえは？」

「トモちゃんか。うちに時々来てた子？　あの子はお父ちゃんの本当の娘や」

トモねえだけが、唯一、父と血の繋がった子供だったというのか。つまり、僕とトモねえは、異母姉弟ではなく、遠い親戚になるのだ。

「今、トモねえはどうしてるの？」

「一年ほど前に、お父ちゃんに線香あげに来てくれたけど、それっきりや」

「元気そうだった？」

「あんまり元気そうやなかったな。あの子、綺麗《きれい》な子やったのに、えらいやつれて顔色悪かった」

「結婚して幸せにやってるんじゃないのか？」

「結婚したとはきいてへん。まだ、独りみたいやったで」

トモねえは、あの男と結婚して幸せになっているとばかり思っていた。

僕の想像はことごとくはずれてしまった。ゴシップ記事と同様に、現実は憶測とはまるで違う産物だ。

「つき合っている人はいるみたいな口ぶりやったけど……なんか歯切れの悪い男みたいで」

「そうなの？　じゃあ、今でも、あの滋賀の家にいるの？」

「さあ、それは分からへんけど、多分いるのと違うかな。そういえば年賀状が来てた。住所も苗字も変わってへんかったと思うで」

　トモねえはあの男と結婚しなかったのだ。

「歯切れが悪いって？」

「なかなか結婚に踏み切ってくれへんみたいなことというてた。あの子、綺麗やけど、なんか幸せ薄い子やねえ」

　母は人ごとみたいな口ぶりで言った。

　相手は、いったい誰なのだろう。あんなに美しい姉のことだ。男ならいくらでもいただろう。だが、もし、僕が逢《あ》ったあの男だとしたら、十年もつき合っておきながら結婚しないなんて卑怯《ひきょう》なやつだ。顔を知っているだけによけいに腹が立った。

　それにしても、姉がいまだにあそこの家で母親と暮らしているとは。

　あのアトリエにたずねれば、また、昔みたいに二人の世界を復活できる。そんな期待に胸がふくらんだ。だが、僕も孤独の辛さをずっと嚙《か》みしめてきただけに、いまだに一人でいることが、トモねえのために、喜んでいいことなのかどうか、複雑な気持ちになった。

「おなかすいたやろう。ちょうどええ時に来てくれた。一緒に仕事してる人でな、明石の人がいるねん。その人に習った明石の玉子焼き、美味《おい》しいから焼いたげるわ」

「へーえ、明石焼きって、あのたこ焼きみたいなやつか。久しぶりだなー」

「あんた東京にいたんやろ」

「ああ」

「関東の方ではたこ焼きって、あんまり食べへんみたいやな」

「そうだな。東京へ行ってから一度も食べてないよ。そういえばお好み焼き屋ってのもあまりないなあ」

お好み焼きが懐かしくなって、一度、それに匹敵するうまさだと武さんに誘われ、もんじゃ焼きというのを食べに行ったことがある。粉っぽい味は同じだが、どろどろした食感が気持ち悪くて、ちっとも美味しくなかった。

「ほら、これこんなにもろたんや。明石の魚《うおん》の棚《たな》でやってる本場の明石焼き屋さんとこで使ってるやつや」

母は、台所の棚からビニール袋に入った白い粉を出してきて、僕に見せてくれた。

「何それ?」

「じん粉いうて、これで明石焼き作ったら上手にできるんや」

「じん粉?」

「小麦のでんぷんだけでできたものや」

「小麦粉ってでんぷん以外に何か入ってるのか?」

「グルテンいうタンパク質が入ってるそうや。それを抜いたんが、じん粉いうんや。グルテンが入ってると、熱をくわえたときに、かとうなる。これやったら、柔らかくてふんわりしたたこ焼きがやけるんや」

母はそういうと嬉《うれ》しそうに、卓上たこ焼き機を出してきて、コンセントを入れた。

関西人は一家に一台はたこ焼き機を持っているというが、一人暮らしの母も例外ではないようだ。

「たこ焼きなんか、一人で食べるのか？」

「パートの仲間が時々遊びに来るさかいに、その人らとわいわいやるんや」

「そうか。一人暮らしを楽しんでいるんだな」

なんだかオヤジといる時より、母が生き生きしてみえた。あの頃も生活をささえるためにパートで働きに行っていたが、母が家に友だちを呼ぶことはなかった。

家にいる時は、父にびくびくするばかりでいるのかいないのか分からない人だった。それが、今、こんなに存在感のある人間として僕の前にいる。

当然のことだが、母には母の世界があったのだ。そのことに僕は改めて頼もしさを感じた。

母はボウルに水を用意すると、その中にダシのもとを入れた。そこにふるいにかけた小麦粉とジン粉を入れて溶きはじめた。

僕は、父に手を合わせる決心をした。仏壇の前に座って扉を開いた。中に父の写真があった。線香に火をつけて、合掌した。

母は位牌の前で、こうやって合掌しながら、父に謝ってばかりいるのか。

僕は、母に告白されたばかりの真実がまだ半分消化しきれていなかった。

二十年以上思いこんできたことを今更違うといわれても、「はいそうですか」と素直に受け入れることはできない。

「今日はここに泊まっていくか？　お布団やったらあるで」

「いや、ホテルを取ってあるんだ」

「そうか……」

振り返ると、母は淋しそうな顔をした。

「いつまでいるの？　京都に」

「一週間くらいはいると思う」

「あんた、えらいマスコミにさわがれてるやろう？」

「知ってたのか？」

母は黙ってうなずいた。

「ライブの映像を見て、すぐにあんたやって分かった。えらい有名人になってしもて……」

僕は返事をしなかった。重い沈黙が二人の間に流れた。

母は遠慮がちに付け足した。

「あんた……もう、大丈夫なんか？」

母は僕が女に刺されたことも、自殺未遂したことも知っているのだ。

「まあ、なんとか生きているよ」

「あの人みたいに死んだらおしまいやで。生きてたらええことといっぱいあるさかいな。なっ、頼むから、死なんといてな。お願いやで。あんたにまで死なれたら……」

その先の言葉は嗚咽《おえつ》でかき消された。

「どうして、僕の本当の父親は自殺したの？」

僕は母の涙の重さを受け止めきれずに訊《き》いた。

「先になんの希望もない、せめて私だけでも幸せにしたかったって、最後の手紙に書いてあった。私、あの人が生きてたら、それだけで幸せやったのに。そんな私の気持ちなんか何一つ伝わってへんかったんや」

「離婚してお母さんと結婚すること、できなかったのか？」

「奥さんに経済的に支えてもらってた人なんや」

「でも、別れて、自分で働くことだってできたはずじゃないか」

「そんなことしたら、あの人、詩がかけへんようになる。そやから、私、このままでええ、言うてたんよ」

「そんなの甘えだよ。男として最低じゃないか。だったら、どうして母さんに子供を産ませたんだよ」

「私が産みたかったからや。自分一人でなんとかなる、そう思たんや。でも、それがまたあの人には負担やったんやろうな。あんたが言うみたいに最低の男やって自分で自分のこと言うてた」

「それで自殺か。死ねばなんでも解決するのか……」

そこまで言ってから、僕自身も同じことを考えて自殺未遂したことを思い出し、口の中に強烈な苦みが走った。

「解決せえへん。せえへんから言うてんのや、あんたに。自殺なんて自分勝手な人間がすることや。死んだあの人のこと、なんぼにくい思ったことか」

母は真剣な顔で僕に言った。

「本人だけや、決着をつけたつもりなんは。残されたものがどれだけやりきれへん思いをしたか。あの人が自殺して、お母ちゃん、自分も死にたい、死にたいって、そればっかり考えてた。あんたがいいひんかったらホンマに死んでたかもしれへん。それからしばらくして、お父ちゃんに出会ったんや。一目惚《ひとめぼ》れされて、結婚してくれ言われた時、一回断ったんや。そうしたら、お祖母ちゃんにどうしても結婚してくれって頼まれてな。父無し子なんて、世間体が悪いからいうて」

「それだけの理由で結婚したのか」

「それだけと違う。さっきも言うたけど、お父ちゃんあの人に顔がそっくりやったさかい、何回か逢ってるうちに、好きになれそうな気がしたんや」

「顔が似ている……か。後は悲惨な家族の始まりだ。あんな家族だったら、父無し子の方がましだったかもしれない」

僕は皮肉をこめてそう言った。成り行き上、母が父との結婚を決意したことは、世間的にみて仕方のないことだったのだろう。だが、結婚しないで母子家庭でがんばってくれていた方がまだ僕らの家庭は健全だった。

僕はせっせと明石焼きを焼く母の手を見つめながらそんなことを思った。

「お父ちゃんかて苦しかったんや……」

「分かってるさ。何度も聞いたよ」

弱い人間はいつでも他人を傷つける口実がある。自分が傷ついているから、という。その傷ついた心を吸収しなくてはいけないのは、身近にいる弱い立場の人間だ。実際に強いわけでもなんでもない、ただその時、身近にいるから。それだけの理由で、まるでサンドバッグみたいな扱いを受ける。

僕は、夢の中でタイムスリップして、父に出会った時のあの怯《おび》えた表情を思い出した。金持ちになり損ねて、母や僕たちを見返すことができなくなった負け犬の顔だ。

「まあええ、そんなことより、ほら、こうやって卵を割り入れたらできあがりや」

「簡単にできるんだなー」

母は冷蔵庫からタコを出してきて、それを細かく切って、お椀《わん》にいれてもってきた。

「さあ、焼こか」

たこ焼き機に油をひいて生地を流し込む。それから火をつけた。

みそ汁用のお椀を二つ取り出してきて、その中に温めただし汁を入れて、僕の前に置いてくれた。

母は慣れた手つきで明石焼きを箸《はし》でくるりと返していく。

「うまいな」

僕は本心から感心した。

「私、たこ焼き屋さんで働いてたことあるんや。きつい仕事やったけどな」

「そうなんか」

そういえば、母が仕事している姿を見たことがなかった。家で父に暴言を吐かれ殴られている母しかしらない。こうやって、得意げに手早くたこ焼きをひっくり返す母がなんだか誇らしかった。こんなに自分らしい母を発見できただけでも、京都に帰ってきてよかった。

「ほら、できた。あつあつやで。気をつけや、熱いさかいに」

僕は明石焼きをダシにつけて口に放り込んだ。ぱりっとした感触の後にトロリとした熱い液体が舌に広がり、目に涙がにじんできた。

母は冷蔵庫からビールを出してきて、グラスに注いだ。

「ビールとようあうで」

僕はビールを飲み干してから、二つ目の明石焼きをダシにつけて食べた。

「美味しいよ。すごく。こんなの家でも作ってほしかったな」

「お父ちゃんが嫌いやったんや。粉っぽいもん」

「そうか。本当にとんでもないオヤジだったな」

「でも、気いようあんたらの父親引き受けてくれはった人や。死ぬ前に、あんたの名前呼んだはったで。なんやかんや言うても会いたかったみたいや」

「どうしてまた？　僕のことなんか……」

くされのガキと呼んでいた憎い息子だったくせに。

「あんたのこと羨《うらや》ましかったたって」

「この僕が？」

「お母ちゃんの好きやったあの人に似てるあんたが羨ましくて仕方なかったんやって。お母ちゃん、その時分かった。お父ちゃんをどれだけ苦しめてきたんか、いうことを。かわいそうなことしてしもた」

そう言うと母はまた泣き出した。

母が僕の詩をこっそり読んで涙をためていた、あの時、僕の詩の中に母は昔の恋人の影を見いだしていたのだ。

母が僕を見つめるまなざしに、好きな男と重ね合わせるまなざしを見いだして、父は苦しんでいたのか。

死に際の父にあったら、何と僕に言っただろう。

――おまえはあいつに似ている、あいつにそっくりだ。

悔しそうにそんなことを言う父の顔が頭に浮かんだ。

あいつ……。父にとっては従兄弟のそいつに僕は、逢ったこともない。

僕みたいに詩を書くことに身を削った男。父はずっとその男の影に苦しんでいた。

さきほどの写真の顔の男を僕は頭に思い浮かべた。線が細いのに、目に力がある。言葉に対して妥協のない神経質そうな目だ。

あれが、母に死ぬまで愛された男の顔なのだ。

父は死ぬまで母に愛されなかった男だ。

そして、母は、父を愛したくても愛せなかった女。

そういう一方通行の愛には、気持ちのよりどころがない。僕は切なくてたまらなくなった。

もうこれ以上何も考えまい、そう思って、ビールを飲んで、再び明石焼きを口に放り込んだ。

僕が全部食べると、母は、種を再び流し入れて一つ一つのくぼみに嬉しそうにタコを入れていった。

別れ際に母は僕にノートを二冊渡してくれた。それは、なんの変哲もない大学ノートだった。

「これ、あんたの本当のお父さんが私のために、詩を綴《つづ》ってくれたノートや。自殺する前に送ってきたんや。もって行き」

しばらくノートを受け取るのをためらっていると、母がもう一度「もって行き。いまはともかく、きっとあんたの役に立つ時がくるさかいに」と強く言ったので、僕はそれを手に取った。

中に書かれている文字の重みがずしりと伝わってきた。

母の前でノートを開いて読む勇気はなかった。

すべてのことが自分の中で消化されるまで、この詩を読むべきではない。きっと、時期がきたら、このノートを開くことができるだろう。

第十三章　連続放火魔の正体

キッチンでコーヒーを飲んでいると、姉が新聞を差し出した。

「やっとつかまったわよ。放火の犯人。十四歳ですって」

放火魔は十四歳、という大きな見出しがトップ面を飾っていた。

華美は新聞を受け取り、あわてて社会面を広げた。


「連続放火事件　犯人は十四歳の少年」

一か月ほど前からつづいていた西陣の連続放火事件の犯人が九月二十五日未明、逮捕された。犯人は、近所の○×中学校三年生（14）の少年であることが判明した。

少年は、京都市上京区硯屋町○○番地にある「星野カイロプラクティック院」の前で、灯油を含ませた新聞紙に火をつけているところを向かい側の住人に発見された。住人が少年を呼び止めたところ、走って逃げたため、追いかけていってつかまえた。

西陣署の調べによると、少年は、この界隈《かいわい》であった四件の放火についても自分がやったことをみとめた。また、放火の理由について、神のお告げがあったからと説明している。警察では更に詳しい事情を少年からきいている。

華美は新聞を読み終わると二つに折りたたんだ。

やはり「星野カイロプラクティック院」だった。全身から力が抜けていった。

「でも、なんだか信じられない」

独り言のようにそう言うと、テレビをつけようとしていた姉が振り返った。

「何が？」

「あんな純粋な表情をした彼が……」

「彼って？」

華美は姉に告白しようかどうしようか迷った。だが、結局、自分は少年を守ることはできなかったのだ。だから、秘密にしておく必要はなくなった。

「多分、この犯人は、彼よ。あのデジカメの中の。ああ、でも、信じられない……」

姉は眉《まゆ》をひそめた。

華美はデジカメを部屋に取りに行った。

「このノートの中にある詩。あの放火は、この詩に出てくる順番なの」

華美はデジカメの再生ボタンを押していき、「炎に魅《み》せられし者」をアクリル絵の具で書いたガラスを見せた。

「これを読んでみて」

姉は目を細めて、画像に見入っていた。

「よく見えないわ」

華美はカバンからメモ帳を取り出して自分が書き写した詩を姉に渡した。


「炎に魅せられし者」

炎の美しさに魅せられし者
その誘惑に人はあらがえない
それは荒々しく、僕は無力となる
炎の美しさに魅せられし者
その美しさに人はあらがえない

それは雨を恐れず、勢いをます

炎の美しさに魅せられし者
香《かぐわ》しい匂《にお》いに人はあらがえない
それは雲を突きやぶって、天に昇っていく

僕たちは、炎に魅せられし者
二人の魅せられし魂は燃え尽きた
そして、僕たちは区別がつかなくなる
それは灰となり、果てしない宇宙に拡散する

炎に魅せられし宇宙の創世者
舞い上がってくる言葉の粒子
羅列する魂の叫び
それは星となり、煌々《こうこう》ときらめく

姉は詩を読み終わるともう一度読んだ。それから、華美の方を見た。

「この詩と今回の事件がいったいどう繋がるっていうの？」

「よく見て」

華美は問題の箇所を丸で囲った。

それは荒々しく……

それは雨を恐れず……

それは雲を突きやぶって……

それは灰となり……

それは星となり……

「被害者の家は、荒井さん、雨宝院、出雲さん、灰谷さん、そして星野カイロプラクティック院なのよ」

姉は再び「炎に魅せられし者」を読んだ。

「つまり、自分の書いた詩の中の単語からターゲットを選んで火をつけたってこと？」

「そういうことになるわ。犯人はきっとこの少年よ」

華美は絶望的な気分になった。姉の顔は蒼白《そうはく》だった。華美の書いた詩を持つ手が震えている。

「偶然ってことありえない？」

「でも、まだあるの。例の暗号なんだけど」

華美は、「F《1》P《2》D《1》Q《2》V《1》P《2》U《1》G《2》S《1》」という少年が犯行現場に残したアルファベットを解読して引き出した単語を姉に書いて見せた。

「ＥＮＣＯＵＮＴＥＲ、エンカウンター」

「そう、エンカウンター。日本語に訳すと『遭遇』という意味」

「それも少年と何か繋《つな》がりがあるっていうの？」

「ＥＮＣＯＵＮＴＥＲ『遭遇』というのはレメディオス・バロの絵の題名なの」

「バロ？　あのスペイン人の画家の」

「そう。姉さんなら実物を見たことあるかも」

「きいたことあるわね」

「この題名のバロの絵のステンドグラスが、この少年の家の窓にはめ込まれてあるのよ」

「どうしてそんなこと知ってるの？」

華美はもう一度姉に画像を見せて説明した。少年のバックに写っている窓。それは紛れもなくバロの「遭遇」だ。そのことに姉も納得すると、険しい表情になった。

「あなた、いつ、このことに気づいたの？」

「灰谷さんの家が燃やされた時。詩と関係があるかもしれないと、それで暗号も解読してみたの」

「なぜ、警察にそのことを言わなかったの？」

「まだ確信が持てなかったから。それに、もし私の推測が当たっているなら、次にターゲットになるのは多分、星野カイロプラクティック院だと思ったから……」

「だったら、なんなの？」

「ここの施術院は夜誰もいないから被害者が出ないだろうと思ったのよ」

「被害者が出ないとは限らないじゃないの！」

姉は拳で机をたたいて怒鳴った。

「考えすぎだって笑われると思ったのよ」

「本当にそれだけなの？　この少年をかばいたい気持ちがあったんじゃないの？」

華美は答えに窮《きゅう》してうつむいた。図星だった。仮に彼が犯人だとしても、つかまってもらいたくなかった。星野カイロプラクティック院が最後だから、それ以上放火は起こらない。

そのままそっとしておけば、すべては終わる。何もかも華美の秘密にしておきたかった。

「やっぱりそうなのね。連続放火犯なのよ。とんでもない犯罪よ。気がついた時点でちゃんと警察に知らせるべきだったのよ。大切な手がかりになったことは確かよ」

「やはり、逮捕されたのはこの少年なの？」

「分からないわ。少年犯罪の場合、新聞に名前も顔もでないから、確かなことは言えない。でも、状況的に言えば確率高いわよ」

「この少年はどうなるの？」

「少年のことより、あなたよ、心配なのは。自分がいったい何をしているのか分かっているの？　とんでもないことに足をつっこんでしまったのよ」

「もしこれがこの少年の犯行だったら、少年がどうなるのか、それだけ教えて。どうしても知りたいの」

「知ってどうするのよ。あなたには関係のないことよ」

「でも……どうしても知りたい。ここまで足をつっこんだんだから、知る権利があるわ」

「おかしな理屈言わないで」

姉はあきれたようにそっぽをむいた。

華美はそれでも、姉の返事を黙って待った。重苦しい空気が二人を包んだ。

「恐らく、京都家裁から地検に逆送されるわよ」

根負けしたのか、姉が口を開いた。

「こんなことをするなんて、いったいどうしてかしら」

「こんな暗号を書いて、放火するなんて偏執狂よ。精神鑑定が必要ね。その結果、病院へ送られる可能性もあるわ」

「不思議だわ。私どうして、この少年にこんなに惹《ひ》かれたのかしら。今でも、心をかき乱される。逢って話してみたいって思うの。どうしてこんな恐ろしいことをしたのか、その理由を訊いてみたい」

「よしなさい。危険よ、これ以上足をつっこんだら。神のお告げなんて言っているところを見ると、間違いなくあぶない人よ。どうして、なんて理由を聞いてまともな返事が返ってくる相手じゃない。確かに、詩の才能はあるかもしれない。でも、人としては最低。もうそんな画像、処分してしまいなさい」

姉がデジカメを取り上げようとした。華美は、とっさに抵抗した。

「少年のことは忘れなさい。それより、旦那ともう一度やり直してみたらどう？　反省しているみたいだし、今の女の人とは別れるって断言していたわ」

断言していた？　つまり姉は直に夫に会ったのだ。

「姉さん、逢ったの？」

「ええ、どうしても話したいって職場に押しかけてこられたの」

「でも、姉さんだって、あれほど言っていたじゃないの。あんな人信用できないって」

「だから、さんざん非難したわ。どの面さげて来るんだって。謝り倒されたの。どうしても、あなたとやり直したいって。本当にあなたのこと大切に思ってるんだって、そう言われたの」

「いやよ。あの人とやり直すのなんて、絶対に」

「もちろん、あなたにその気がないこと、彼に伝えたわよ。でも、どうしてもって言うの。あなたと離れているうちに、大切さが分かったんだって」

「その言葉信じたの？」

「嘘《うそ》には思えなかったわ」

「そんなのお義母さんの差し金に決まってるじゃないの。あの人は思っていないことをそんなふうに平気で口に出せる人なのよ」

「口先だけで言っているようには見えなかった。あなたが考えているより誠実な人なんじゃないかしら。実際に逢ってみて、私も誤解してたかもって、そう思ったの」

「姉さんもグルになってしまったの？　あの紳士面に騙《だま》されているのよ。ミイラ取りがミイラになってしまったのね」

自然と口調が強くなった。怒りで唇が震えているのが自分でも分かった。こんなふうに姉の前で興奮するのは初めてのことだ。

「誤解よ。あなたがいやなら、無理に勧めないわ。もちろん、私はあなたの味方よ。全面的にね。それだけは理解してくれているわよね？」

華美は返事をしなかった。もちろん、姉がずっと味方でいてくれたことに自分は助けられてきた。しかし、今回だけは、姉も夫も母も姑《しゅうとめ》もみんなグルになって、世間体を気にして、華美を夫の元に戻そうとしているような気がした。

「分かったわよ。昭義さんのことはもう二度と言わない。だからきいてちょうだい」

華美は姉のいわんとしていることを察して、かたくなに口を閉じた。

姉は華美の顔を真剣に見ながら続けた。

「その少年のことは、もう忘れたほうがいいわ。ねっ？　それだけ約束してちょうだい。現実の男性とつき合いなさい。ごく常識的な。でないと、あなたまでおかしくなってしまうわよ」

「どうせ、もうおかしいわよ。私、昔からおかしかったの」

「そんなことないわよ。ちょっと人より純粋で繊細なだけ。真面目《まじめ》で優しくて人を傷つけるのが嫌いで……あなたみたいないい子いないわよ。本当に心配しているの」

姉は目に涙をためながら「心配している」と何度も言った。兄とケンカして殴られたって泣いたことのない姉が自分のために目を真っ赤にして泣いている。

姉の涙を見ているうちに、今の自分にはもう何も残っていない、それでも、姉がいる、そう思えた。

「ごめんなさい。分かってるわ。お姉さんだけが私の味方だってこと。この少年のことは忘れる。画像も削除するわ」

「ああ、よかった」

姉は目に手をあてて涙をぬぐいながら心底ほっとしたように頷《うなず》いた。

「でも、どうしてそんなに心配するの？」

「あなたが、とんでもない落とし穴にはまってしまいそうな、そんな気がするの。落ちてしまったら二度とはい上がってこられない深い穴に」

「そんなに大げさなことなの？」

「その少年は狂気よ。絶対にかかわっちゃいけないわ。私、感じるの。あなたのような純粋な人にとっては、とても恐ろしいものをその少年は持っているって。目を覚ましなさい。ねっ？　何か楽しいことをしましょう。そうだ、また、友だちを呼びましょう」

「しばらく誰にも会いたくない」

「じゃあ、映画は？　映画を見に行きましょうよ」

今の自分は、なんのストーリーも頭に入ってこないだろう。自分の創造した少年のストーリーで頭がいっぱいなのだ。姉が言うように、とんでもない落とし穴に半分足をつっこんでしまっているのだ。

自分でも、怖いと思った。その穴に落ちたくない。なんとかしなければ。しかし、どうしたら、少年のことを考えないようにできるのだろうか。

「とにかく、この画像を削除するのよ。そうしてなにもかも忘れるの」

「分かった。少し時間がかかるかもしれない。でも、私、自分でなんとかする」

「あなたには絵があるわ。また、絵に没頭しなさい。これから紅葉の季節になるでしょう。秋の山の景色はスケッチに最適よ。一緒に山歩きしてもいいわよ。つきあうから」

そうだ。また、自然の絵を描くことに夢中になろう。そうして少年のことを忘れるしかない。絵だけが、誰にも頼らないでできる自分を癒す方法。華美に残された最後の処方箋《しょほうせん》だ。

第十四章　琵琶湖《びわこ》の家

僕は東海道山陽本線から流れる景色を見ながら、アカネにメールした。携帯で長文を打つのは面倒なので用件だけ書いた。

——彼女、いなかった。

よっぽど病院で暇にしているのか、一分もたたないうちに返事が送られてきた。

——いなかったって？

——夫の元にいなかったんだよ。

——子供は？

——子供と一緒に出て行ったみたいだ。

——じゃあ、どうして私の所に戻ってきてくんないの？

——そんな単純なもんじゃないさ。

——そういう単純なもんだよ、希望的観測を言わせてもらうと。

——希望的観測はな。

——どこに行った？


僕は昨日、アカネのもと恋人、藤谷洋子の夫を訪ねた。

彼女の夫は京都市内で皮膚科の開業医をしているので見つけ出すのは簡単だった。アカネと知り合った時、まだ洋子は離婚していなかったので、藤谷は夫姓なのだろうと見当をつけてネットカフェのパソコンで調べたところ、案の定、藤谷皮膚科医院というのが見つかった。

住所の診療所に行ってみると、三階建てのそこそこ大きい建物だった。そんなことをアカネから聞いたこともおぼろげながら記憶にあったので、そこが藤谷洋子の家だと確信した。

僕は覚悟を決めて病院の中に入った。自動ドアを抜けてすぐ左手に受付があった。

初診だと告げると、症状について記入するカードを渡された。

問診票の「はい」「いいえ」にマルをつけて、一番下の来診の理由の欄に背中にかゆみがあるとでたらめを書いた。

保険証と一緒に問診票を渡してから、トイレに行った。僕はそこで、Ｔシャツをまくり上げると、背中を思いっきりかきむしった。

待合室に戻って、何食わぬ顔で座って、名前を呼ばれるのを待った。

院長の名前は藤谷信吾。診療時間は月曜日から土曜日までの午前十時から十二時、午後四時から六時までだった。

医師の名前はすべて藤谷となっている。藤谷信吾一人で診察しているようだ。つまり、信吾が洋子の夫なのだろう。

三十分ほど待っている間、僕は藤谷洋子を捜した。

受付に女性が二人。なれなれしい口調からして、親族のようだ。看護師の免許を持った妹と薬剤師の母親が病院を手伝っているという情報も耳にしている。

二人は年齢から推測して母親と妹だろう。それ以外にあと二人、若い看護師がいたが、こちらは受付の女たちに敬語をつかっているので身内とは違うようだ。

この病院では院長を含めて全部で五人が働いているということになる。洋子の姿は見あたらない。

夫の親族に囲まれて、家業を手伝う環境では、洋子もさぞかし肩身の狭い思いをしていただろう。

おまけに夫がＤＶだというのが本当だとしたら、逃げ出して当然だ。

逃げた先が女の所というのも、男の暴力に懲りたからではないだろうか。洋子にその気《け》がなかったとしても、暴力というのが、いかに人間の心をねじ曲げてしまうものなのかを想像すると、アカネには悪いが、彼女の衝動に恋愛感情があったかどうか疑わしい。

女に手ひどい傷つけられ方をした男が男に走る——そんな経験は自分にはないが——それと同じ心境だったのだ。

名前を呼ばれて、診察室に入った。医師は、細身の眼鏡をかけた神経質そうな男だ。インテリっぽい雰囲気で、とても暴力をふるうようにはみえない。

「背中にかゆみですか？」

医師は問診票を見ながら言った。

「ええ、もうかゆくてかゆくてたまらなかったものですから」

「少しみせてもらえますか？」

僕はくるりと椅子《いす》を回転させて、Tシャツをまくり上げると、医師に背中を見せた。

「ああ、これですか。だいぶかかれておられるようですね」

医師はしばらく僕の背中を見ていた。いくら見てもひっかき傷しかないので、診断に戸惑っているようだ。背中を見せながら、僕の方でも決まり悪くなってきた。

「特に湿疹《しっしん》やじんましんのたぐいは見あたらないようですね。とりあえずかゆみ止めの薬を処方しておきます」

医師は切り捨てるようにそう言った。僕は診察室を出て、受付に回った。

「しばらくかけてお待ちください」

待合室のソファに腰掛けて、雑誌を手に取りながら、中を見渡した。やはり、洋子の姿はみあたらない。

受付で僕の名前を呼ぶ声がきこえてきたので立ち上がった。

「これを一日三回、かゆみのある場所に塗ってください」

薬を受け取ると会計をすませて、表通りへ出た。しばらく病院の前で張っていたが、こういうことに慣れていないので、二十分もすると退屈した。

僕はこの家の中の人たちの生活について想像してみた。

一階の大きさだけで、五十坪はありそうだ。診療所と受付、その他、処置室など、一階だけで充分の広さだろう。ということは二階三階は住居になっていると考えられる。

僕は、家庭というと、安息のイメージより、檻《おり》の中にとじ込められた冤罪《えんざい》囚《しゅう》のイメージを抱いてしまうから、この建物の中でも、家族の悲劇が繰り広げられていることを想像して、立っているのが辛くなった。

医院の隣から中年の主婦らしい女が一人でてきた。とりあえず、ここで張っているよりてっとり早く洋子の居場所を突き止められそうなので、思いきって声をかけてみた。

「あの、すみません」

女は振り返った。水色のワンピースを着た女は、服装は若い感じだが、六十は過ぎていそうだ。

女は僕を見上げて、なにか、というように首をかしげた。初対面の相手の微妙な表情の変化で、好感を持たれているか、警戒されているかをだいたい読みとることができるものだ。どうやらこの女の場合は前者とみていいだろう。

僕は、内面や育ちとは裏腹に、なかなかに行儀のいい顔をしているらしく、年配の女性にはたいてい好かれる。

「すみません、ここの医院の藤谷さんのことでおたずねしたいんですけれど……」

ちょっと途方にくれたような表情をしてみせた。これも年配の女性にはかなり有効だ、とわれながら不純な計算をしつつ話しかけた。

「藤谷先生のことですか？」

「ええ、ここの奥さんの洋子さんのことなんですけれど……」

「洋子さん、ああ、先生の奥さんの洋子さんねえ」

「僕、彼女の昔の友人なんです」

うまく信じてもらえただろうか。女はしばらく迷ったように僕の顔を見ていたが、「それで？」と興味深い顔をした。

僕はどのように話を続けようかと迷った。すると「彼女を探してはるの？」と婦人は低い声で訊《き》いた。

ということは洋子はここにはいないということなのだ。僕はもっと情報を得たいので、黙ってうなずくと女の顔を見つめていた。

「坊やと一緒に出て行ってしまわはったん、あんた知らんの？」

急に小さい声になったが「あんた」と言われて僕は懐しかった。東京ではとうてい考えられないなれなれしさだ。関西では、初対面の、特に目下の人間にこういうなれなれしい言葉遣いをする人がいる。

話を聞き出すのは早かった。

洋子はアカネと一年前まで同棲《どうせい》していたが、あれから夫の元へ戻って、結局、また息子をつれて出て行ったのだという。なんともめまぐるしい行動をする女だ。

「それはいったい、いつのことですか？」

「半年ほど前のことです」

そう言ってから、女はしばらく僕の顔を見つめていた。

「あんた、もしかして彼女の……？」

いやに含んだようなものの言い方だ。

「だったら、居所なんか探していませんよ」

僕は即座に答えた。

「でも、だったら、どうして探してはるんよ」

「ちょっと友人に頼まれたんです。出て行ったということは、実家に帰られたんですか？」

「さあ、そこまでは……」

隣人から聞いた話によると、洋子の家出はこれで二度目になるが、息子を連れていったところを見ると、今度は帰ってくる気はなさそうだ。姑《しゅうとめ》、小姑《こじゅうと》に囲まれた生活なので、大変だったのかもしれないが、今の若い人はガマンが足りない。いずれ、院長夫人になることを考えれば、もう少しがまんしてもいいのに、この世知辛《せちがら》い世の中、子供をつれて女一人で食べていくのは大変だ。わがままな嫁をもらって、気の毒に、と洋子の夫や姑に同情的な口調でながながと話した。

おしゃべりな主婦につかまってしまい、大いに収穫はあったが、結局、この界隈《かいわい》の人間は、洋子の居所を誰も知らないという。

ここまでで、藤谷洋子の調査は一旦《いったん》打ち切ることにした。

——とりあえず、夫のところにはいないみたいだ。

それだけ書き込むと、僕は携帯電話を閉じた。

携帯がなんども震えた。洋子の行き先を探してくれという催促のメールかもしれない。

やるだけのことはやった。自分としては、予定以上の収穫を得たと自負している。

恐らく、藤谷洋子は、アカネのもとへ帰る気などない。これ以上彼女のことを追跡しても無意味だ。

一人の人間にここまで執着するアカネが半分羨《うらや》ましく、半分哀れだった。僕は人に執着することを恐れ、逃げてきた。そういう意味では、僕とアカネはまったく違う。

いや、アカネとだけじゃない。母とも父とも僕は違う。

母はあの写真の男、つまり僕の本当の父親を死ぬまで思い続けるつもりだ。父は母のことを死ぬまで愛しつづけた。そして、アカネは洋子のことが忘れられないでいる。

そんなふうに人にしがみついて、願いがかなった人間などいるのだろうか。何一つ思いどおりにならないのに、それでも断ち切れない執着というのが僕には恐ろしかった。

トモねえは？　トモねえはあの男に執着しなかったのだろうか。

僕は目を閉じ、トモねえと最後に別れた、あの日のことを思い出した。

クラシックの音楽、金色に縁取りされた白い皿に載った焼きたてのチーズケーキ、甘い香料が湯気に混じって立ちのぼるカップに入ったアップルティー、幸福に満ちあふれたトモねえの笑顔、家から飛び出して駅まで走っていった時の打ちひしがれた僕の心。次から次へと蘇《よみがえ》ってくる記憶は、苦いはずなのに、不思議な懐かしさを含んで僕の中で再現された。

京都駅から米原《まいばら》まで五十一分、僕は手のひらに携帯の震えを五回感じた。それからぷっつりなくなった。あきらめてベッドの中で寝てしまったアカネの顔が浮かんだ。

駅を出ると、西へ西へと琵琶湖の方向へ歩いていった。真っ青な湖が目の前に堂々とひろがっている。市役所を通り越して、更に十分ほど歩いていったところに北へ行く小さなあぜ道がある。

日本一の面積を誇るこの湖はまるで海みたいに広いのに、あの水には塩が含まれていない。だから、浜辺にいる気分なのに、潮の匂《にお》いはいっこうにしてこない。

ここでは、魚食性が強い野蛮なブラックバスやブルーギルなど外来魚が増えて、在来種が減ったといわれている。

トモねえのアトリエにはじめて行った時、湖岸道路の公園へ一緒に釣りに行ったことがある。釣り竿を湖に垂らすだけで、僕ら素人でも、ブルーギルが面白いほどよく釣れた。調子にのって山ほど釣って、持って帰って三匹ほど試しに煮付けにして食べてみると、淡水魚独特の生臭い味がした。残りは唐揚げにしたものか、二人で相談したが、結局、もう食べる気がしなくなったので冷蔵庫にいれたままになった。今思えば、あの魚はいったいどうしたのだろう。次に行った時にはそんなことはすっかり忘れていたから、訊きもしなかった。

あぜ道を五分ほど歩いていくと、トモねえの家があった。薄い緑色の木造の洋館だ。最後に来たのはちょうど十年前。十年の歳月の分だけ家の外壁は色あせていた。

あの時、トモねえは何歳だったのだろう。二十代半ばくらいだったのだろうか。だとすると、今は、もう三十を過ぎていることになる。あの美しい姉は、いまだに独身で、この家に住み、いったいどんな三十代を過ごしているのだろうか。

石畳を歩いていって玄関ポーチにたどり着くと、緊張で胸が引き締まった。

時計を確認する。午後三時半。十年前と同じだったら、日曜日はトモねえの母親は仕事で留守だ。その方が都合がいいと思って、僕は週末を選んだ。

よく考えてみると、当時、トモねえがいったい何で生計をたてていたのか僕は知らない。ここのアトリエでステンドグラスを制作していたことは確かだが、それほど大がかりなものではなかった。ステンドグラスといえば、一番の需要は窓ガラスなどの制作ではないだろうか。だが、建築設計の会社と組んでそんな仕事をしていたようにも見えなかった。

僕が見た作品は、ランプや置物など小物のたぐいだけだった。そんなに売れるものではないだろうから、あれだけで収入を得ていたわけではないのだ。たとえばステンドグラスを教えるなど、他に生活手段があったのだろう。

それとも、母親だけが稼いで、トモねえはただひたすらステンドグラスの制作に専念していたのか。

そんなとりとめのないことを考えながら、僕は、やっと決心して、チャイムを鳴らした。しばらく待ったが誰も出てこなかった。昨日、同じ思いで母親のアパートのチャイムを鳴らしたことを思い出した。よくにた状況に陥っている。

もう一度チャイムを鳴らしてみた。

昔来たときは、日曜日にはいつも家にいたから、今日もきっといるだろうと単純にそう思ったが、出かけているのだ。

今日はこの近くのホテルに泊まることにして、また出直そう、そう思い家を背にして数歩あるいたところで、扉が開くガチャリという音が背後から聞こえてきた。

振り返ると、そこにトモねえが立っていた。グレーのワンピースを着ている。化粧気がまったくなかった。

間違いなくトモねえだ。しかし、十年前にこの家に来たときみたいな、あんな輝いた人ではなかった。目のまわりがくすんでいて、ひどく疲れた顔をしている。

立っているのがやっとという感じでドアに寄りかかったまま、僕の方をぼんやりと見ていた。僕が誰なのか気がつかないのだ。トモねえの中で、僕の存在は記憶の小さな粒子ですらないことに、僕は失望した。

「トモねえ」

僕は自分でも情けないほど小さなかすれた声を出した。

トモねえは一瞬「えっ？」という顔をしたが、しばらく食い入るようにじっとこちらを見ていた。それから、顔に明かりがともるみたいにぱっと表情がはじけた。僕が誰なのかやっと気がついたようだ。

「ゆうちゃん、ゆうちゃんなの?!」

弾《はず》んだ声だった。

「お久しぶりです」

僕は、かしこまってそう言うと、急に照れくさくなり、目を合わせていられなくなった。

「まあ、大きくなっちゃって！　どうしてたのよ。逢《あ》いたかった、すごく逢いたかったよ！」

トモねえは目に涙をにじませてそう言った。

ああ、来てよかった。僕はいっぺんに晴れやかな気分になった。

「とにかく入って」

トモねえに促されて、僕は家の中に入った。昔みたいにぴかぴかの廊下ではなく、すみにホコリがたまっているし、本や雑誌が雑然とおいてあり、十年の年月だけではなく、生活そのものがかわってしまったことに気づいた。

僕は、見てはいけないものを見てしまったような、なんだかひどく痛ましい気分になった。

トモねえの後に続いて、アトリエに入った。

そこには応接セットとテーブルがあるだけで、ガラスを切ったり、ハンダで張り合わせたりする大きな机はなくなっていた。

「ステンドグラスの工房は？」

「もう、作ってないの」

「そうなの……」

僕にとって、ステンドグラスは、トモねえそのものだったので、やめてしまったというのは意外だった。

「じゃあ、今は何をやってるんだ？」

「京都の会社で働いているわよ。あら、知らなかった？　昔からよ」

「ステンドグラスは？」

「趣味よ。趣味というか、それで生計をたてたかったけど、中途半端だったの。才能がなかったのよ。思うように賞に入選しなくて……それでも好きで制作していたわ。一年前までは。この一年ですっかり気力がなくなってしまって……」

トモねえは夢に破れた人特有の悲しい顔をした。僕はミュージシャンになる夢を追いかけ、結局あきらめてしまった人たちの顔をたくさん見てきた。

僕らくらいまでの年齢の若者は夢と希望に満ちあふれていて、売れなくても生き生きした顔をしている。でも、中年を過ぎて、夢が叶《かな》わなかった者は、破れた夢の埋め合わせをするのが難しそうだ。売れない言い訳を自分の才能以外のことに見つける者は、みていて、まったく様になっていない。

だが、それよりもっと悲惨なのは、僕みたいに一度夢を叶えて、そこから転落した人間だ。

僕は昔から置いてある白い革製のソファの窓際に腰掛けた。そこはちょうど、この家から十年前に飛び出した時に僕が座った位置だった。あの時、大きく感じられた二人がけのソファの幅は意外と狭いし、目の前のガラス製の正方形のローテーブルも思っていたより小さい。

トモねえは、キッチンに消えると、ティーカップを載せたお盆をもって、僕の向かい側に座った。

「アップルティー？」

「えっ？」

トモねえは聞き返した。

「ここで、昔、アップルティーをよばれたことがあるから」

「ああ、そうだったかしら？　よく覚えていないわ」

僕はティーカップを口元に運んだ。あの時みたいな甘ったるい香料のにおいはしない。

「これは香料の入っていない紅茶なんだ」

「ダージリンよ。そういえば、昔、フォションのアップルティーが気に入って飲んでいたことがあるわ。あの頃なのね、ゆうちゃんが遊びにきてくれたの。懐かしいわ。突然こなくなってしまって……。東京へ行ったって、入院中のお父さんから聞いたわ。いったいどうしてたの？」

「いろいろあってね」

「いろいろって？」

「あまり明るくないいろいろなこと」

「人生に絶望するようなこと？」

絶望……。的確な指摘だ。僕は心の中でその言葉の持つ悲しい響きを受け止めた。トモねえも同じ思いをしてきたのではないだろうかと憶測した。

「トモねえは？」

僕は、人生に絶望しているの、と訊こうとして言葉を飲み込んだ。トモねえは、何も答えず、ティーカップを口に運んだ。

「トモねえは元気にやっているの？」

僕はもう一度、こんどははっきりと訊いてみた。

「生きるのがやっとよ」

ぼそりとそう答えてから、トモねえは小さな低いため息をもらした。

「いつから？」

「一年くらい前から」

まるで僕らは双子みたいに似ている。血も繋《つな》がっていないのに同じ時期からどん底、いや、まったく血が繋がっていないこともない。父とあの写真の男は従兄弟《いとこ》なのだから、僕とトモねえは又従姉弟という位置づけになるのだ。そのことをトモねえは知っているのだろうか。

「一年前からというより、潜在的には、もう十年近く苦しんでいることとなのよ」

「そんなに……」

十年前からという言葉で符合する人物に思い至り、にわかに怒りがこみ上げてきた。入ったときからずっと感じていたこの家の暗い荒《すさ》んだ空気、トモねえの陰鬱《いんうつ》な表情の原因はそれなのではないか。

「あの男？　十年前にここで逢ったあの男のせいなの？」

「どうして分かるの？」

「だって、十年前から苦しんでたって言ったでしょう」

トモねえは黙って紅茶を飲み干した。目にうっすらと涙が潤んでいる。

「もうやめましょう。こんな話。なんだか陰気くさくなるじゃないの。それより、あなた、今何してるの？」

「何って、今は、とくに何もしていない。一年前まで、音楽をやっていた」

「そうなの？　どんな音楽？」

「そうだ。CDを持ってきた。聞く？」

僕はカバンから自分のCDを取り出した。しばらくトモねえは僕のCDのジャケットを見つめていた。

「ちゃんとプロになったのね。すごいわ。『ECTR』っていうの？」

「バンド名はね」

「どういう意味。なにかの略なの？」

「由来は、いずれ、また話す。トモねえにも少し関係があるんだ」

「私に関係があるって、どうして？」

トモねえは不思議そうに僕の顔を見た。一番大切な身内だから、と心の中で僕は答えた。

「そういえば、あなた、詩を書いていたわね。すごいのを。あれが曲になったの？」

「そうだよ」

「早く聞かせてよ」

昔、あの男がクラシックをきいていたCDコンポが部屋の隅の同じ位置に置いてあるのが目にとまった。僕はそれで自分の音楽を聞く気になれなかった。

「その前に湖の畔《ほとり》を散歩しない？　なんだか外の風に当たりたくなった」

「だったら、琵琶湖沿いの道を一緒にドライブしましょう。そうだ。ポータブルのCDプレイヤーを持っていって、浜辺であなたの曲をきくというのはどうかしら」

いまの時間からだったら、湖畔で日が沈むのが見えるかもしれない。トモねえと二人で夕日が沈むのを見ることができたら、貴重な思い出になるだろう。僕は、これから先の人生に、少しでも多くのきれいな記憶を残したかった。

年老いて過去を振り返るだけの日々が来たとき、宝石みたいに輝く思い出の蓄積があれば、きっとそれによって慰められるだろう。

トモねえはガレージからワンボックスカーを出してきた。そこにキャンプ用の折りたたみ椅子二つとペットボトルのお茶、それにCDプレイヤーを積んで、僕たちは、琵琶湖沿いの道を南に向け、つまりトモねえの家からだと、彦根《ひこね》の方角へ向かって走って行った。

ふんわりと広がる雲が、太陽にかかることのない、よく晴れた気持ちのいい午後だった。助手席からでも、広々とした湖の青、向こう岸に連なる山々がくっきりきれいに見渡せた。あれは、位置的に、琵琶湖の西岸に連なる比叡山《ひえいざん》だ。

さざなみ街道を過ぎたところあたりで車を止めると、椅子をかかえて、湖のすぐ近くまで歩いていった。

今の季節の浜辺には人っ子一人いない。

「夏になると人が大勢くるのかな」

「ここらへんは、残念ながら水質があまりよくなくて泳げないから、それほどでもないわ。主にキャンプにくる人たちのために開放されているの」

僕たちは湖のすぐ近くまで椅子を持っていって並べると、そこに腰掛けた。トモねえは僕のCDをプレイヤーに入れて再生しはじめた。

僕は自分の曲をじっと座ってきいているのが恥ずかしくなった。

目前に迫る湖まで歩いていき、裸足《はだし》になって、足の裏を水に浸してみた。心地よいひんやり感が足の指から伝わってくる。

トモねえはしばらくうつむき加減で僕の歌に耳を傾けていたが、突然大きな声を僕に向かって張り上げた。

「これ、聴いたことがある！」

「そこそこ売れていたこともあるんだ」

僕は水につかった自分の足を見つめながら答えた。

「CMソングよね。確か最新型の液晶テレビの」

「そうだ」

「驚いたわ。あなた、すごい成功していたんだ！　これがあなたの曲だなんて……」

僕が振り返ると、トモねえは本当にびっくりした、というように目を見開き、嬉《うれ》しそうに僕の歌を口ずさみはじめた。

湖から足を引き上げると、僕はトモねえの隣に腰掛けた。

「この詩、聞き覚えない？」

「そういえば、昔、西陣の家に行った時、ノートを見せてもらったわね。あの中にこの詩も入っていた。私ったらちっとも気づかなかった」

「マイナーなバンドだからね」

「ちっともマイナーじゃないわよ。すごいわよ。えっ？　もしかしたら、あなた……なんかスキャンダルになった？」

トモねえは何かを思い出したような顔をした。

「ああ、ちょっとした」

「じゃあ、あの、なんとかってバンドの祐ってあなたのこと？　女の人にホテルで刺されたって、週刊誌に出ていたわ」

僕は苦笑した。当たり前のことだが、あのニュースはこんなところにまでとどろいているのだ。

「そうだ」

「私、邦楽にあまり詳しくないんだけど、あれはちょっとした騒ぎになったわね。それにしても、無事でよかった」

「音楽より、そっちの方で有名になったくらいだ」

「そんなことないわよ。ああ、この曲もどこかで流れているのを聴いたことある。あなた有名人よ」

「一年前まではね」

「で、けがはもう大丈夫なの？」

「腹の傷は完治した。でも、あの事件以降すっかりダメになってしまったんだ。僕の中で何かが壊れた、そんな感じだ」

「人生に絶望したって、そのことなの？」

トモねえの顔にふっと暗い影が差した。

「まあね。今、壊れた自分の心をなんとか立て直そうとしているんだ」

「大丈夫よ。あなたまだ若いんですもの。いくらでもやり直しできるわよ」

「お世辞でもトモねえからそう言われると、自信がつくな。こっちに帰ってきてよかった」

「お母さんに逢いに行ったの？」

「ああ。自分のルーツをあらためて知ることができた。あれ、僕の本当の父じゃないって知ってた？」

「誰から聞いたの？」

「母から」

「そう。そのこと知ってしまったのね。ええ、もちろん知ってるわよ。うちの母が言っていたもの。あれは私が高校に入学したての頃のこと。父は、子供のいる人と再婚したって聞かされたわ。あの父からさっさと逃げてしまった母にしたら、衝撃的だったみたい。私はあなたみたいな弟ができて嬉しかったけれどもね」

「トモねえのお母さんも暴力ふるわれてたの？」

「さあ。どうかしら。そんな話はきいたことないけど……。他に好きな人ができたんじゃない」

「父に？」

「父にじゃなくて母によ。あのお父さんは、ホント、もてない人だったから。それより、お母さん喜んでた？　あなたが有名人になっていて」

「僕が自殺未遂したことを知ってて、心配してた。僕の父も自殺したらしいから」

「そうだったわね」

「僕は父と資質的に似ているからね」

「あの優しいお母さんにも似ているわよ。私、あなたのお母さんのこと大好き。逢いにいってあげて、よかった。ゆうちゃんに逢いたがってたもの」

「父のことを聞いてなんだか根底から自分というものが覆《くつがえ》ってしまった感じがする」

「それはいい意味で？　それとも悪い意味で？」

「複雑だな。今のところ、どちらともつかない。真実に、いい意味も悪い意味もないよ。

ただ、真実だっていうこと以上でも以下でもない」

「そうね。真実は時として残酷なものだわ」

言葉の響きに重みがあった。トモねえも真実の厳しさをずっと噛《か》みしめてきたのだろうか。

沈み始める夕日をバックに二艘《そう》のヨットが白い帆をなびかせてゆっくりと進んでいくのが見えた。

「唯一の救いは、それを知ったことで、あの父が僕にしたことが許せそうな、そんな気がしてきたことくらいかな。ほら、この曲。覚えてる？」

トモねえは歌詞に耳を傾けた。

それは「炎に魅《み》せられし者」だった。

「ええ、よく知っている歌詞だわ」

「歌は大して売れなかったけどね。身を削る思いで書いた詩なんだ。父に対する憤《いきどお》りを鎮《しず》めようと死にものぐるいで」

「そうだったわね。あなたが詩のノートを燃やされてしまったって、泣いて訴えた時、私も泣きそうになった。この詩、ここのアトリエでも書いてくれたの覚えてる？」

「覚えてるよ。水色の大きなガラスの破片を渡されて『なにか描いて』って迫られて」

「あれちゃんととってあるわよ。ずっと居間に飾ってあったんだけど、今は、倉庫にしまってあるの。ガラスに詩を書くなんて、おもしろい発想だなっと思ったわ」

「トモねえが絵付けをしている間、僕は何をしていいのかわからなくて……。絵は苦手だったから」

「その詩がまたいいから驚いた。あれは、詩のノートを父に燃やされて、その悲しみを綴《つづ》った詩だったのね。それにしても、ひどい人……」

「あの後、僕は本当に気が狂いそうになった。カウンセラーに通院していたことはおぼろげに覚えているけど、あの時期のことは一部記憶から抜け落ちていて、どうしても思い出せないんだ」

「人間、あんまり辛いことを経験すると、自分を守るために忘れるようにできているらしいわ。無理に思い出す必要なんてないわよ。あの父は最低だもの」

「父にも同情できる点はあった。僕は本当の子供じゃなかったんだから」

「血が繋がっていないからって……。そんなのあなたの責任じゃないのに」

「僕の本当の父親は詩人だったんだ。知ってた？」

「えっ、そうなの。それは初めて聞いたわ。でも、まさか……」

「そのまさかなんだ。母は、その男のことをずっと愛していた。その男の影と僕をいつも重ね合わせていたんだ」

「だから嫉妬《しっと》に狂ってあなたの詩を燃やしてしまったのね」

姉は痛いものを飲み込むような、とても辛そうな顔をした。

父もかわいそうな人だったのだ。母が父にしたことだって残酷な仕打ちだ。

「その人、死んでしまったからよけいに忘れられなかったのね、おばさんは。どうして自殺してしまったのかしら」

「さあ、詩で行き詰まってしまったのか、自分の人生そのものに絶望したのか……」

もしかしたら両方だったのかもしれない。僕が自殺しようとしたときの心境みたいに。

「愛する人に自殺されたら、どんなに辛いかしら。想像するのも怖いわ」

「愛する人に愛されなくても辛いことだよ。父はずっとそうだったんだ」

「愛する人に愛されない……」

そこでトモねえはいったん言葉を切った。それから続けた。

「私も、そうなりかかっているの。あんなに愛し合っていたのに、いよいよ私たちもおしまいだわ。あの人は若い女がよくなったの。もう食い止めることなんてできない」

トモねえはしばらく黙っていたが、堰《せき》が切れたみたいにむせび泣きはじめた。

僕はなんと慰めてよいのか途方にくれた。

「もうすぐ日が沈むよ。ほら」

トモねえの涙を食い止めたくて、湖を指さした。

僕は沈んでいく太陽を見るのが好きだ。

光の恩恵を受けて輪郭を明らかにしていたものが少しずつ不確かなものになっていき、最後に闇《やみ》の中へ消えていく。そうなるまでの中間の時間、すべてのものが闇と混同するほんのつかの間、不思議な錯覚を起こすことがある。

個という重くてやっかいな荷物をおろして、自分も闇の中にとけ込んでしまえるような錯覚。ある意味僕にとって安らぎの時間でもあった。それほど、僕は僕自身の存在をもてあましていた。

人生で本当に重いのは、自分自身を背負って生きていくことだ。日没は、そんな重い荷物から一時、僕を解放してくれる。

トモねえが同じ感覚に浸っていることを望みながら、黙って、向こう岸の山に沈む夕日を見続けた。

僕たちは真っ暗になるまでずっとそうやって座っていた。僕の曲が終わると、砂浜に打つ水の音が微《かす》かに聞こえてきた。水面を滑走してきた夜風が淡水特有の真水と藻のにおいを運んできては、僕らの鼻孔をくすぐり、吹き抜けていく。

闇にすべてが消えたとき、唯一輪郭を明らかにするのは月だった。白く光る月明かりの下で、黒く染まった琵琶湖の水は宝石をちりばめたみたいにきらめきはじめた。

トモねえはもう一度僕のCDを再生したが、途中でとめると「あなたが歌ってよ、生の声が聞きたいわ」と催促した。

この申し出に一瞬躊躇《ちゅうちょ》したが、僕は一曲だけ歌うことにした。

闇に支配された浜辺で伴奏もなく歌うと、マイクもないのに自分の声がやけに響くのに戸惑いながら声を張り上げた。歌い終わると、トモねえがいつまでもいつまでも拍手してくれた。

闇の中のたった一人の拍手は、何百人ものファンの前で浴びる喝采《かっさい》より心にしみた。

それから、車で琵琶湖を一周して、米原の家に戻った。

家に着いてから時間を確認すると、八時過ぎだった。夕日が沈んでから二時間近く僕らは浜辺にいたことになる。

トモねえは夕飯に小魚の佃煮《つくだに》、枝豆、大豆の五目煮、冷や奴、わかめのみそ汁、かやくご飯を作ってくれた。

「これ、ここでとれた小あゆの佃煮なの。湖は近いけど、佃煮にするような小さな魚しか捕れないから、こんなものでごめんなさい」

トモねえはグラスを棚からとってきた。冷蔵庫から冷えたビールをもってくると、グラスになみなみと注いでくれた。

佃煮は甘くて、ほんの少し苦みもあって、ビールのつまみに最適だった。

「そういえば昔、一緒に湖岸へ釣りに行ったことがあるの覚えてる？」

「ブルーギルが山ほど釣れたわね」

「釣りなんてもっと辛気くさいものかと思ってたら、退屈する暇もないくらい釣れたよね。楽しかった」

「でも、煮付けにしたら、まずかったわね」

「あれ、結局、どうしたの？　いっぱい残っただろう？」

「酒に漬けこんで匂いを消して、母と天ぷらにして食べたわ。天つゆにショウガを山ほど入れて海苔《のり》の天ぷらと一緒に食べたら、そこそこいけたわよ」

「なるほど、天ぷらか。二人で食べ切れた？」

「残りは冷凍保存しておいて、一週間後に、唐揚げにして、あんかけソースをかけて中華風にして、それで食べ切ったわ」

「へーえ、じゃあ、結局、食べたんだ」

「捨てるのもったいないでしょう。でも、あれ以来、釣りには行ってない。しばらく、淡水魚は見るのもいやだった」

そう言って、トモねえは明るく笑った。

僕は、大豆の五目煮の中に混ざっているにんじんと昆布を箸《はし》でつまんで口に放り込んだ。昔、母が買ってきた、スーパーの総菜とは違い、ごく自然な薄味だ。これならご飯と一緒でなくてもいくらでも食べられそうだ。

「これ、おいしいね。どこで買ったの？」

「それは、昨日の残り物なの。三日分くらい作り置きしておくのよ。母が好物だから」

五目煮が家庭で作れるということを僕は初めて知った。

「へえ、こういうのって作れるんだ。僕はスーパーのものしか食べたことがないんだ。おいしいんだな、手作りのものって」

僕はビールを飲みながら、佃煮と五目煮を交互に食べた。僕は今食べている料理を武さ《たけし》んに自慢したくなった。彼だったら、大喜びしそうなごちそうばかりだ。

こんな料理を作ってくれる人のいる家族のぬくもりを武さんは充分に体験しているのだ。だから、自分を見失うことがないのだ。

「トモねえだったら、きっといい奥さんになるだろうな。こんなおいしい料理を作れるんだもの」

「奥さん、なんて言葉、私にはまるでふさわしくないのよ」

トモねえは寂しく笑った。僕は思いきって訊いてみた。

「あの男と……うまくいっていないの？」

「私たち、不思議なエネルギーで繋がっているの。離れようと思ってもどうしても離れられない、まるで磁石みたいに」

「だったらいい関係なんだ」

「でも、悲しいかな、一緒にいても、ちっともやすらぐことがないの。お互い表面的には優しい言葉を交わしながら、なのに……やっていることといったら……相手を傷つけることばかり」

「独占欲から？　それともプライド？」

「さあ、いったいなんなのかしら。両方かな」

「人は自分の思いどおりにならない相手に苛立《いらだ》ちと怒りをぶつけるんだ。思いどおりにしたくて、傷つけるんだ」

「よく分かってるのね。若いのに」

「家族がいい例だよ」

両親の関係を振り返ってみると、それは多くの人間関係のトラブルの原因と符合することに僕は気づいた。

昔、カウンセリングに行った時、そこの先生に「家族がうまくいけば、世界平和が訪れると言ってもいいくらいです。それくらい難しいのが、家族の関係です」と言われたことがある。

「こんなこと私が言うのもなんだけど、あなたのお母さんは、あんなひどい父に、よく尽くしてくれたわ。とても、できた人よ」

「でも、死ぬまで父は母を愛し続けていたらしい。そう考えてみると、どっちが幸せなのかな。愛されないのに愛し続けることと、愛されているのに愛せないことと。そう思わない？」

僕は母の言葉を思い出し、自分の中でどうしても解消できない質問を投げかけてみた。

「どっちがより不幸なのかを、でしょう？」

「もちろん、相思相愛だったら、それが一番幸せだ。言うことないさ」

「相思相愛でも、幸せな時期はごくわずか。残りの時間は苦しいばかりよ」

「そんなこと言ったら夢も希望もないじゃないか」

「一時期の輝きを大切にして生きていけたら、それが一番幸せなのかも。欲張らなければいいのよ、きっと」

トモねえは一時期でも、あの男の人とそういう関係だったのだ。

僕はトモねえがチーズケーキをキッチンから運んできたときの幸せそうな顔が忘れられなかった。あんなに輝いているトモねえを、いや、女性をいまだに見たことがなかった。

僕は自分がいままでつき合った女を、自分の存在によって、あんなふうに輝きのある女にすることはできなかった。不意に、自分がひどくつまらない男に思えてきて、空《むな》しくなった。もしかしたら、自分は、一人の女性も幸せにできない、あの男よりもとるに足らない人間なのかもしれない。

「あの頃のトモねえは幸せそうだったな」

「幸せだったわ。見るものすべてが美しかった。なのに、今は何を見ても絶望色。人間って欲張りにできているものなのね」

「若くて未熟な僕が言うのもなんだけど、トモねえはまだ若いし、それにすごく美しい。またきっと好きな人ができるよ」

「そうね。本当は、もうお互いに解放されたいのよ。向こうはとっくに、別れて欲しいみたいなの。私たち、長すぎたわ」

トモねえは静かに深いため息をついた。

「どうして、もっと早く結婚しなかったの？」

「いろいろ事情があったの。結婚できない事情がね」

「子供は欲しくないの？」

「未婚の母でもいいから、子供は欲しいわ。でも、今の相手は私の子供はいらないみたいだし……」

「不倫か何かなの？」

「不倫……。そう、不倫よ。奥さんがいるわ」

だから、十年もずるずると関係を続けたのに、結婚できなかったのだ。

「じゃあ、別の人を見つければいい」

「そう簡単にはいかないわよ」

「トモねえだったらいくらでも相手は見つけられるじゃないか」

「ずっと、一人の人を思ってきたの。いまさら他の人を好きになんかなれないの」

「つまり、執着した」

僕は、この執着という言葉に囚《とら》われているらしい。

「そう。執着してきたの」

「そういうのって、断ち切れないものなの？」

「何か方法があったら教えて欲しいわ」

しばらく考えたが、当然のことながら、答えなど見つからなかった。僕のまわりは誰を見ても、執着が断ち切れなくて苦しんでいる人ばかりだ。

「他に好きな人をつくる以外に方法はないんだよ、きっと」

「それができたら、こんなに苦しんでいないわよ」

「そうだな。でも、僕みたいにどんなに多くの女とつき合っても、たった一人として愛することができない人間もいる」

それは僕自身の問題なのか、それとも、そういう人にまだめぐり会ったことがないだけなのか、後者であることを願いながら告白した。

「人を好きになるって、そう簡単なことじゃないのよ」

重い言葉だった。

僕は冷や奴に醤油《しょうゆ》をかけて箸で半分に切って食べた。ショウガの効き目が口の中を引き締める。豆腐を舌でつぶしてしっかり味わってから、グラスのビールを飲み干した。

「そうだ、いいこと思いついた」

姉は唐突に弾んだ声になった。

「ねえ、ゆうちゃん、私の恋人になってくれない？　結婚してくれなくてもいい。好きになってくれなくてもいい。でも、子供を作りたいの、あなたと」

そう言うと、トモねえは、自分の思いつきに満足したかのように瞳《ひとみ》を輝かせた。僕が返事をしないでいると、じっとこちらの顔を見つめている。その挑発的な目はぞくっとするほど色っぽい。だが、それは僕が求めているトモねえではなかった。

「でも、僕たち……」

「姉弟じゃない。異父姉弟でもないの。私たち。だから、子供をつくったっていいわけでしょう。つまり……」

そこまで言って、言葉がとぎれた。

僕は返事に迷った。冗談なのか本気なのか、判断がつかなかった。僕は、推し量るようにトモねえの顔を見つめた。こうして見てみると、トモねえはいろいろな表情を持っている。ついさっきまで、途方にくれた少女みたいな顔をしていたのに、今は艶《なま》めかしい大人の女になっていた。

「本気にしても……いいわよ」

恥ずかしそうにそう言うと、僕の視線を逃《のが》れてうつむいた。長くて濃い睫《まつげ》だ。あの男のためにこの睫はいったい何回涙で濡《ぬ》れたのだろう。

トモねえはいままで僕が会った多くの女性とは比べものにならないほど魅力的な人だ。そのことに僕はあらためて気づいた。また、こんな人が恋をして幸せになれないことが不本意に思えた。

僕はトモねえのうつむき加減の顔を見つめているうちに、この細くてしなやかな体を折れそうなくらい抱きしめたい衝動に駆られた。

しかし、トモねえに対する僕の思いは「恋」とは別の感情でなくてはいけない、そんな気持ちが僕の衝動にブレーキをかけた。

「こんなおばさんじゃダメ？」

「そうじゃない。そういう関係になるのは簡単だ。簡単すぎるんだ。僕にとって、トモねえはかけがえのない存在なんだ。安易にそんなことはしたくない、そういう大切な人でなくちゃいけない」

「ゆうちゃん、大人になったのね。あなた本当にステキな若者になったわ。そんなことをあなたの口から聞くとは思ってもみなかった。そうね、当たってる。今、あなたと寝ても、それはきっとあの人への当てつけでやっていることよ。純粋な気持ちからじゃない。あなたとの再会をそんな安っぽい衝動で踏みにじってはいけないわね」

突然、羞恥心《しゅうちしん》が押し寄せてきた。つい今さっき、トモねえを無性に抱きしめたいと思った僕は、自分が背伸びしていることに気づいた。

「そんな……僕は自分自身のことだってもてあましているんだ。さっき、生きていくのに精一杯だって言ったよね。僕もそうなんだ。トモねえに偉そうなこと言えるような立場じゃない。トモねえのためにできることだったら、なんでもしてあげる」

「そう言ってくれるだけで嬉しいわ。ありがとう。今夜は大いに食べて飲み明かしましょう」

また、僕のグラスになみなみとビールが注がれた。

「その前に、一つお願いがあるんだ」

「お願い？」

「昔、トモねえは僕の家で僕の写真をたくさん撮ってくれただろう？　覚えてる？」

「覚えているわよ。あなたの顔とか仕草があんまり魅力的だったから、あの頃夢中であなたの写真を撮ったわ。今や有名人になったあなたにとっては、秘蔵の写真集ってことになるわね」

「その中に父が燃やしてしまった僕の詩が残っているかもしれないんだ。まだ、未公開の詩が」

「ちょっと待ってね。あの写真、確か2Lサイズくらいに大きく焼き増ししてアルバムに貼《は》り付けてあるはずだわ。えーと、倉庫にしまっておいたと思うんだけど……。もう十年も前のことだから……」

「すぐに見つけられないなら、明日でもいいよ。今日はこの近郊のホテルに泊まる予定だから」

「予約してあるの？」

僕は首を横に振った。

「じゃあ、ここに泊まっていけばいいじゃないの。部屋ならあるわよ」

「それはいいよ。お母さんだっているんだろう？　こっちが気を遣うから」

「今、友だちと旅行に行っているからいないの」

だが、やはり、ここに泊まるのは断った。電話でホテルを予約した。

食事が終わると、トモねえは僕を裏庭にある倉庫に案内してくれた。

倉庫は、木造の十畳くらいの小屋だった。

中に入ると、壁一面が棚になっていて、トモねえが昔、居間に置いていた画集が並んでいた。

真ん中の机の上に、ステンドグラスのランプ、それにいろいろな種類のガラス、それをつなぐ金属のたぐいがたくさん置かれている。これは昔、リビングにあった、制作用の机だ。

「あのアトリエにあったものは全部ここに移したの？」

「ええ、一年前から。ステンドグラスの制作はやめてしまったから」

「どうして？　趣味でも続ければいいじゃないか」

「できなくなってしまったの。どうしても」

トモねえはまた深刻なため息をついた。

「どうしても……」

「限界を感じたの。自分に」

「ああ、そういうことか」

限界を感じる、ということがどういうことなのか、同じ経験をしただけに、僕にもよく理解できた。

「これ、あなたがアトリエで書いてくれた、例の詩よ」

トモねえが大きなガラスの破片を一枚、僕の方に立てかけて見せてくれた。照明に照らされてところどころ反射光を放つ水色のガラスの上に真っ赤な字が躍っていた。

「炎に魅せられし者」

あかりの効果のせいで、赤い字がゆらゆらと揺れながら燃えているように見えた。

詩を燃やされた時の僕の怨念《おんねん》がその字の中に込められたまま十年の歳月が過ぎ去った。

その間に、まったく別の生き物となってガラスの上でひたすら憎悪の念を増殖させつづけている。そんな妄想がしばしば頭の中を駆けめぐった。

第十五章　タイムスリップ

華美《はなみ》は夢遊病者のように西陣を歩いていた。

もう少年のことは追求するまい、そう決めて家を出たのに、気がつけばここら界隈《かいわい》を歩いている。まるで、見えない何かによって操られているみたいだ。

逮捕された犯人があのデジカメの少年なのかどうかは判明していない。

よく考えてみれば、あの詩の内容は書いた本人だけが知っているわけではない。家族だって、友人だって見ている可能性がある。厳密に言えば、犯人はあの少年とは限らない。

そういえば、少年には妹がいた。その妹を介して他の者に洩《も》れた可能性だってあるのだ。

犯人は十四歳で、このへんに住んでいる中学生ということだけしか新聞には掲載されていない。このカメラの中の人物を犯人と決めつけるのは性急だ。

いずれにしても、現行犯で放火犯はつかまった。

昨日は姉にさんざん説教された。

——家裁にいる友人にきいたんだけど、今、犯人の少年は精神鑑定を受けているみたい。その結果不起訴となれば、病院に入院することになるわ。それが現実よ。あなたが惹《ひ》かれていたのは幻。もう忘れるのよ、少年のことは。それから、あなたの持っている画像が犯人の顔かもしれないわけでしょう。同一人物だったら、だけどね。住所からしてほぼ間違いないと思うわ。まだ十四歳の犯人の顔なんか持っていない方がいいからさっさと削除するのよ。あの子は保護される権利があるの。更生して、人生をやり直せる可能性のある子供なんだから。

——この私が、少年の画像を世間に公開するとでも?

——もちろん、そんなことしないことくらい分かっているわよ。でも、画像は削除した方がいい。そのデジカメの中の記録がなんらかの形で世間に洩れる恐れだってあるの。あなたが、そんな画像を持っていること、私、誰にも話していないから。とにかく一刻も早く削除してちょうだい。

　姉は懇願するように言った。弁護士という職業柄、姉の家族が犯人の少年とかかわっていたことが世間に知れれば、複雑な立場に置かれるだろう。姉はそのことも含めて恐れている。

　昔、尼崎で起こった殺人事件の時、犯人は十四歳の少年だった。インターネットや雑誌で、少年の顔が一時公開されたことがあり、大問題になったことがある。

昨今では、少年法について、さまざまな議論がかわされ、社会問題にまで発展している。だが、この少年にも更生する権利はあると華美は思った。

もしかしたら、十年後に本当にミュージシャンになっているかもしれない。その時、少年の足を引っ張るような材料を手元におきたくはない。

もう一度、ここらを歩いて、火事の現場をすべて見て回り、今度こそ画像を葬ってしまおう。そして、少年のことはきっぱり忘れるのだ。そう自分に言い聞かせた。

ふらふらと歩いている内にあの少年の家のある路地に行き着いた。

十メートルくらい先、ちょうどあの家の前あたりに一人の男性が立っているのをみつけて、華美は足を止めた。

華美の気配に気づいたのか、男は振り返ってこちらを見た。二十代くらいの男だ。スリムなジーパンにグレーの無地のTシャツを着ている。

視線があうと、なぜか懐かしさがこみ上げてきて、華美は吸い寄せられるように青年の近くへ歩いていった。

二人は向き合った。

華美は青年の顔をしっかりと見て「ああ、なんということかしら！」と驚きのあまり叫んだ。

目の前にはデジカメの中の少年、いや、今となっては、大人の若者が立っていた。

男の顔をしっかりと観察する。両目の色、瞳《ひとみ》の大きさにかすかな違いを発見した。これはまぎれもなくあの少年だ。華美が夢の中で何百回と出会った顔がそのまま、寸分のぶれもなく、自分の前に現れたのだ。

「あなたはもしかして……」

それには答えず、青年はちょっと照れくさそうに笑いながら華美の顔を見つめている。まるで、以前から知っているみたいだ。

華美は知っている、この青年を。と言っても実物と逢《あ》ったのは今日が初めてだ。

偶然、この青年の写真を手に入れ、ここ半年ほどそれを持っていた。だが、不可解なことに、その写真は、この目の前の大人の彼ではない。

この青年が少年だった頃の写真だ。

あなたは、もしかしてあのデジカメの、そう訊《き》こうと思ったが、そんなことは青年の知らないことだと思い、華美は黙って彼の顔をみつめていた。

華美があのデジカメを手に入れたのは、半年ほど前だ。しかもあれは最新型のデジカメ、つまり、最近、出たばかりのモデル。だから、いくらさかのぼっても、ここ一年以内に撮影されたものということになる。

まてよ、そういえば、日付が入っていた。画像の右下に刻まれていた数字を思い出す。

あれは、２００７年４月に撮影されたものだ。ということは、やはり半年ほど前の写真ということになる。

なのに、あの写真の中の人物はまだ子供といってもいいくらいの年齢だった。

あの少年はたった数か月の間に、こんな大人の男性に急成長してしまったのだろうか。

そう言おうとして、そんなはずはないと思った。

「あなたはいま何歳ですか？」

「二十四歳」

答えをきくまえからなんとなく予測していたことだった。やはり彼は華美と同い年だ。

この青年は未来から今にタイムスリップしてきたのだろうか。それとも、華美が未来にタイムスリップしたのだろうか。

あの画像の少年は、せいぜい十四、五歳だ。

華美はカバンからデジカメを取り出し、青年に見せた。

「これはあなたですか？」

「ええ、そうです」

青年は、私がこの画像を持っていることに対して驚きもせずに答えた。

「でも、この写真の中のあなたは……」

「えーと、この時、僕は、十四歳ですね」

「でも、これは、最近撮影されたものではないですか？」

「最近……」

青年は少し考えているようすだったが、答えた。

「そうです、最近撮影したものですね。半年くらい前」

今、青年は自分は二十四歳だと言った。なのに、半年前に撮影した時、どうして彼は十四歳だったのだろう。華美の頭は混乱した。それから、やはりさきほどふと頭をよぎった一つの答えに行き着いた。

「あなたは、十年先の未来からタイムスリップしてきたのですね」

華美は確信に満ちた声で言った。この不可解な謎に、それ以外のいったいどんな答えがあるというのだ。

「タイムスリップ？」

青年は不思議そうな顔をした。

「それとも、私が十年先の未来へタイムスリップしたのでしょうか？　今は何年ですか？」

「確か……二〇〇七年です」

十年先だったら、二〇一七年だ。

「じゃあ、私が未来にタイムスリップしたわけではありませんね」

青年はしばらく華美の顔を見ていた。それから何かが頭にひらめいたようだった。こちらの疑問をすべて解くことのできる何かを。頭の霧がすーっと引いたように晴れやかな顔で彼は答えた。

「僕がタイムスリップしたのですよ。あなたが恋しくて、逢いたくて。未来からここへやってきたのです」

そういうと青年は、とても懐かしそうに華美の顔をみつめた。十年先の未来にいた彼はどうしてこんなにも自分が懐かしいのだろうか。

華美は恍惚《こうこつ》となった。こんなふうな形でこの青年に出会えると思っていなかったからだ。

この世界のどこかには時空を飛び越える穴がある。その穴をくぐり抜けて青年は華美の前に現れた。十年の壁を壊して。

「僕と一緒に来てくれませんか」

「どこへ？」

「今のあなたの環境を脱出して僕の所へ、です。僕には、あなたが必要だし、話したいことがたくさんあるのです」

「今の私の環境……」

「最悪でしょう、今のあなたは？　ずっと、泣いてばかりいた」

どうしてそのことを……、そうたずねようとしたが、それより早く、青年は華美の手を取った。そのまま二人はしっかりと手を握りしめた。

これから自分はどこへ行くのだろう。

時空を乗り越えて、青年が生きている十年先の未来へ行こうとしているのだろうか。

時間がぐにゃりと歪《ゆが》んだような気がした。

青年は相変わらず華美の手を握りしめたままだった。ステンドグラスのはめ込まれた格子の家の方を見た。

「ここはあなたの家ですか？」

「ええ、十年前に僕が住んでいた家です」

十年前。今ではなく十年前……。

華美は今自分のいる場所と時間が分からなくなった。

「この家が僕を再び京都へ引き寄せた。そして、あなたに再会できたのです。これは偶然でもなんでもない。運命です。今、その強烈な運命を噛《か》みしめています」

「再会？」

「そう再会です」

「でも、私はあなたに逢うのは初めてです」

「僕はあなたと逢うのは今日が初めてじゃないんです」

「でも……」

「話せば長い話になります。どこかでゆっくり僕の話を聞いてくれませんか？」

青年と一緒に歩いていくと、そこは町屋を改造した「ブルトン」というカフェだった。

「ここは、あの画像に写っていた店……」

「ああ、そういえば、そうですね。ここは、ちょっとした、知り合いの店なんです」

「じゃあ、あなたが撮影したのですか？　ここの正面の写真」

「ええ、そうです」

この店はここ一年以内にオープンしたばかりの店だ。ますます頭がこんがらがった。

中に入ると、前にいた女主人が「いらっしゃい」と言ってから青年を見て、あらという顔をした。この若者を知っているのだ。

「いつから京都へ?」

「昨日からです」

「そうですか……」

女主人ははぎれの悪い声を出した。

「いいえ、ご心配なく。今回は別の用事でなんです。彼女と話がしたくて来たんです」

女主人は、華美の方を見た。華美は一度この店に来たが、女は覚えていないようだった。

「そうなんですか」

「えーと、何にしますか?」

青年は華美にメニューを見せた。

華美がアイスティーを頼むと、青年も同じものを注文した。

「僕は半年前にあなたを見かけました。そして、あることが理由で、また、ここへ、この場所に引き寄せられたのです」

青年はストローで紅茶を一口飲むと話し始めた。

第十六章　十年前のアルバム

トモねえの倉庫で、僕はしばらく、「炎に魅《み》せられし者」がガラスの表面で燃え上がる妄想に取り憑《つ》かれながら凝視していた。

トモねえはガラスの破片を棚に立てかけると今度はそれに正面からライトの光を当てて「どう？　こんなふうに照らすと、また違って見えるでしょう？」と言った。

字は前以上に炎上しそうな臨場感があった。僕は自分の詩がもえていく光景を思い出し、痛みのあまり堅くまぶたを閉じた。

「そうそう、あなたのアルバムよね。時々、見るのよ。この倉庫の中で。あなたの顔を」

そう言うと、トモねえは奥に消え、とても大切なもののようにアルバムを抱えて戻ってきた。目の前の机の上に置かれたアルバムは濃い緑色に金色の糸で縁取られたビロード地の表紙をしていた。

トモねえはゆっくりとページをめくった。

十年前に撮られた僕の顔は、大きく引き伸ばされてアルバムの一ページ、一ページに貼りつけてあった。アルバムの中には二十枚くらい僕の写真がおさまっていた。

僕は海賊みたいに片目に黒い眼帯をして、人差し指をこちらに向けて、ドキューンとピストルを撃つポーズをしているものを見つけた。

「へーえ、こんな写真があったのか」

「それ、私のアイデアよ。アイパッチの代わりに持っていってあげたのよ」

そういえばそんなことがあった。僕は、当時、目の矯正のためにアイパッチをしていた。それで、トモねえが海賊用の黒い眼帯をおもちゃ屋で見つけて買ってきてくれたのだ。それをつけて、僕は海賊に扮《ふん》し、妹と三人で遊んだことがある。

「パイレーツだな」

「左目の視力はどうなの？」

「悪いよ。相変わらず。だから、車の免許は持っていない」

「ミュージシャンに車の免許は必要？　どうせ、いい車を持っていなくても、もてるんでしょう？」

「そうだな。ポルシェやフェラーリに乗らなくても、もううんざりするほどもてた」

「うんざりするほどねえ。傲慢《ごうまん》な言い方」

「そのつけがいま頃になって回ってきたんだよ」

「女の人に刺されたのも、そのつけだったの？」

「それはちょっと違う……いや、似たようなものかな」

僕は次のページをめくった。いろいろな僕が写っていた。すべて十四歳の僕だ。

詩のノートを持った僕もいた。ノートをこちらにかざしている僕はひどく気取って写真の中に収まっている。東京の家にある四枚の写真もアルバムの中にちゃんと貼ってあった。

僕は、父に焼かれてしまってまだ未公開の詩をアルバムの中に探した。

思った通り、燃やされて手元にない詩が写真の中にあった。全部で三つ。

「十年の時をへだてて」「僕の失われた破片」「さびしがりやのアルファベット」

僕は目が悪いため、太いサインペンで詩を書いていたので、幸い写真でも字ははっきりと判読できた。

それらを読んで、僕は図らずも涙した。自分の才能に感動したわけではない。昔の傷ついた繊細な僕の心が懐かしかったからだ。

僕は自分の書いた詩を何度も読み返した。

読んでいるといまにも曲が浮かんできそうだ。のど元までメロディーがあふれてきた。

予想したとおり、これが突破口となって、僕の五感は音とリズムを取り戻すことができる。その予感に体が震えた。

「ありがとう。残しておいてくれて。この頃の自分と今の自分がやっと繋がったような気がする」

僕はアルバムを見ながら、自分が京都へ帰ってきたことの意味を改めてかみしめた。これは、偶然ではなく、必然だったのだ。帰郷のきっかけを作ってくれたアカネに心の中で感謝した。

「私もこの頃の自分が懐かしい。もう一度この時代に戻って人生を、いえ恋愛をやり直したいわ」

トモねえは目を細めて写真に見入りながら言った。

「別の男と？」

「そうね。あの人とは、出会うべきじゃなかったのよ、きっと。でも、もう一度人生をやり直したとしても、またあの人を好きになってしまうかもしれない。他の人を好きになるような気がしないの」

「そんなにいいんだ。あの人が」

トモねえは目を伏せてしみじみその男を思い出しているようだった。それから、寂しそうな顔をした。

「話してくれないか。あの男のことをもっと詳しく。具体的にいったい何がいけなかったのか」

「何もかもよ。私の全部を取り替えないといけないの。私の人生そのもの、いいえ、それだけじゃないわ。生まれてくる家もダメ。父も母も。祖父も祖母も、叔母も叔父もすべて、すべて私ではダメなのよ」

　僕はトモねえの言っている意味が分からなかった。

「恋をするのに、どうしてそんなこと関係あるのさ。二人は愛し合っていたんだろう？」

「恋をするのに関係なくても、結婚するのには関係があるのよ」

「不倫だったから？」

「出会った時は不倫じゃなかったの。彼は独身だったのよ。私が結婚相手として相応《ふさわ》しくなかっただけ」

「つまり、そんなことを気にする男だってことなのか」

「そう、私の家がよくないの。普通にブティックで働いている母、会社を倒産させてアルコール依存症になった父、それに名門でも何でもない短大を出てＯＬをやってるこの私。みんな、ぱっとしないじゃない」

「なんでそんなふうに自分を否定するんだよ」

「そんなふうに言われたの。その人のお母さんに。心の中では思いきり抵抗したわ。でも、何度も言われているうちに、自分でもそんな気がしてくるのよ。自信がなくなってくるの」

「そいつの母親はいったい何の権利があって、トモねえのことをそんなふうに言うんだよ」

怒りで声が震えた。僕にとって憧《あこが》れのトモねえが「ぱっとしない」、そんな軽々しい表現でかたづけられてしまったことが悔しかった。僕自身が侮辱されているような、いや、それ以上の屈辱を感じて、全身が熱くなった。

「そいつは……あの男はいったい何様なんだ。どんな偉いやつだって言うんだ！」

「彼が悪いんじゃないの。あの人の母親が反対しているの」

「母親の言いなりなのか、そいつは。僕に言わせれば、そんなのは男じゃないよ」

「誰だって、家族の呪縛《じゅばく》から逃げられないのよ。そういうことはあなたにだってあるでしょう。あの人は、あまりにも強烈なお母さんに育てられたから、逆らえないの。一人っ子だからよけいに。それでも、いつかは私と結婚しようと約束して、ずっと独身を通してくれていたのよ。つい最近まで」

「最近まで、ということは、そいつは別の人と結婚したのか？」

そういえば、男は結婚していると言っていた。

「ええ、一年前に。良家のお嬢様と」

「良家？　なんなんだよ、それ。くだらない」

良家のお嬢様、その響きだけで充分だ。家柄を鼻にかける女など軽薄でつまらないに決まっている。家というぬるい看板からは何の創造も生まれない。そんなものに寄りかかって生きているバイタリティのない人間の方がトモねえより、結婚相手としてふさわしいというのか。きっと何不自由なく甘やかされてきた奔放で無邪気な女なのだろう。

僕やトモねえみたいにひどい家族に苦しめられてきた人間とは次元の違う、お気楽で、無自覚な人間だろうことは想像できた。

「あの人も結婚した当初はそう言ってくれたの。母親に言われたから仕方なく結婚するんだって。本当に愛しているのは私だけだって。お見合い写真を見せてくれた時、正直、そんな美人でもないし地味な印象だったから、内心ほっとしたの。彼、私の機嫌を取るように『どうだ。ぱっとしない女だろう。形だけの結婚なんだ。子供を作りさえすれば母も機嫌がよくなるから。もう年だからあんまり悲しませたくないんだよ』ってね。傲慢なようだけど、私もどこかで自分に自信があったから、彼の心は私から絶対に離れないって確信していたの」

決して傲慢とは思わなかった。トモねえには、それを裏づけるだけの魅力がある。家柄など、およそ人の魅力とはかけ離れたものだ。そんなものは人としての価値の尺度にはならない。

「いくら家柄がよくたって、人間として魅力がなければ、男は退屈するもんさ。実際、僕がつき合った女の中にも家柄を自慢するやつがいたけど、そういうやつに限って、似たような店に出入りし、似たような服を着ているから、ワンパターンであくびが出そうなほど退屈した」

「そう。彼は最初から新妻に退屈していたの。それで私はますます調子に乗って、自分に余裕のあるところを彼に見せたわ。新婚生活どう？　奥さんを大切にしなさいね、ちゃんと子供を作ってステキな家庭を築くのよって」

「好きな女にそんなことを言われたら、僕だったら、突き放されたみたいな気がするな」

好きな女。そんな女がもしいたらという想像で僕は答えた。

「内心、それを狙《ねら》っていたのかもしれない。本当はそういうふうに言うことで彼をいっそう自分に繋《つな》ぎ止めておきたかっただけなの。結局、私はこういう欺瞞《ぎまん》に満ちた手段で彼を苦しめることしかできなかったのよ。彼を苦しめて同時に自分も傷つけていたの。来るたびに奥さんとの関係をたずねたわ。『退屈な女だよ』と彼がめんどくさそうに答えると

『そんなこと言わないで、もっと大切にしてあげなさいよ。幸せな家庭が築けないでしょ』って心にもないことを言ったわ。それでも、それが本心だと思いこんでいる間はよかった。心底から自分は彼の幸せを願っているんだ、真の愛というのはこういうものなんだってね。そういう献身的な愛の形に自分自身で酔いしれていたの。ナルシスティックにね。バカな女よ」

トモねえは、口元に苦い笑みを浮かべた。

「誰だって惨めな思いをさせられたら、そんなふうに強がりたくなるさ」

「そう。踏みにじられた分だけ、自分のプライドを取り戻したかっただけなのよ、私。彼と妻の関係に優越感を覚えたかったの。彼と一緒に彼の夫婦関係を高見から見物したかったの。そうすることで、私たちはもっと深まる、そんな期待が心のすみにあったのよ」

それも一つの愛の形なのだろうか。僕はそこまで愛にのめり込んだことがないから答えは見つからなかった。

「最初はすごくいやがっていたのに、彼、少しずつ新妻の話をするようになったの。料理が得意だとか、絵がうまいとか。私はにこやかに聞いていたわ。『そんな奥さんがいるあなたは幸せものよ』ってね。そう答えた時はもう手遅れ。聞いているのがだんだん苦しくなってきたけど、それを正直に打ち明けるには時すでに遅し。プライドが許さなかったの。

皮肉なものね。自分の欺瞞《ぎまん》の毒に少しずつ蝕《むしば》まれていったのよ。そして、あることがきっかけで、私の余裕は完全にたたきつぶされてしまったわ」

「あること?」

「彼に妻の絵を見せられたの。『ほら、うまいだろ?』ってね。とても自慢めいて聞こえたわ。事実、彼は妻の絵の才能を認めていたの。私はその絵を見るまで、お嬢さんの道楽だと思っていた。料理の腕がちょっとばかしよくて、趣味で絵を描いていて、家が金持ちだから大学を卒業したら社会に出ることなく家業を手伝ってお見合結婚をする。よくあるタイプの世間知らずのお嬢様。そんなありふれた女の描く絵なんてつまらないに決まってるってタカをくっていたの。でも、その私の決めつけがとんだ落とし穴だったのよ。笑っちゃうでしょう」

「そんなにすごい絵だったのか」

「絵はがきになったものを見せられたわ。それをみただけで、戦慄《せんりつ》した。並々ならないエネルギーを感じて」

「どんな絵」

「植物の絵だった。多分アクリル画かなにかだと思うけれど、構図も色も特殊で、なんといっても強烈な印象だったわ。言葉ではうまく表現できないけれど」

「見せてくれないか。その絵」

トモねえの気持ちも考えずに、そんなことをつぶやいていた。

僕は、トモねえが打ちのめされたほどの絵の才能を自分自身の目で確かめたい衝動に駆られたのだ。

「ごめん。いやいいんだ」

僕はあわてて、今の言葉を打ち消した。

それには答えず、トモねえは黙って、倉庫の古い箪笥《たんす》の引き出しをあけて探し始めた。

「確か、この一番奥に入れておいたはずだわ。捨てようかと思ったんだけど、それもできなかったの。捨てずにおいておいたのは、こんなふうに誰かに見せるためだったのかも」

トモねえは、絵はがきを探し当てて、僕に差し出した。

その女の絵を見せられたとき、僕自身、その画家に興味を示した。

トモねえが言うように、自然の描き方に異様な力があった。

使っている色彩も「ぱっとしない女」とはほど遠い、特殊なものだった。この画家は自分の魂を半分、自然の中に放り込んで、いったん五感で対象を吸収してから描いている、そんな気がした。

どれくらいの時間が過ぎただろうか。あまりに絵に集中していたので、目の前にいるトモねえの存在を僕は忘れていた。

「実物が見てみたいな」

誰にともなしに、そんなことをつぶやいた。

「興味を示したのね？」

「もしかしたら」

「絵に、それとも彼女に」

「両方に」

僕は絵の衝撃から醒《さ》めないまま、夢遊病者みたいに言った。トモねえを傷つけることになるかもしれない。言ってからそう思ったが、トモねえは意外に冷静に答えた。

「なんだか、こうなるような気がした。実は、この人もかわいそうな人なのよ。きっと、夫に愛されなくて淋《さび》しい新婚生活を送っていると思うの。私、ひどいことしちゃったから」

「ひどいことって？」

「私、彼女の絵を見たショックで創作ができなくなってしまったの。何を作っても、その絵が頭から離れなくなり、自分の作品が、色あせて見えはじめて……」

限界を感じた、というのはそういうことだったのか。

「おまけに、少しずつ妻に惹かれていく彼がガマンできなくなったの。嫉妬《しっと》で気が狂いそうになった。それで母に泣いて訴えたの。『私の家がこんなだから幸せになれない！』って。『あのひどい父親と、あんたみたいな母親の子だから、彼に結婚してもらえないのよ。どうしてくれるの。こんな家に生まれてこなければよかった！』って、もうまるでだだっ子みたいに。それを聞いて、母はものすごく傷ついたわ。『結婚してもらえない？』母はそう繰り返した。私がそんなことを言うのがよほど悔しかったのね。結局、母は、妻におさまったばかりのそのお嬢さんに全怒りの矛先を向けたの。彼女に連絡して、何もかもぶちまけてしまったの」

「何もかもって、トモねえとその男との関係を？」

「私と彼が十年間つき合っていて、結婚した今でも続いていることをよ」

「知らなかったのか？」

「ええ、何も知らなかったみたい」

「知っていたら結婚していないだろうな。だとすると、そいつは彼女のことを騙《だま》したことになるじゃないか。なんてひどい男なんだ」

「その人に逢ったわ。若くて純粋で、小さな花のつぼみみたいな人だった。目の前にいる自分が醜く感じたわ。負けた、そう思ったの。悔しくて悔しくて、『私と違って何もかもそろっているのだから、彼を幸せにしてあげてね』ってまたとても余裕のあるようなことを言ってしまったの。私はそれだけ言うのが精一杯だった。彼女、悲壮な顔をしてたわ」

「それで、夫との関係はどうなったの？」

「私があんなこと言ったから、夫婦関係はよくないと思う。でも、彼、若い妻に惹《ひ》かれ始めているの。つまり、私は自分で仕掛けた罠《わな》に自分ではまってしまったのよ。自業自得ね」

トモねえの苦しみはよく理解できた。結局、一番許せないのは、男だった。あの時、この部屋でゆったりとくつろいでいた男に僕が感じた反感の理由が今解き明かされたような気がした。思い返してみると、男の目の芯《しん》にあった光がひどく卑怯《ひきょう》なものに感じられた。

僕の中でこの画家の存在が急激にふくらんでいった。きっと、この画家も苦しんでいるのではないだろうか。あんな男のために。

「この絵の人は？　彼女は夫のことをどう思っているのかな？」

「さあ。私が会ったのは一度だけ。その時は、幸せとはほど遠い顔をしていたわ。もしかしたら……」

「もしかしたら、なに？」

「もしかしたら、ゆうちゃん、彼女のこと救ってあげられる？」

「どうして、僕が？」

意外なことを言われて、僕は顔が熱くなった。

「なんとなくよ。なんとなくそんな気がしたの。あなたとだったら、相性がいいような、気がしたの。芸術家と詩人でしょう」

「芸術家や詩人なんて、ごまんといるさ。そもそも人間なんてみんな芸術家であり、詩人なんだよ」

「でも、あなたたちは特殊だわ」

「よしてくれよ。身分が違うからって無視されて、おしまいさ」

内心穏《おだ》やかではなかったが、僕はつとめて軽い口調でそう言った。

その日、僕は、ホテルの予約をキャンセルして、トモねえの所に泊まった。

あの絵はがきの絵が何度も夢の中にでてきて、目を覚ました。目を覚ました僕はひどく興奮していた。

翌日、アルバムを借りて行こうと思ったが、荷物になるので、後から現像して送ってもらうことにした。それより、もっとてっとり早い方法を思いついて、試してみたが、それは失敗に終わった。

駅まで見送りに来てくれたトモねえは、改札口の前で、僕に昨日のハガキを押しつけるように差し出した。

「これあげるわ。あなたに」

「どうして？」

「この絵にすごく惹かれているみたいだったから。それに、お願いがあるの。この人に逢《あ》いにいってみてくれる？」

「どうして僕がそんなお嬢様に逢わなくちゃいけないんだ」

「実物を見てきて欲しいの。あなた言ったじゃない。実物が見てみたいって」

「冗談だよ」

「嘘《うそ》。本気っぽかったわよ。それに私、罪滅ぼしがしたいの。あの人にあんなひどいことを言ってしまって悪かったと思っているの。あれから、自分で自分が好きになれないでいるの。このままにしたくないの」

トモねえは、ハガキをひっくり返して見せた。裏に住所が書いてあった。

京都市右京区○×町○○番地
「僕にいったい何ができるって言うんだ」

そういいながら、もう一度、絵に視線を落とした。言葉とは裏腹に、これを描いた人に逢ってみたいという気持ちが僕の中で加速度的に増していくのを感じた。

トモねえと改札口で別れて、京都へ向かう電車を待っていると、アカネからメールが入った。

内容を確認しようかどうしようか迷ったが、結局、僕は携帯をあけて、メールを読んだ。

――洋子《ようこ》の居場所突き止めた！　お店やってるらしいわ。住所送るからたずねてみて！　それから京都に面白い蜂蜜《はちみつ》のお店があるの。彼女のお店、その近くだから、買ってきてよ。

一分もたたないうちに、「ドラート」という蜂蜜屋と彼女の店の住所が送られてきた。

偶然にもそれは、どちらも西陣《にしじん》で、昔僕が住んでいた家の近くだった。あの家の近くに行くのはどうにも気がすすまなかった。

――西陣なんだ。

――うん。あなたと関係ある地域でしょう？

僕は眉《まゆ》をひそめた。

――どうして知ってるんだ？

――覚えていないの？　酔っぱらって、洋子にそんなふうなこと言ってたじゃない。

――全然覚えていないな。どうして、居所が分かったんだよ？

――彼女の夫の病院に電話したんだ。お金貸してるって言ったら迷惑そうな声して、でも、教えてくれた。さり気なく店を見に行ってくれない？

　僕はメールを読んでいるだけで、疲れを感じた。

——僕の顔知ってるじゃないか、彼女。

——もちろん、さり気なくでなくたっていいわけよ。私、飛んでいきたいのに、入院していて行けないのよ。分かってるでしょう?

　いったい誰のせいでこうなったと思っているの、という脅迫メールが送信される前に僕は返事した。

——分かった。行くよ。

——ホームページで見たらね、そこの店で出る、紅茶、いま季節だから、ドラートの桜の花の蜂蜜入りなんだって。同じものが飲んでみたいから、蜂蜜屋にも行って買ってきてね。

　その時、駅に新快速が滑り込んできた。

　はいはい、分かりました。僕は、心の中でめんどくさそうに返事をして立ち上った。

　今、僕の手元には、たずねるべき住所が三つあった。蜂蜜屋、アカネの恋人のやっている店、そして、トモねえの恋人の家。

　まず、アカネの頼み事をすますことにした。病院に閉じこもりきりの彼女には悪いが、あまり気が進まないのでさっさと片づけたかった。

　京都駅から西陣にはどういうふうに行ったらいいのだろうとちょっと考えたが、昔住んでいたところなので土地勘はある。

烏丸今出川《からすまいまでがわ》に出て、そこからどんどん西に歩いていけば、自然と西陣に行き着くだろう。京都は東京と違って、面積が小さい上に、道が碁盤《ごばん》の目になっているので迷うことがない。

京都駅に到着すると、地下鉄につながる通路の階段を下りていき、地下鉄烏丸線（国際会館行）に乗った。

今出川の駅で下車して地上へ出ると、若い男女数人の集団に出会った。

烏丸今出川といえば、同志社大学のあるところだ。

学歴とは無縁の僕は、若者たちが楽しそうに会話しながら、大学の門に向かって歩いていくのを見て、柄にもなく、そこに交じって、自分の存在そのものをぼかしてしまいたいような心境になった。

別に勉強が好きだったわけではない。高校を卒業してやっと学校の檻《おり》から解放されたのだ。進学するだけの経済力がなかったのも事実だが、大学に行ってさらに四年間も机に縛り付けられるのは、苦行以外の何ものでもない。

だから、大学生を見て、こんな気持ちになったことなど一度もなかった。

いまさら、誰かと調和を求めたところで、何になるというのだ。創作などというのは、人と協調することとは逆のことだ。

足並みを揃《そろ》えることができないから、詩など書いているのだ。

あの若者たちの中には、僕のような人間に憧《あこが》れて、仲間と一緒にライブへやってくる者もいるはずだ。

今出川通をずっと西に歩いていくと堀川通の広い交差点に行き着いた。そこをさらに西に進み、千本通より手前で北に向かって歩いていった。

僕は住所片手に、問題の蜂蜜屋を探した。

五辻通の中の小さな路地を入っていったところに店はあった。

ちゃんと行った証拠を見せろとアカネに言われそうなので、デジカメで「dorato」という看板と店内を撮影した。

店には驚くほど豊富な種類の蜂蜜があった。しかし、国産より外国産の方が多く、国産のものにしても、京都が産地というわけではなかった。なぜ、この店が西陣などという京都独特の地域のしかも町屋にあるのかと疑問には感じたが、店内にならんだ琥珀《こはく》色の蜂蜜の入った透明の壺《つぼ》、古い町屋の格子戸、この取り合わせには不思議な魅力があった。

僕はアカネに言われた通り、桜の蜂蜜を買って店を出た。

歩きながら、「桜の蜂蜜、手に入れた」とアカネにメールを送った。

次に、藤谷《ふじたに》洋子がやっているというカフェへ行った。カフェは「ブルトン」という名前で、蜂蜜屋から歩いて五分くらいだった。

そこは、クレープと紅茶が売りの店だった。

正面と看板を数枚、デジカメで撮影してから、格子戸をくぐり抜けた。両脇に笹《ささ》の植わった石畳の細い庭を歩いていき、突き当たりのガラス戸を開けた。

店内に入ると、カウンターに二人、四人掛けのテーブルに三人の客がいた。平日の昼間にしては繁盛している。

藤谷洋子がカウンターの向こうでうつむき加減に何かを用意していた。顔をあげた彼女はすぐに僕に気づいて、驚いた顔をした。

「祐さん。祐さん……ですよね。『ECTR』の」

「ご無沙汰《ぶさた》してます」

「座ってください！　どうぞどうぞ」

彼女は張り切った声を出した。店の客がいっせいに僕の方を振り返った。僕は黙ってカウンターの一番端っこに座った。

時計を確認すると、一時を回ったところだった。

渡されたメニューを見る。ランチメニューに、本日のオススメクレープとドリンクのセットがあった。

『日替わりメニュー
キノコとホタテのクリームソースのガレット
または
ハムとチーズとトマトソースのガレット』

どうやら、この二つから選べるらしい。

「ガレットというのは？」

「クレープの塩辛い版みたいなものです」

「へーえ、ホタテ貝とキノコかあ。なかなか美味《おい》しそうな具が入ってるんですね」

「学生時代にフランスに旅行したことがあって、こういう具やソースで包まれているクレープを専門店で食べたことがあるんです。すごく美味しかったものですから」

「でも、どうして西陣で店を？」

「それは祐さん、あなたの影響なんです」

「僕の？　どういうことですか？」

「西陣のこと熱く語っておられたじゃないですか。ホテルのバーで」

「そうでしたか……」

「店を出そうと決心した時、ふとあなたのことを思い出したんです。それで、西陣の町屋にしようって決めたんです。そうしたらこんなにいい物件に恵まれてしまって。感謝しています」

ということは、彼女が西陣に店を出したのは偶然ではないということだ。なにか、見えない糸に自分が操られているような気がした。

僕はキノコとホタテのガレットと、桜の蜂蜜の入った紅茶を注文した。

「こんなの食べるの初めてです。東京でもなかなかお目にかかりませんよ」

「本場では、シードルというビールより度数の少ないノルマンディ産のリンゴから作った飲み物と一緒に食べるんですけど、昼間からアルコールはよくないから、紅茶を出しているんです」

運ばれてきたクレープにはフォークとナイフがついていた。これは明らかにお好み焼きとももんじゃ焼きとも違う代物だ。

ナイフで表面の皮に切り込みを入れると、クリームソースがすーっと流れてきた。それを皮にからめて口に入れた。いままでに食べたことのないような味がした。

「お好み焼きの上に、ウスターソースではなく、クリームソースをかけたみたいですね」

「えっ？　そうですか」

なにがおかしいのか、洋子は急にけらけらと笑い出した。

「へんな表現でした？　食べ慣れない味だったものですから」

しばらく黙って食事をしていたが、店の客がそろそろ減り始めた。

彼女にアカネのことをなんと言って切り出したらいいだろう。そんなことをぼんやり考えながら紅茶を飲んでいると、洋子が僕の前に立って、タイミングよく「彼女、元気ですか？」と聞いた。

「アカネですか？」

僕は聞きかえした。

「ええ、あなたたち仲良しなんでしょう？」

彼女はどうして、僕とアカネの関係を知っているのだろう。アカネがやけ酒を飲んで、僕の家に来るようになった時はすでに、二人は別れた後だったのだ。

しかし、その疑問はすぐに解けた。

「週刊誌を見てびっくりしました。あなたを刺した人とアカネを刺した人が同一人物だったんですもの」

アカネは僕の恋人として、ある週刊誌に顔まで公開されてしまったのだ。

「まだ、入院してますよ」

「それにしても、彼女と祐さんがそんな関係になるなんてびっくりしました。もしかして私が愛のキューピッドだったのでしょうか。そう思うとなんとも不思議で……」

洋子は探るような視線を送ってきた。僕は彼女の勘違いをどう正していいのか分からなかった。

「そんな関係っていうのは？」

彼女は僕の顔をまじまじと見つめた。

「こっちがうかがいたいです」

「僕たちはただの友人ですよ。それ以上の関係にならないことは、あなたが一番よく知っているじゃないですか」

洋子の顔がこわばった。

「でも……そんなこと決めつけられないじゃないですか。私とはたまたま……そういう関係になった、そう思って……」

そこで、彼女は言葉を切った。羞恥心《しゅうちしん》で顔が真っ赤に染まっている。

「アカネは、あなたのことがいまだに忘れられないでいます」

「私は忘れたいんです」

答えはやけに性急だった。

「彼女は忘れられないみたいです」

「独りよがりです」

ぐさりと胸に刺さる言葉だった。知らない内に、アカネの気持ちに僕は成り代わっていた。洋子の言葉は僕を変な具合に傷つけた。

独りよがり。恋愛に関しては、まったくそういう女だ。弁解の言葉も浮かんでこない。

「じゃあ、彼女に対して、今のあなたの気持ちは？」

「利用して、申し訳なかったと思っています」

まるで、母が父に抱《いだ》いている感情と一緒だ。愛せなくて、申し訳ない、ということなのだ。愛する側にとって、こういう謝罪ほど残酷なものはないと彼女は知っているのだろうか。僕は父の苦悩の百分の一でも理解できたような気がした。

「夫から逃げた時、彼女にすがりました。でも、彼女の愛に応《こた》えられるほど、私は燃えられなかったんです」

僕は彼女の言葉を苦い薬のように飲み込み、反芻《はんすう》した。

「恋愛って、温度差があると、長続きしませんよね。一緒にいると、息苦しくなるばかりでした。そのうち、京都に置いてきた息子のことが気になりだして……」

「息子さんの方が大切だったんですね。当たり前のことかもしれません」

「肉親ですもの。唯一の。自分のすべてを犠牲にしても悔いることのない……」

洋子はそういうと、黙ってうつむいた。

僕はあらためて、愛の難しさを考えた。互いが同じくらい深く愛するような出会いなど存在するのだろうか。

思えば、僕は、十四歳の時から自分の片割れに出会いたいと願っていた。個をなくしてまでの、一体感を誰かと味わいたいと切に願っていた。

トモねえの家で回収した「僕の失われた破片」の歌詞。あの思いを僕はいまだに抱いているのだ。

心の中であの詩を暗誦《あんしょう》しているうちに、破片はまるで蜃気楼《しんきろう》のようにつかもうとすると手からすり抜けてしまうものだと半ばあきらめている自分と、絶対に存在し、手に入るものなのだと信じている自分がいることに気づいた。

どこかにいるはずの僕の破片。きっと見つけてやる、そう心の中で呟《つぶや》いた。

僕は、「ブルトン」を出ると、河原町通のホテルへ向かった。明日の朝、トモねえに渡された住所の家をたずねて、あの男の妻、あの不思議な絵を描く画家の顔を見てから、東京へ帰る予定だった。

三時にチェックインすると、シャワーを浴びて、ホテルのベッドに体を横たえた。

アカネに、洋子のことはあきらめろ、と一言メールを送った。

彼女から返事はなかった。きっと、洋子の気持ちを察したのだろう。もしかしたら、彼女は最初から察していた。ふっきる準備はとうにできていたのかもしれない。携帯電話はずっと沈黙したままだった。


翌十七日、朝、僕は七時にホテルを出て十番のバスに乗って右京区の御室《おむろ》まで出かけた。

御室仁和寺《にんなじ》のバス停は、仁和寺の仁王門の前あたりにあり、桜見物に訪れた観光客で賑《にぎ》わっていた。境内に咲く桜は、京洛《けいらく》の最後をかざる遅咲きの桜として有名で、背が低くて花（鼻）が低いため「お多福桜」と呼ばれている。

地図と住所を確認する。今いる仁王門は仁和寺から龍安寺《りょうあんじ》そして金閣寺を結ぶきぬかけの路《みち》に面している。

問題の住所は、仁和寺の北側あたりにあった。

このあたりは閑静な住宅街で、立地的にも京都ならではの自然豊かな地域だ。

僕は、境内には入らずに、お寺の西側のゆるやかな坂を上っていった。

二十メートルも行くと、そこそこ古い家が立ち並ぶ場所に出た。ネットで調べた地図と照合すると、ちょうどこのあたりのはずだ。五、六軒通り過ぎたところに、目立って新しい和風の家があった。

表札を確認するために立ち止まると、グレーのベンツが家から出てきたので、自然な足取りでそこをさりげなく通り過ぎて、電信柱の陰に身を隠した。

運転席の人物の横顔を見た。

表札を確認するまでもなかった。それは紛れもなく、十年前にトモねえのアトリエでクラシックをききながら、自分の家みたいにくつろいでいた男だった。

あの時の気持ちと、一昨日、トモねえから聞かされた男についての告白を思い出した。僕は往年の敵を観察するみたいに、運転席の男の横顔を凝視《ぎょうし》した。

男は僕の視線には気づかず、車は、ゆるゆると右に曲がり、南へ向けて走っていった。

男の顔は、十年前より当然のことながら老《ふ》けていたし、心なしかひどくくたびれて見えた。

三十代半ばくらいのはずだが、その年齢より老けて見えた。

僕を圧倒した紳士然としたあの時の精悍《せいかん》でエネルギッシュな雰囲気が影を潜《ひそ》めてしまっていることに多少拍子抜けした。

男が変わったのか、僕が変わってしまったのか判然としないが、時というのはいろいろなものを良い意味でも悪い意味でも変えてしまう力がある。

車が見えなくなってから、僕はしばらく家の前に立っていた。

あの絵の女に逢ってみようと決心してここまで来たのだが、いったい自分は何を求めているのか分からなくなった。

医者にはおきまりのベンツ、和風の豪邸、まるで絵に描いたような類型的な上流階級。こんなものに囲まれてのんきに暮らす女がトモねえを苦しめている、そのことへの怒りの念が再びわいてきた。

トモねえや僕を踏みにじった、浅はかなステイタスを持った女。そんなものに依存し、自分の世界を広げようとしないひ弱な人間に絵を描く才能などあるはずがない。そんなことはとうてい信じられない。

僕が今まで自分の家族のせいで引きずってきた重いものに比べると、女の持っているものは、あまりにも安直過ぎた。

それでも、僕は立ち去ることができずにそのまま家の前に立っていた。

すると一時間もしないうちに家の扉が開いた。ジーパンに薄手の長袖《ながそで》シャツを着て、麦わら帽子をかぶった女が出てきた。背中にはベージュのリュック、脇《わき》に大きなスケッチブックをかかえている。帽子で顔は見えない。

夫がベンツで行った道とは反対の方向、つまりこちらの方へ女は歩いて来た。僕は緊張で全身を硬直させたまま直立していた。女はすぐ目の前に立っている僕には気づかないようすでそのまま通り過ぎていった。何らかの考えに囚《とら》われているのか、それとも、まわりのものに注意がいかない性格なのか……。

足取りは確実でしなやかだった。

女は十メートルほど先の道を右に曲がった。僕はとっさに女の後をつける決心をした。学校らしき壁に沿って歩いていくとそこを過ぎて、突き当たりを左へ曲がり、どんどん山の方へ歩いていく。

意外と早歩きで、距離を保ちながらついていくのに苦心した。

ずっと上り坂の車道が続いた。時々、前から、後ろからと走ってくるそこそこスピードのある車と出くわす度に、道路の端へ寄る。車がすぐ横をかすめるように通り過ぎていくのにひやりとした。

あまり空気の綺麗《きれい》な道とはいえないが、しばらく行くと、ガードレールの向こうに川が流れていて、そこらあたりから山道に入るに従って濃厚な森林に出くわした。東京の町中をうろうろしている僕にはこれでも、充分な森林浴だ。

女は時々道に咲いている花にデジカメを向けて至近距離から撮影しながら歩いていった。

一時間くらい歩いただろうか。

道路を、タクシーが盛んに行ったり来たりするようになり、こんな辺鄙《へんぴ》な山奥にもかかわらず、朝早くから人で賑わう場所に出た。

原谷苑という看板がかかっていて、入り口のチケット売り場の前に人が並んでいる。女が列に並んだので、僕も、老夫婦二人をはさんで最後尾についた。

女は入場料を払ってチケットを購入すると、左手の関所でチケットを見せて、上り坂を上っていった。僕も続いて、中に入ると、坂下から上を仰ぎ見た。何本ものしだれ桜が咲き乱れている。どうやらここは桜の名所らしい。

「原谷苑《はらだにえん》」というのは初めて聞く名前だった。

上るにつれ、驚くほどの数のしだれ桜が現れ、そのピンク色の迫力に圧倒された。

坂道の途中の平地までたどり着くと、女の姿を目で探した。平地の真ん中あたりに設置されている横長の木のベンチに女は腰掛けて、麦わら帽子を脱いでリュックからカメラを取り出していた。ベンチに座ったまま、桜を数枚撮影している。

初めて女の顔を見た。距離にして、十メートル近くある。これ以上距離を縮めたくないので、デジカメをリュックから取り出し、女の顔に焦点を合わせてズームで拡大してみた。

化粧気のない顔、日焼けしているせいか肌の色は小麦色。黒い髪は肩くらいまであり、自然に後ろに流している。目が澄んでいて、引き締まった口元にあどけなさが残っている。女というより少女みたいだ。

開かれたスケッチブックに焦点をあててみた。そこには桜の絵があった。デジカメ越しにも、その絵の迫力に僕は息をのんだ。色も鮮やかだが、桜の花に、立体感があった。花びらを透明にすることによって、幾重にも重なり合う桜の花と枝が繊細に描かれている。

彼女はひたむきに絵を描き始めた。描く風景を捕らえる目は真剣そのものだ。さきほどのあどけない澄んだ瞳《ひとみ》が、絵の対象を解剖する鋭利な刃物に変貌《へんぼう》した。

彼女は風景にどんどん切り込んでいく。

僕は一瞬、彼女が風景なのか人間なのか分からないような幻覚に襲われ、戦慄した。デジカメを通さずに、そっと彼女の座っている所に近づいて、桜の花を観賞するふりをしながら彼女を観察した。

舞い降りてくる花びらに同化した彼女はまるで桜の妖怪《ようかい》みたいだった。

――ついに見つけた僕の破片！

僕はしばらく恍惚《こうこつ》となった。

ふっと我に返り、彼女の顔をよく見ると泣いていた。こんなすごい絵を描きながら泣いているのだ。

僕は彼女が泣いている理由を知っていた。きっと、今、この世の中で、いや、この宇宙で、彼女の悲しみを知っているのは僕だけだ。

とっさに、桜の花を写すふりをして、泣きながら絵を描く彼女を撮った。

老夫婦が彼女の前で怪訝《けげん》な顔をして立ち止まった。こんな所で泣いている彼女が場にそぐわないので、驚いているのだ。

女ははっとして、顔を上げた。老夫婦の視線とかち合い、恥ずかしそうに顔を赤く染めた。

女はあわててスケッチブックを閉じると、立ち上がって、逃げるようにその場を立ち去った。僕はそのまま追いかけようと思ったが、ベンチの上に彼女はデジカメを忘れていた。

僕はそのデジカメを手に取った。偶然にも、それは自分のものとまったく同じ機種だった。女の後を追って、忘れ物を渡そうかと思ったが、ふと、中にどんな映像が入っているのか興味が湧いた。

僕は出口に向かって歩きながら、デジカメの再生ボタンを押して、そっと中の画像を確かめた。入り口の所にたどり着くと、忘れ物に気づいたらしい彼女が戻ってくるのが見えた。

僕は、その場で彼女にデジカメを渡そうとしたが、とっさに、百八十度方向転換すると、走っていた。

彼女の座っていたベンチに戻り、彼女のデジカメと自分のものとをすり替えて、ベンチの下に置いた。

桜の陰に隠れて彼女が僕のデジカメを見つけられるかどうか確認した。不運にもそこに三人の中年の女が現れ、ベンチに座った。

女は戻ってきて、デジカメを探し始めた。

どうか見つかりますように。僕はそう願った。なぜ、そんなことをとっさに思いついたのか……。多分、デジカメを返してしまったら、これきり彼女と縁がなくなってしまうから、そうはどうしてもなりたくなかったからだ。

彼女は僕のデジカメをベンチの下に見つけると自分のものと思いこんで持って帰った。

その時、なぜだか、僕は運命に勝った気がして、両の拳を強く握りしめていた。

彼女ときっとまた逢える。そう確信した。

僕はそのまま東京へ帰った。

デジカメの中には彼女が撮影したらしき、春の自然の風景がたくさん入っていた。なんともかわいい草花が、画像の中に大切な宝物のようにたくさんおさまっていた。

自然を愛し、それに同化しようとする彼女の心が画面から伝わってきた。

東京へ帰ってから、僕はずっとその画像を見ながら過ごした。

彼女の撮影した花の名前や生息場所を図鑑で調べたり、彼女がどんな気持ちでこの花を選んで撮影したのかを空想しながら、アルコールを飲むのも忘れて、多くの時間をつぶした。

運命の人。僕の失われた破片。そんな言葉がなんどもあたまの中を駆けめぐった。

トモねえが僕のアルバムを現像したものを送ってきてくれた。

僕は写真の中の「十年の時をへだてて」という詩にメロディーをつけることに専念した。思いの外《ほか》スムーズに曲はできた。

いつのまにか、アルコールはすっかり体内から抜けていた。

この詩に曲をつけることで、僕をとじ込めていた殻《から》を破ることができた、そんな達成感を味わった。

「しっとりした曲に仕上がったな。以前のように過激じゃないけど、安心して聞いていられる。なんだか、泣けるいい曲だな。おまえ、いい意味で脱皮したって感じだ」

そう言って、武さんが褒《ほ》めてくれた。

それから半年後。いよいよ新曲で僕はミュージシャンとしてカムバックを果たすことになった。

その時、再び、警察が僕の家を訪れた。

「『ECTR』の祐さんですね？」

刑事は警察手帳を見せて、僕にそう尋ねた。

また、僕のせいで誰かが刺されたのだろうか。そんな不安が頭をよぎった。犯人が脱走していなければ、今は精神科病院にいるはずだが……。

とりあえず、被害者が、アカネでないことだけは確かだ。彼女は、すっかり回復しているし、昨日、したたか酔って、また、うちに泊まっている。

今、刑事を迎えているこの時も、ソファの上で仰向けに寝ている彼女の口から、色気のかけらもないいびきが僕の耳元まで流れてくる。

「はい。そうです。いったい何があったのでしょうか？」

僕は警察手帳を確かめた。刑事はなんと京都府警から出張してきていた。

事件の内容を聞いて愕然《がくぜん》とした。また、僕のファンが起こした事件だった。

京都が僕を呼んでいる。そう思った。

第十七章　めぐり会い

華美《はなみ》は青年の話に聞き入っていたが、どう整理していいのか分からなかった。

「つまり、あなたがこのデジカメの持ち主ということですか？」

自分の拾ったデジカメを青年に差し出した。

「ええ、そうです」

「蜂蜜屋《はちみつや》を撮影したのも、ここのカフェ『ブルトン』を撮影したのも、原谷苑で私と桜を撮影したのもあなたなのですか？　そして、あなたは原谷苑《はらだにえん》で、自分のデジカメと私ののをすり替えたというのですか」

「そうです」

「どうして、私のものとすり替えたのですか？」

「あなたに興味があったからです。あなたのデジカメの中になにがあるのかどうしても知りたくなったから。どうせ僕のデジカメの中にあったものは、姉の家のアルバムにあるので、すぐに取り戻せます」

「いったいどういうことになるのかしら。私、ちょっと意味が分からない。さっき、あなたは、あることが自分をここへ導いたと言いましたね。それはいったいなんなのですか？　あなたは今までいったいどこにいたのですか？」

「僕は東京に住んでいます。実は僕はつい最近、警察の事情聴取を受けました。この近辺で起こった連続放火事件に関することでです」

そこで華美の頭はまた混乱した。あれはこの少年、いや青年が十四歳だった時に犯した犯行ではないのか。

最近、ということは大人になった彼が……。そこまで考えて、やはり話が整理できなくなった。

「東京。あの家ではなく……」

「まあ、聞いてください。急がないで。ゆっくり説明しますから」

そう言うと、青年は、カバンから一枚のCDを取り出して華美に渡した。

「僕はこのグループのボーカルなんです」

華美はまじまじとCDのジャケットを見た。「ECTR」と書かれている。グループのメンバーらしき五人のモノクロ写真とピアノの絵が描かれたジャケットだ。

「ＥＣＴＲ……」

「そう、『ＥＣＴＲ』。それが僕のバンドの名前です」

音楽に疎《うと》い華美は、『ＥＣＴＲ』というバンドの名前を聞いたことがなかった。写真が小さい上に大きな影が半分彼らの顔を覆っているので、よく見えないが、五人のメンバーの一番左端にいるのが彼のようだ。

「すみません、私、知りません。こんなバンド」

「それはいいのです。問題は、この名前の由来です。分かりますか？」

華美はもういちど『ＥＣＴＲ《イーシーティーアール》』と声を出して読んでみたが、見当もつかなかったので黙って首を横に振った。

「『ＥＣＴＲ』は『ＥＮＣＯＵＮＴＥＲ』の略なんです。僕がつけたんです」

「なんですって！」

つまり『ＥＮＣＯＵＮＴＥＲ』を略して『ＥＣＴＲ』という名前のバンドを十年後に少年は結成したということになるのではないか。

しかし、それだったら、青年のところに連続放火魔のことでどうして捜査がいくのだ。

「『ＥＮＣＯＵＮＴＥＲ』という単語は、放火魔が残した暗号から解読されたのです。本人も認めています。そして、犯人の話をよく聞いてみると、どうやら僕のファンで、影響を受けていたそうなのです」

華美はやっと事情がつかめてきた。

「つまり、あの放火はあなたが犯人ではないのですね」

青年は「えっ？」という顔をした。しばらくまじまじと華美の顔を見ていたが、突然大声で笑い出した。

「もしかして、あなたは僕が犯人だと思っていたのですか？」

「だって、あなたの書いたあの『炎に魅《み》せられし者』という詩のとおりに放火が起こったんですもの。詩を書いた本人がやったと思うじゃないですか。あなた以外にいったいあの詩の内容を誰が知っていたというのです？」

「あの詩の曲は、二年前に発表しているのです。だから犯人の少年が知っていても不思議はありません。あまりヒットはしませんでしたが、犯人だけでなく、僕のファンであれば、あの詩を知っている人間は大勢いるはずです。犯人は僕のCDをすべて持っていた。とくに『炎に魅せられし者』が気に入っていたのです。だから、それの影響を受けて犯行に及んだ。そして僕のグループの名前の由来も知っていた。なぜって、彼は、昔僕が住んでいた家に三年前に家族と引っ越してきたのです。そこにバロの「ENCOUNTER」がはめ込まれているのです。そのことを彼はなんらかのルートで知ったらしい。そして、『E

CTR』の曲にはまっていったのです」

「じゃあ、犯人はやはりあの家の少年」

「ええ、そうです」

なんということだろう。あの暗号にはもう一つの意味があったのだ。

「FPDQVPUGS」は、「ENCOUNTER」つまりバロの遭遇、そしてそれは「ECTR」という青年の結成したバンド名だったのだ。

「じゃあ、あなたが、タイムスリップしたというのは?」

そこで青年は再びえっ? という顔をした。

「冗談ですよ。もちろん冗談です。すみません。別にからかうつもりはなかったのです。ただ、あなたの発想が面白かったのでつき合ってしまっただけです。あの写真からまさか僕が十年先の未来からタイムスリップしただなんて、そんな結論に達するとは夢にも思いませんでした。その発想をきいて、やっぱりあなたは普通の人じゃないな、となんだか嬉《うれ》しくなったんです」

「普通の人じゃないだなんて、そんなこと、私は嬉しくありません」

華美はむっとした。

「ごめんなさい。僕は嬉しかったんです」

「からかってるんですか、私を？」

「いえ、違います。尊敬しています。心から」

冗談だの、尊敬しているだの、いったいなんなのだ。やはりからかわれているような気がした。青年の言っていることは支離滅裂だ。

「あの写真は、２００７年４月に撮影されたものじゃないですか。つまり今年の四月に。あの写真の中のあなたは十四歳です。今のあなたは二十四歳。あなたがタイムスリップしたって結論に達したとしても、ちっともへんじゃないと思います」

華美はムキになって言った。

「そうです。あなたはしごくまともな方です。でも、僕は未来からきたわけでもなんでもないんです。あの写真はね、つまらないトリックです。種明かしするのもバカバカしいような」

華美はなんと答えていいのか分からなかった。何が真実で何が嘘《うそ》なのか。青年を信じるべきなのか、疑ってかかるべきなのか迷った。

もしかしたら、自分は詐欺師に引っかかっているのではないか。

「姉の家でアルバムを見つけたとき、持って帰ろうかと思ったのですが、あんまり重たかったから面倒になった。現像したものを郵送してもらおうと考えました。でも、それも面倒になった。そうだ、まだ未公開の詩だけピックアップしてデジカメで複写しよう、そう考えたのです。その時、ついでに自分の写真で面白いものも複写して友人のアカネに見せてやろうと思ったんです」

「じゃあ、あの写真は全部複写なのですか？」

画像があまり鮮明でなかったのはそのせいなのか。

「全部ではありません。ガラスの上に赤絵の具で書かれた『炎に魅せられし者』、蜂蜜屋、『ブルトン』、それに原谷苑は実際に僕が撮影したものです」

「でも、少年の写真は？」

「反射防止フィルターを使って複写しました。綺麗に取るのに苦心しました。とりあえず文字が読めるようにと。でも、失敗に終わりました。文字までは鮮明に撮影できなかったのです」

「ああ、どうりでノートの詩は全部読めなかったわけですね。でも、そんな大切なものをどうして？」

「さきほど言ったでしょう。アルバムだったら姉の家にあるから、いつでも詩は回収できるのです。複写は失敗に終わったので、姉に送ってもらうように頼みました。それより、たまたまあなたの持っているデジカメと僕のものが一緒だったので、あなたの写したものが見てみたくなったのです」

「どうしてそんなに私に興味が……」

あの時、自分は桜の花を描きながら泣いていた。それをこの青年に見られたのだ。羞恥《しゅうち》心《しん》で顔が熱くなった。

「すみません。覗《のぞ》き見《み》と一緒ですね。同時に露出狂でもあるわけです。どう考えても悪趣味でした」

「露出狂？　どういう意味ですか？」

「僕の写真をあなたに見てもらいたい、そんな気持ちになったのです。あの時、あなたを見ているうちに」

「どうして？」

「姉からあなたの話を聞きました。最初はすごく腹が立ちました。あなたの存在に。そして、あなたの夫、池田《いけだ》昭義《あきよし》さんに」

またまた、華美には難解な話だった。どうして、ここで夫の昭義が登場するのだ。

「あなたのお姉さんと私、どんな関係があるのですか？　夫がどうしたのですか？」

「僕の姉は、十年前からあなたのご主人とつき合っているのです」

十年前から……。それはいったい……。だとすると、あの女しかいないではないか。

もしかして？　また、衝撃的な事実が……。頭がくらくらした。

「あなたのお姉さんというのは……沢田友梨さん？」

「そうです」

なんということだろう。つまり、この青年はあの友梨という女の弟ということなのだ。

「姉はあなたのことで苦しんでいました。エリートの家ではないという理由で結婚が許されなかった。あなたのご主人や家族に差別されて、耐え難い屈辱を味わっていた」

「そんな……でも、あの人は夫に愛されている。エリートって、そんな上辺《うわべ》だけのもの、いったい何になるのですか。愛されもしないのに、そんなもの何の役に立つのでしょう？」

「無いものからみれば、そのことで差別されるほど惨《みじ》めなことはありません。努力してどうにかなることではありませんから」

「私だって、惨めだった。ずっと泣いてばかりいました」

「ええ、知っています。原谷苑であなたの顔を見たとき、あなたがどんなに辛い思いをしているのか分かりました。あんなすごい絵を描きながら泣いているあなたを見て、心がかきむしられるようでした。あの時、僕はあなたの悲しみに同化していた。あんな気持ちになったのははじめてです。僕は思わずカメラをとってあなたを撮影してしまった」

ああ、あの原谷苑の桜の写真。あの中に自分の顔が写っていたのは、桜に焦点があてられていて、たまたま自分が入ってしまったわけではなく、自分に焦点があてられていたのだ。

「あそこにあなたがいたなんて」

「隠れてこっそりあなたを覗き見していたのです。そして、どうにもたまらなくあなたに惹《ひ》かれた」

「声をかけてはくださらなかった？」

「かけられませんでした。あの時の僕のままでは、どうしても声はかけられなかった。でも、再び、あなたに会いに来よう、そう決心して、京都を離れたのです。僕は新曲に取り組みました。そうこうしているうちに、事件が起こった」

「連続放火事件ですか」

つまり事件が青年と関係あることから、再び彼はここへやってきた。そういうことだったのだ。

「不思議な話だわ。私はあなたの十四歳の写真を見て、あなたの書いた詩を読んで、惹かれました。あなたの画像を毎日見ていましたし、あなたの顔の絵も沢山描きました。でも、それよりも前に、あなたが私のことを知っていただなんて……」

「僕の方が先にあなたに恋していたのです。あなたも僕の画像に惹かれていただなんて……ああ、やっぱり奇跡ってあるんですね」

青年はしばらく華美の顔を見ていたが、ふっと焦点が合わなくなり、遠くを見るような目つきをした。

「十四歳のあなたに恋するなんて、おかしな女でしょう。私って」

「やはり、デジカメをすり替えてよかった。あの時、直感的にあなたとの縁がそれで深まるような気がした」

「鋭い直感ですね。ここ半年、あなたに心をうばわれていました」

「それで、僕の絵も描いてくれたのですか？」

「ええ。あなたの顔の絵も、それに『十年の時をへだてて』の詩の一部の単語を拾ってイメージした絵も描きつづけました。ここ半年間ずっと」

「ここ半年間ですか。その間、僕はあの詩で曲を作るのに専念しました。ずっとあなたのことを思って、メロディーを創作したのです。なんてことでしょう。僕らは同じ時期にお互いを思いながら、創作していたのですね。スランプから脱出できたのは、あなたのおかげです」

青年は祐一《ゆういち》という名前だった。

彼は新曲のジャケットに華美の絵を使わせて欲しいと言った。そうしたらすごい合作になると興奮しながら言った。

もちろん、華美はそのすばらしい申し出を受け入れた。

それから、二人で京都の町を歩きながら話をした。彼は創作の話をするととまらなかった。自分の生い立ちから詩の創作、音楽との出会いまで、自分の二十四年間の歴史を話しつづけた。何時間話しても時間が足りなそうに早口でとめどなく話した。

華美は華美で彼の話を何時間きいてもききたりないようなもどかしさを感じた。

デジカメの中で出会って半年、ずっとめぐり会いたいと願っていた相手とこんなふうに肩を並べて京都の町を歩いている自分の現実が不思議だった。

すべてが現実となった。妄想ではなく、現実が生まれて初めて華美をあたたかく迎えてくれた。

華美のなかでぐにゃりと歪《ゆが》んだ時間が綺麗《きれい》に元の形に戻った。

解説

村上貴史

■ミステリ

本書はミステリである。

トリックを使い、技巧を凝《こ》らしたミステリである。

だが、それだけでもない――。

■めぐり会い

二四歳になる池田華美《いけだはなみ》は、一回り年上の夫に愛されないことに悩んでいた。自らが望んだ結婚ではなく、家柄がよいというそれだけの理由で、代々高学歴の家庭に育った医師の嫁に選ばれたという結婚だった。それも、夫本人ではなく、夫の母が主導し、夫はそれにただ従っただけの結婚であった。それ故に夫は華美を最初から愛さず、一方で十年来の恋人との関係は結婚後も続けていた。そんな生活が、新婚から一年半が経過しても継続していたのだ。

だから華美は泣いた。気分転換に絵を描きに訪れた公園で落涙した。そして、そこから逃げるように立ち去る際、デジカメを置き忘れて行ってしまった。慌てて戻って見つけ出したデジカメには、どうしたことか、華美が撮影したものではない画像が入っていた。少年を、それも極めて魅力的な少年を写した画像が入っていたのだ……。

なんとも魅力的なオープニングである。

家族に弁護士を多く輩出しながら、美貌《びぼう》も知能も人並みで、社交的な性格ではなく、むしろ優柔不断で、そしてただ絵を描くのが好きなだけの二十四歳。そんな華美の苦悩ばかりの日常と、その日常に写真だけの少年が入りこんでくる様がくっきりと描き出されている。特に、華美の苦悩を実の母さえも理解しないという状況を示し、かつ、夫となった男の家庭での冷たさを克明に示すことで、岸田るり子は、華美が写真の少年に強く引かれていく心に十分な説得力を持たせることに成功した。

だが——この第一章でミステリ的な雰囲気を備えているのは、デジカメに残された写真の謎《なぞ》だけなのである。その要素を除けば、あとは悩める人妻の物語なのである。

同様に、第二章もミステリ要素が希薄だ。この章では視点が切り替わり、祐《ゆう》という一人の若手ミュージシャンの視点で、彼の日常が描かれている。一年前のある出来事のせいで、それまでの順風満帆なミュージシャン生活にピリオドが打たれ、自分の誕生日すら忘れるほど無気力で酒浸りの毎日が、淡々と。

その日常描写に、祐がECTRというバンドで成功に至るまでの記憶や、さらに古い記憶——家族関係が病んでいた記憶——が織り込まれている。だが、それだけだ。ミステリ的な要素は特にない。

第三章以降も、華美と祐の視点を切り替えながら、物語は流れていく。ミステリらしいミステリ要素はなかなか登場しないままに。連続放火事件やナイフによる傷害事件などがときおり顔を出すが、それらは、華美の苦悩と少年への想《おも》いや、ミュージシャンとして再起を模索する祐の物語と較《くら》べれば、あくまでも副次的なトピックスである。中盤にさしかかってようやく連続放火事件とからんで暗号が登場するし、新たな傷害事件も描かれるが、物語の中心はあくまでも華美と祐であり、事件ではない。

だからといって読者が退屈するわけでは全くない。交互に語られるこの二人の物語を読んでいくだけで、十分に読者は作品世界に引き込まれるのである。

こうして物語の九割以上が進んでいく。

そこからラストにかけていくつかの謎が解かれ、伏線が回収されて、物語が閉じる。そして、この段階に至ってようやく読者は本書がミステリであったことを体感するのだ。トリックを使い、技巧を凝らしたミステリであったことを。

本書のミステリとしての骨格となる仕掛けそのものは、単体で光るというタイプのものではない。それを岸田るり子は見事に輝くものとして完成させ、読者に提供したのである。著者が華美や祐の物語で読者を惹きつけ、その物語のなかに細心の注意を払って伏線を仕込み、かつ慎重に全体のバランスを整える——そうした職人技で冒頭から九割以上までを丁寧にきっちりと組み上げてきたからこそ、最後の衝撃が読者を強く襲うのであろう。

しかもその衝撃は、〝そうだったのか！〟と理を直撃するだけでなく、胸をも貫く。華美と祐の物語が交差する結末では、理と情の両種の衝撃が同時に読者を襲い、ミステリと恋愛小説は完全に合一する。そんな贅沢《ぜいたく》を深く味わえるのが実に嬉《うれ》しい。

■岸田るり子

二〇〇四年に第十四回鮎川哲也賞《あゆかわてつや》を『屍の足りない密室』で受賞してデビューした岸田るり子（受賞作は刊行時に『密室の鎮魂歌《レクイエム》』と改題）。本書は、彼女の長篇第六作にあたり、〇八年に刊行された。

デビュー作はタイトルからも明らかなように本格ミステリを強く意識して書かれた作品ではあったが、トリックだけの小説ではなかった。五年前に夫が失踪《しっそう》した三十七歳の女性や、その友人、かつてのクラスメイトで成功した画家である女性などが織りなす生々しい女性性の物語がそのトリックを下支えするミステリだったのである。その点で、いかにも本書の著者のデビュー作らしい一冊であった。

作中作を巧みに用いた第二作『出口のない部屋』（二〇〇六年）や、色覚障害を題材とした第四作『ランボー・クラブ』（〇七年）でも、登場人物たちの物語と本格ミステリ趣味が巧みにブレンドされている。ヤングアダルト向け叢書から刊行した第五作『過去からの手紙』（〇八年）はその器を意識してか女性の〝ドロドロ感〟を薄めてあるが、これも二つの魅力を兼ね備えた作品であった（なんとこの『過去からの手紙』では、大胆にも幽霊を登場させているのでご注目を）。

それぞれに魅力的な岸田ミステリのなかで、本書読者に是非ともお勧めしたいのが第三作『天使の眠り』（〇六年）だ。ある男が十三年前に愛した女が、今また当時とほぼ同じ外見で、同じような美貌で姿を現すという出来事で幕を開けるこの作品、本書と同じく、二人の人物の視点を通じて紡がれていく物語が最後に大きな衝撃をもたらす造りとなっている。理と情で読者をKOする岸田るり子の魅力が満開の作品なのである。

第七作『Fの悲劇』（一〇年）もお薦めの作品だ。一九八八年と二〇〇八年という二つの年代を、姪《めい》と叔母という関係にある二人の女性の視点から描いた長篇である。絵は好きだが社会生活は不得手という姪の人物像は本書の華美と共通項を持つし、叔母が女優という設定は、祖母が女優だったという岸田るり子自身と共通項を持つ。そんな姪と叔母の物語が、ある刺殺事件とそれに関連する別の死によって結びつけられていく。映像記憶や予知能力といった要素を織り交ぜながら、ペンション（賄い付きの下宿屋だ）での共同生活の模様も語りながら、だ。こちらも是非繙《ひもと》いて戴ければと思う。

さて、二〇〇四年のデビューから一一年までのあいだに、岸田るり子は、本書を含め七作の長篇を発表してきた（短篇も執筆はしているが、短篇集はまだない）。

著名な研究者である医学博士の娘として京都に生まれ、パリ第七大学理学部を卒業したというユニークな経歴を持つ彼女は、これら七作品の執筆のなかでその経験を活かしてきた。例えばデビュー作や本書などの京都描写がそうであるし、フランスの高校で知ったサルトルの詩を『出口のない部屋』で活かしたこともある。『ランボー・クラブ』では、岸田るり子の父の周辺の研究者の一言が作品の中核アイディアを生むヒントになった（もちろんそれを魅力的なミステリに育て上げたのは著者本人の功績である）。

とはいえ、ユニークな経験だけで小説が書けるわけではないし、ミステリを生み出せるわけではない。

岸田るり子の場合は、子育て後に〝小説を書く愉《たの》しみ〟に目覚め、単に目覚めただけではなく、田辺聖子らを輩出した大阪文学学校で学び、その講師が後に組織したサークルで小説を書き続けた。そしてまた、〝オチのある話が好き〟という好みを、純文学を書かせようという〝指導〟にも負けずに維持し続けた。そんな彼女だからこそ、自分の経験をミステリとして活かせたのだろう。

その意味では、ユニークな経験と小説修業が希有《けう》な〝めぐり会い〟を果たした姿こそが、岸田るり子といえるかもしれない。

その彼女の代表作『めぐり会い』と、本書を手にとったあなたは、ここでこうしてめぐり会ったのである。

■恋愛小説

本書は恋愛小説である。
若妻の苦悩と、若者の再起へのあがきを軸とする恋愛小説である。
だが、それだけでもない――。

二〇一一年五月

この作品は2011年6月徳間文庫として刊行されたものの新装版です。なお、本作品はフィクションであり実在の個人・団体などとは一切関係がありません。

徳間文庫

めぐり会《あ》い

〈新装版〉

2019年9月15日 初刷

著者 岸《きし》田《だ》るり子《こ》

発行者 平野健一

発行所 株式会社徳間書店

〒141―8202 東京都品川区上大崎三―一―一
目黒セントラルスクエア

電話 編集〇三(五四〇三)四三四九
販売〇四九(二九三)五五二一

振替 〇〇一四〇―〇―四四三九二

印刷
製本 大日本印刷株式会社

ISBN978-4-19-894499-5 (乱丁、落丁本はお取りかえいたします)